鲁迅著作分类全编

甲编三卷

# 略论中国人的脸

关于国民性

鲁迅 著

陈漱渝 王锡荣 肖振鸣 编

SPM 南方出版传媒 广东人民出版社

·广州·

**图书在版编目（CIP）数据**

略论中国人的脸 / 鲁迅著；陈漱渝，王锡荣，肖振鸣编．— 广州：广东人民出版社，2019.7
（鲁迅著作分类全编）
ISBN 978-7-218-13442-0

Ⅰ．①略… Ⅱ．①鲁… ②陈… ③王… ④肖… Ⅲ．①鲁迅杂文—杂文集 Ⅳ．①I210.4

中国版本图书馆CIP数据核字（2019）第056164号

LUELUN ZHONGGUOREN DE LIAN
略论中国人的脸
鲁迅 著　　陈漱渝 王锡荣 肖振鸣 编



**出 版 人**：肖风华

**特邀策划**：房向东
**责任编辑**：严耀峰　马妮璐
**责任技编**：周　杰　易志华
**装帧设计**：周伟伟

**出版发行**：广东人民出版社
**地　　址**：广东省广州市海珠区新港西路204号2号楼（邮政编码：510300）
**电　　话**：（020）85716809（总编室）
**传　　真**：（020）85716872
**网　　址**：http://www.gdpph.com
**印　　刷**：山东临沂新华印刷物流集团有限责任公司
**开　　本**：787mm×1092mm　1/16
**印　　张**：23.5　　**字　　数**：282千
**版　　次**：2019年7月第1版　2019年7月第1次印刷
**定　　价**：49.00元

如发现印装质量问题，影响阅读，请与出版社（020－85716808）联系调换。
售书热线：（020）85716826

# 目　录

001 · 破恶声论
012 · 军界痛言
013 · 随感录三十三
018 · 随感录三十七
020 · 随感录三十八
024 · 随感录三十九
027 · 随感录四十三
029 · 关于《拳术与拳匪》
034 · 随感录五十四
036 · 随感录五十六　“来了”
038 · 随感录五十七　现在的屠杀者
039 · 随感录六十二　恨恨而死
041 ·“生降死不降”
043 · 事实胜于雄辩
045 · 为“俄国歌剧团”
047 · 无题
049 · 即小见大

051 · 说胡须

056 · 论照相之类

063 · 烽话五则

064 · 论辩的魂灵

067 · 夏三虫

069 ·“碰壁”之后

075 · 杂忆

081 · 补白

088 · 论“他妈的！”

092 · 论睁了眼看

097 · 从胡须说到牙齿

106 · 学界的三魂

110 · 一点比喻

113 · 无花的蔷薇之二

118 ·“死地”

121 · 可惨与可笑

124 · 无花的蔷薇之三

128 · 新的蔷薇

——然而还是无花的

132 · 略论中国人的脸

136 · 通信

142 · 反“漫谈”

145 · 忧“天乳”

148 · 某笔两篇

151 · 谈所谓“大内档案”

158 ·《某报剪注》按语

161 · 拟预言
——一九二九年出现的琐事

164 · 太平歌诀

166 · 铲共大观

169 ·《这回是第三次》按语

171 · 复晓真、康嗣群

173 ·“皇汉医学”

176 · 书籍和财色

178 · 以脚报国

181 · 沉滓的泛起

184 · 新的“女将”

186 · 宣传与做戏

188 · 知难行难

190 ·“智识劳动者”万岁

192 ·“非所计也”

194 · 今春的两种感想
——十一月二十二日在北平辅仁大学演讲

198 · 逃的辩护

200 · 观斗
202 · 崇实
204 · 赌咒
206 · 颂萧
212 ·《萧伯纳在上海》序
215 · 伸冤
218 ·“以夷制夷”
225 · 新药
228 · 关于女人
231 · 真假堂吉诃德
234 ·“多难之月”
236 · 保留
239 · 再谈保留
241 ·“有名无实”的反驳
243 · 不求甚解
246 · 推
248 ·“蜜蜂”与“蜜”
250 · 二丑艺术
252 ·“抄靶子”
254 ·“吃白相饭”
256 · 华德保粹优劣论

258 · 辩“文人无行”

260 · 智识过剩

262 · 沙

264 · “推”的余谈

266 · 中国的奇想

268 · 祝《涛声》

271 · 踢

273 · “揩油”

275 · 爬和撞

277 · 娘儿们也不行

280 · 帮闲法发隐

283 · 新秋杂识（二）

286 · 同意和解释

289 · 打听印象

291 · 黄祸

293 · 冲

295 · 外国也有

297 · “滑稽”例解

300 · 青年与老子

302 · 上海所感

306 · “小童挡驾”

308 · 偶感

310 · 论秦理斋夫人事

313 · “……”“□□□□”论补

315 · 玩具

317 · 水性

319 · 算账

321 · 从孩子的照相说起

325 · 迎神和咬人

328 · 中国人失掉自信力了吗

330 · 说“面子”

333 · 运命

336 · “骗月亮”

338 · 论“人言可畏”

342 · “靠天吃饭”

344 · 内山完造作《活中国的姿态》序

347 · 难答的问题

349 · 登错的文章

351 · 我要骗人

356 · “立此存照”（三）

361 · “立此存照”（四）

363 · 半夏小集

# 破恶声论

本根剥丧，神气旁皇，华国将自槁于子孙之攻伐，而举天下无违言，寂漠为政，天地闭矣。狂蛊中于人心，妄行者日昌炽，进毒操刀，若惟恐宗邦之不蚤崩裂，而举天下无违言，寂漠为政，天地闭矣。吾未绝大冀于方来，则思聆知者之心声而相观其内曜。内曜者，破黮暗者也；心声者，离伪诈者也。人群有是，乃如雷霆发于孟春，而百卉为之萌动，曙色东作，深夜逝矣。惟此亦不大众之祈，而属望止一二士，立之为极，俾众瞻观，则人亦庶乎免沦没；望虽小陋，顾亦留独弦于槁梧，仰孤星于秋昊也。使其无是，斯增欷尔。夫外缘来会，惟须弥泰岳或不为之摇，此他有情，不能无应。然而厉风过窍，骄阳薄河，受其力者，则咸起损益变易，物性然也。至于有生，应乃愈著，阳气方动，元驹贲焉，杪秋之至，鸣虫默焉，蠉飞蠕动，无不以外缘而异其情状者，则以生理然也。若夫人类，首出群伦，其遇外缘而生感动拒受者，虽如他生，然又有其特异；神畅于春，心凝于夏，志沉于萧索，虑肃于伏藏。情若迁于时矣，顾时则有所迕拒，天时人事，胥无足易其心，诚于中而有言；反其心者，虽天下皆唱而不与之和。其言也，以充实而不可自已故也，以光曜之发于心故也，以波涛之作于脑故也。是故其声出而天下昭苏，力或伟于天物，震人间世，使之瞿然。瞿然者，向上之权舆已。盖惟声发自心，朕归于我，而人始自有己；人各有己，而群之大觉近矣。若其靡然合趣，万喙同鸣，鸣又不揆诸心，仅从人而发若机栝；林籁也，鸟声也，恶浊扰攘，不若此也，此其增悲，盖视寂漠且愈甚矣。而今之中国，则正一寂漠境哉。乃者诸夏丧乱，外寇乘之，兵燹之下，民救死不给，美人墨面，硕士则赴清泠之渊；旧念犹存否于后人之胸，虽不可度，顾相观外象，则疲苶卷挛，蛰伏而无动者，固已久矣。洎夫今兹，大势复变，殊异之思，諔诡之物，渐渐入中国，志士多危心，亦相率赴欧墨，欲采掇其文化，而纳之宗邦。凡所浴颢气则新绝，凡所遇思潮则新绝，顾环流其营卫者，则依然炎黄之血也。荣华在中，厄于肃杀，婴以外物，勃焉怒生。于是苏古掇新，精神闿彻，自既大自我于无竟，又复时返顾其旧乡，披厥心而成声，殷若雷霆之起物。梦者自梦，觉者是之，则中国之人，庶赖此数硕士而不殄灭，国人之存者一，中国斯侂生于是已。虽然，日月逝矣，而寂漠犹未央也。上下求索，阒其无人，不自发中，不见应外，颛蒙默止，若存若亡，意者往之见戕贼者深，因将长槁枯而不复菀与，此则可为坠心陨涕者也。顾吾亦知难者则有辞矣。殆谓十余年来，受侮既甚，人士因之渐渐出梦寐，知云何为国，云何为人，急公好义之心萌，独立自存之志固，言议波涌，为作日多。外人之来游者，莫不愕然惊中国维新之捷，内地士夫，则出接异域之文物，效其好尚语言，峨冠短服而步乎大衢，与西人一握为笑，无逊色也。其居内而沐新思潮者，亦胥争提国人之耳，厉声而呼，示以生存二十世纪之国民，当作何状；而聆之者则蔑弗首肯，尽力任事惟恐后，且又日鼓舞之以报章，间协助之以书籍，中之文词，虽诘诎聱牙，难于尽晓，顾究亦输入文明之利器也。倘其革新武备，振起工商，则国之富强，计日可待。预备时代者今之世，事物胥变易矣，苟起陈死人于垄中而示以状，且将唇惊乎今之论议经营，无不胜于前古，而自憾其身之蚤殒矣，胡寂漠之云云也。若如是，则今之中国，其正一扰攘世哉！世之言何言，人之事何事乎。心声也，内曜也，不可见也。时势既迁，活身之术随变，人虑冻馁，则竞趋于异途，掣维新之衣，用蔽其自私之体，为匠者乃颂斧斤，而谓国弱于农人之有耒耜，事猎者则扬剑铳，而曰民困于渔父之宝网罟；倘其游行欧土，偏学制女子束腰道具之术以归，则再拜贞虫而谓之文明，且昌言不纤腰者为野蛮矣。顾使诚匠人诚猎师诚制束腰道具者，斯犹善也，试按其实，乃并方术且非所喻，灵府荒秽，徒炫耀耳食以罔当时。故纵唱者万千，和者亿兆，亦绝不足破人界之荒凉；而鸩毒日投，适益以速中国之隳败，则其增悲，不较寂漠且愈甚与。故今之所贵所望，在有不和众嚣，独具我见之士，洞瞩幽隐，评隲文明，弗与妄惑者同其是非，惟向所信是诣，举世誉之而不加劝，举世毁之而不加沮，有从者则任其来，假其投以笑傌，使之孤立于世，亦无慑也。则庶几烛幽暗以天光，发国人之内曜，人各有己，不随风波，而中国亦以立。今者古国胜民，素为吾志士所鄙夷不屑道者，则咸入自觉之境矣。披心而嗷，其声昭明，精神发扬，渐不为强暴之力谲诈之术之所克制，而中国独何依然寂漠而无声也？岂其道茀不可行，故硕士艰于出世；抑以众讙盈于人耳，莫能闻渊深之心声，则宁缄口而无言耶。嗟夫，观史实之所垂，吾则知先路前驱，而为之辟启廓清者，固必先有其健者矣。顾浊流茫洋，并健者亦以沦没，朊朊华土，凄如荒原，黄神啸吟，种性放失，心声内曜，两不可期已。虽然，事多失于自臧，而一苇之投，望则大于俟他士之造巨筏，吾未绝大冀于方来，则斯论之所由作也。

聚今人之所张主，理而察之，假名之曰类，则其为类之大较二：一曰汝其为国民，一曰汝其为世界人。前者慑以不如是则亡中国，后者慑以不如是则畔文明。寻其立意，虽都无条贯主的，而皆灭人之自我，使之混然不敢自别异，泯于大群，如掩诸色以晦黑，假不随驸，乃即以大群为鞭箠，攻击迫拶，俾之靡骋。往者迫于仇则呼群为之援助，苦于暴主则呼群为之拨除，今之见制于大群，孰有寄之同情与？故民中之有独夫，昉于今日，以独制众者古，而众或反离，以众虐独者今，而不许其抵拒，众昌言自由，而自由之蕉萃孤虚实莫甚焉。人丧其我矣，谁则呼之兴起？顾谨嚣乃方昌狂而未有既也。二类所言，虽或若反，特其灭裂个性也大同。总计言议而举其大端，则甲之说曰，破迷信也，崇侵略也，尽义务也；乙之说曰，同文字也，弃祖国也，尚齐一也，非然者将不足生存于二十世纪。至所持为坚盾以自卫者，则有科学，有适用之事，有进化，有文明，其言尚矣，若不可以易。特于科学何物，适用何事，进化之状奈何，文明之谊何解，乃独函胡而不与之明言，甚或操利矛以自陷。嗟夫，根本且动摇矣，其柯叶又何侂焉。岂诚其随波弟靡，莫能自主，则姑从于唱喁以荧惑人；抑亦自知其小陋，时为饮啖计，不得不假此面具以钓名声于天下耶。名声得而腹腴矣，奈他人之见戕贼何！故病中国今日之扰攘者，则患志士英雄之多而患人之少。志士英雄，非不祥也，顾蒙帼面而不能白心，则神气恶浊，每感人而令之病。奥古斯丁也，托尔斯泰也，约翰卢骚也，伟哉其自忏之书，心声之洋溢者也。若其本无有物，徒附丽是宗，辄岸然曰善国善天下，则吾愿先闻其白心。使其羞白心于人前，则不若伏藏其论议，荡涤秽恶，俾众清明，容性解之竺生，以起人之内曜。如是而后，人生之意义庶几明，而个性亦不至沉沦于浊水乎。顾志士英雄不肯也，则惟解析其言，用晓其张主之非是而已矣。

破迷信者，于今为烈，不特时腾沸于士人之口，且裒然成巨帙矣。顾胥不先语人以正信；正信不立，又乌从比校而知其迷妄也。夫人在两间，若知识混沌，思虑简陋，斯无论已；倘其不安物质之生活，则自必有形上之需求。故吠陁之民，见夫凄风烈雨，黑云如盘，奔电时作，则以为因陁罗与敌斗，为之栗然生虔敬念。希伯来之民，大观天然，怀不思议，则神来之事与接神之术兴，后之宗教，即以萌孽。虽中国志士谓之迷，而吾则谓此乃向上之民，欲离是有限相对之现世，以趣无限绝对之至上者也。人心必有所冯依，非信无以立，宗教之作，不可已矣。顾吾中国，则夙以普崇万物为文化本根，敬天礼地，实与法式，发育张大，整然不紊。覆载为之首，而次及于万汇，凡一切睿知义理与邦国家族之制，无不据是为始基焉。效果所著，大莫可名，以是而不轻旧乡，以是而不生阶级；他若虽一卉木竹石，视之均函有神閟性灵，玄义在中，不同凡品，其所崇爱之溥博，世未见有其匹也。顾民生多艰，是性日薄，洎夫今，乃仅能见诸古人之记录，与气禀未失之农人；求之于士大夫，戛戛乎难得矣。设有人，谓中国人之所崇拜者，不在无形而在实体，不在一宰而在百昌，斯其信崇，即为迷妄，则敢问无形一主，何以独为正神？宗教由来，本向上之民所自建，纵对象有多一虚实之别，而足充人心向上之需要则同然。顾瞻百昌，审谛万物，若无不有灵觉妙义焉，此即诗歌也，即美妙也，今世冥通神閟之士之所归也，而中国已于四千载前有之矣；斥此谓之迷，则正信为物将奈何矣。盖浇季士夫，精神窒塞，惟肤薄之功利是尚，躯壳虽存，灵觉且失。于是昧人生有趣神閟之事，天物罗列，不关其心，自惟为稻粱折腰；则执己律人，以他人有信仰为大怪，举丧师辱国之罪，悉以归之，造作躗言，必尽颠其隐依乃快。不悟墟社稷毁家庙者，征之历史，正多无信仰之士人，而乡曲小民无与。伪士当去，迷信可存，今日之急也。若夫自谓其言之尤光大者，则有奉科学为圭臬之辈，稍耳物质之说，即曰："磷，元素之一也；不为鬼火。"略翻生理之书，即曰："人体，细胞所合成也；安有灵魂？"知识未能周，而辄欲以所拾质力杂说之至浅而多谬者，解释万事。不思事理神閟变化，决不为理科入门一册之所范围，依此攻彼，不亦傎乎。夫欲以科学为宗教者，欧西则固有人矣，德之学者黑格尔，研究官品，终立一元之说，其于宗教，则谓当别立理性之神祠，以奉十九世纪三位一体之真者。三位云何？诚善美也。顾仍奉行仪式，俾人易知执着现世，而求精进。至尼佉氏，则刺取达尔文进化之说，掊击景教，别说超人。虽云据科学为根，而宗教与幻想之臭味不脱，则其张主，特为易信仰，而非灭信仰昭然矣。顾迄今兹，犹不昌大。盖以科学所底，不极精深，揭是以招众生，聆之者则未能满志；惟首唱之士，其思虑学术志行，大都博大渊邃，勇猛坚贞，纵迕时人不惧，才士也夫！观于此，则惟酒食是仪，他无执持，而妄欲夺人之崇信者，虽有元素细胞，为之甲胄，顾其违妄而无当于事理，已可弗繁言而解矣。吾不知耳其论者，何尚顶礼而赞颂之也。虽然，前此所陈，则犹其上尔；更数污下，乃有以毁伽兰为专务者。国民既觉，学事当兴，而志士多贫穷，富人则往往吝啬，救国不可缓，计惟有占祠庙以教子弟；于是先破迷信，次乃毁击像偶，自为其酋，聘一教师，使总一切，而学校立。夫佛教崇高，凡有识者所同可，何怨于震旦，而汲汲灭其法。若谓无功于民，则当先自省民德之堕落；欲与挽救，方昌大之不暇，胡毁裂也。况学校之在中国，乃何状乎？教师常寡学，虽西学之肤浅者不憭，徒作新态，用惑乱人。讲古史则有黄帝之伐某尤，国字且不周识矣；言地理则云地球常破，顾亦可以修复，大地实体与地球模型且不能判矣。学生得此，则以增骄，自命中国桢干，未治一事，而兀傲过于开国元老；顾志操特卑下，所希仅在科名，赖以立将来之中国，岌岌哉！迩来桑门虽衰退，然校诸学生，其清净远矣。若在南方，乃更有一意于禁止赛会之志士。农人耕稼，岁几无休时，递得余闲，则有报赛，举酒自劳，洁牲酬神，精神体质，两愉悦也。号志士者起，乃谓乡人事此，足以丧财费时，奔走号呼，力施遏止，而钩其财帛为公用。嗟夫，自未破迷信以来，生财之道，固未有捷于此者矣。夫使人元气黮浊，性如沉垽，或灵明已亏，沦溺嗜欲，斯已耳；倘其朴素之民，厥心纯白，则劳作终岁，必求一扬其精神。故农则年答大戬于天，自亦蒙庥而大酺，稍息心体，备更服劳。今并此而止之，是使学轭下之牛马也，人不能堪，必别有所以发泄者矣。况乎自慰之事，他人不当犯干，诗人朗咏以写心，虽暴主不相犯也；舞人屈申以舒体，虽暴主不相犯也；农人之慰，而志士犯之，则志士之祸，烈于暴主远矣。乱之上也，治之下也，至于细流，乃尚万别。举其大略，首有嘲神话者，总希腊埃及印度，咸与诽笑，谓足作解颐之具。夫神话之作，本于古民，睹天物之奇觚，则逞神思而施以人化，想出古异，諔诡可观，虽信之失当，而嘲之则大惑也。太古之民，神思如是，为后人者，当若何惊异瑰大之；矧欧西艺文，多蒙其泽，思想文术，赖是而庄严美妙者，不知几何。倘欲究西国人文，治此则其首事，盖不知神话，即莫由解其艺文，暗艺文者，于内部文明何获焉。若谓埃及以迷信亡，举彼上古文明，胥加呵斥，则竖子之见，古今之别，且不能知者，虽一哂可靳之矣。复次乃有借口科学，怀疑于中国古然之神龙者，按其由来，实在拾外人之余唾。彼徒除利力而外，无蕴于中，见中国式微，则虽一石一华，亦加轻薄，于是吹索抉剔，以动物学之定理，断神龙为必无。夫龙之为物，本吾古民神思所创造，例以动物学，则既自白其愚矣，而华土同人，贩此又何为者？抑国民有是，非特无足愧恧已也，神思美富，益可自扬。古则有印度希腊，近之则东欧与北欧诸邦，神话古传以至神物重言之丰，他国莫与并，而民性亦瑰奇渊雅，甲天下焉，吾未见其为世诟病也。惟不能自造神话神物，而贩诸殊方，则念古民神思之穷，有足媿尒。嗟乎，龙为国徽，而加之谤，旧物将不存于世矣！顾俄罗斯枳首之鹰，英吉利人立之兽，独不蒙垢者，则以国势异也。科学为之被，利力实其心，若尔人者，其可与庄语乎，直唾之耳。且今者更将创天下古今未闻之事，定宗教以强中国人之信奉矣，心夺于人，信不繇己，然此破迷信之志士，则正敕定正信教宗之健仆哉。

崇侵略者类有机，兽性其上也，最有奴子性，中国志士何隶乎？夫古民惟群，后乃成国，分画疆界，生长于斯，使其用天之宜，食地之利，借自力以善生事，辑睦而不相攻，此盖至善，亦非不能也。人类顾由昉，乃在微生，自虫蛆虎豹猿狖以至今日，古性伏中，时复显露，于是有嗜杀戮侵略之事，夺土地子女玉帛以厌野心；而间恤人言，则造作诸美名以自盖，历时既久，入人者深，众遂渐不知所由来，性偕习而俱变，虽哲人硕士，染秽恶焉。如俄罗斯什赫诸邦，夙有一切斯拉夫主义，居高位者，抱而动定，惟不溥及农人间，顾思士诗人，则熏染于心，虽瑰意鸿思不能涤。其所谓爱国，大都不以艺文思理，足为人类荣华者是尚，惟援甲兵剑戟之精锐，获地杀人之众多，喋喋为宗国晖光。至于近世，则知别有天识在人，虎狼之行，非其首事，而此风为稍杀。特在下士，未能脱也，有识者忧之，于是恶兵如蛇蝎，而大呼平和于人间，其声亦震心曲，预言者托尔斯泰其一也。其言谓人生之至可贵者，莫如自食力而生活，侵掠攻夺，足为大禁，下民无不乐平和，而在上者乃爱喋血，驱之出战，丧人民元，于是家室不完，无庇者遍全国，民失其所，政家之罪也。何以药之？莫如不奉命。令出征而士不集，仍秉耒耜而耕，熙熙也；令捕治而吏不集，亦仍秉耒耜而耕，熙熙也，独夫孤立于上，而臣仆不听命于下，则天下治矣。然平议以为非是，载使全俄朝如是，敌军则可以夕至，民朝弃戈矛于足次，迨夕则失其土田，流离散亡，烈于前此。故其所言，为理想诚善，而见诸事实，乃佛戾初志远矣。第此犹曰仅揆之利害之言也，察人类之不齐，亦当悟斯言之非至。夫人历进化之道途，其度则大有差等，或留蛆虫性，或猿狙性，纵越万祀，不能大同。即同矣，见一异者，而全群之治立败，民性柔和，既如乳羔，则一狼入其牧场，能杀之使无遗孑，及是时而求保障，悔迟莫矣。是故嗜杀戮攻夺，思廓其国威于天下者，兽性之爱国也，人欲超禽虫，则不当慕其思。顾战争绝迹，平和永存，乃又须迟之人类灭尽，大地崩离以后；则甲兵之寿，盖又与人类同终始者已。然此特所以自捍卫，辟虎狼也，不假之为爪牙，以残食世之小弱，令兵为人用，而不强人为兵奴，人知此义，乃庶可与语武事，而不至为两间大厉也与。虽然，察我中国，则世之论者，殆皆非也，云爱国者有人，崇武士者有人，而其志特甚犷野，托体文化，口则作肉攫之鸣，假使傅以爪牙，若余勇犹可以蹂躏大地，此其为性，狞暴甚矣，顾亦不可谥之兽性。何以言之？曰诚于中而外见者，得二事焉，兽性爱国者之所无也。二事云何？则一曰崇强国，次曰侮胜民。盖兽性爱国之士，必生于强大之邦，势力盛强，威足以凌天下，则孤尊自国，蔑视异方，执进化留良之言，攻小弱以逞欲，非混一寰宇，异种悉为其臣仆不慊也。然中国则何如国矣，民乐耕稼，轻去其乡，上而好远功，在野者辄怨怼，凡所自诩，乃在文明之光华美大，而不藉暴力以凌四夷，宝爱平和，天下鲜有。惟晏安长久，防卫日弛，虎狼突来，民乃涂炭。第此非吾民罪也，恶喋血，恶杀人，不忍别离，安于劳作，人之性则如是。倘使举天下之习同中国，犹托尔斯泰之所言，则大地之上，虽种族繁多，邦国殊别，而此疆尔界，执守不相侵，历万世无乱离焉可也。兽性者起，而平和之民始大骇，日夕岌岌，若不能存，苟不斥去之，固无以自生活；然此亦惟驱之适旧乡，而不自反于兽性，况其戴牙角以戕贼小弱孤露者乎。而吾志士弗念也，举世滔滔，颂美侵略，暴俄强德，向往之如慕乐园，至受厄无告如印度波兰之民，则以冰寒之言嘲其陨落。夫吾华土之苦于强暴，亦已久矣，未至陈尸，鸷鸟先集，丧地不足，益以金资，而人亦为之寒饿野死。而今而后，所当有利兵坚盾，环卫其身，毋俾封豕长蛇，荐食上国；然此则所以自卫而已，非效侵略者之行，非将以侵略人也。不尚侵略者何？曰反诸己也，兽性者之敌也。至于波兰印度，乃华土同病之邦矣，波兰虽素不相往来，顾其民多情愫，爱自繇，凡人之有情愫宝自繇者，胥爱其国为二事征象，盖人不乐为皂隶，则孰能不眷慕悲悼之。印度则交通自古，贻我大祥，思想信仰道德艺文，无不蒙贶，虽兄弟眷属，何以加之。使二国而危者，吾当为之抑郁，二国而陨，吾当为之号咷，无祸则上祷于天，俾与吾华土同其无极。今志士奈何独不念之，谓自取其殃而加之谤，岂其屡蒙兵火，久匍伏于强暴者之足下，则旧性失，同情漓，灵台之中，满以势利，因迷谬亡识而为此与！故总度今日佳兵之士，自屈于强暴久，因渐成奴子之性，忘本来而崇侵略者最下；人云亦云，不持自见者上也。间亦有不隶二类，而偶反其未为人类前之性者，吾尝一二见于诗歌，其大旨在援德皇威廉二世黄祸之说以自豪，厉声而嗥，欲毁伦敦而覆罗马；巴黎一地，则以供淫游焉。倡黄祸者，虽拟黄人以兽，顾其烈则未至于此矣。今兹敢告华土壮者曰，勇健有力，果毅不怯斗，固人生宜有事，特此则以自臧，而非用以搏噬无辜之国。使其自树既固，有余勇焉，则当如波兰武士贝谟之辅匈加利，英吉利诗人裴伦之助希腊，为自繇张其元气，颠仆压制，去诸两间，凡有危邦，咸与扶掖，先起友国，次及其他，令人间世，自繇具足，眈眈皙种，失其臣奴，则黄祸始以实现。若夫今日，其可收艳羡强暴之心，而说自卫之要矣。乌乎，吾华土亦一受侵略之国也，而不自省也乎。（未完）

**题注：**

本篇最初发表于1908年12月5日在日本东京出版的中国留学生刊物《河南》月刊第八期，署名迅行。本篇为未完稿。初未收集。《河南》是我国留日学生创办的以各省留日同乡会或各省留日同人名义出版的众多书报之一，程克、孙竹丹等人主编。鲁迅在该刊发表的文章，除本篇外，还有《人之历史》《科学史教篇》《文化偏至论》《摩罗诗力说》及收入《鲁迅译文集》的《裴彖飞诗论》。所谓“恶声”，是指当时“恶蚀扰攘”于中国学术和思想文化界的各种关于科学、文艺和宗教等方面的“殊异之思，诐诡之物”，如“竞言武事”“制造商估，立宪国会”等言论。

# 军界痛言

军人之资格所以最高尚者，以其有破敌保国之责任也。是故尝胆卧薪，枕戈待旦，军人之自诫当何如！马革裹尸，斩将搴旗，军人之自期当何如！

今也吾绍之军人，其自待为何如乎？成群闲游者有之，互相斗殴者有之，宿娼寻欢者有之，捉赌私罚者有之。身膺军国民之重任，而演无聊赖之恶剧，其因纪律不肃训练不善之故乎？抑以莽奴根性教诲难施之故乎？以此资格而充北伐，吾为中华民国前途危！

树曰：稂莠不除，则嘉苗不兴，司教练之责者，何不去此害群之马，而求诚挚沌洁之兵士，以成完全义勇之军队。

且也同以此北伐为宗旨，而一设社于东关镇，一设社于斗鸡场，一设社于第五中校，各自筹费，各自招兵，同居绍兴，而势同散沙，不能联络一气，此又树所不解者也。

**题注：**

本篇最初发表于1912年1月16日绍兴《越铎日报》第十四号“自由言论”栏，署名树。初未收集。本文强调军人的破敌保国的责任，指斥辛亥革命后光复军的劣行。

# 随感录三十三

现在有一班好讲鬼话的人，最恨科学，因为科学能教道理明白，能教人思路清楚，不许鬼混，所以自然而然的成了讲鬼话的人的对头。于是讲鬼话的人，便须想一个方法排除他。

其中最巧妙的是捣乱。先把科学东扯西拉，羼进鬼话，弄得是非不明，连科学也带了妖气：例如一位大官做的卫生哲学，里面说——

> “吾人初生之一点，实自脐始，故人之根本在脐。……故脐下腹部最为重要，道书所以称之曰丹田。”

用植物来比人，根须是胃，脐却只是一个蒂，离了便罢，有什么重要。但这还不过比喻奇怪罢了，尤其可怕的是——

> “精神能影响于血液，昔日德国科布博士发明霍乱（虎列拉）病菌，有某某二博士反对之，取其所培养之病菌，一口吞入，而竟不病。”

据我所晓得的，是Koch博士发见（查出了前人未知的事物叫发见，创出了前人未知的器具和方法才叫发明）了真虎列拉菌；别人也发见了一种，Koch说他不是，把他的菌吞了，后来没有病，便证明了那人所发见的，的确不是病菌。如今颠倒转来，当作“精神能改造肉体”的例证，岂不危险已极么？

捣乱得更凶的，是一位神童做的《三千大千世界图说》。他拿了儒，道士，和尚，耶教的糟粕，乱作一团，又密密的插入鬼话。他说能看见天上地下的情形，他看见的“地球星”，虽与我们所晓得的无甚出入，一到别的星系，可是五花八门了。因为他有天眼通，所以本领在科学家之上。他先说道——

> “今科学家之发明，欲观天文则用天文镜……然犹不能持此以观天堂地狱也。究之学问之道如大海然，万不可入海饮一滴水，即自足也。”

他虽然也分不出发见和发明的不同，论学问却颇有理。但学问的大海，究竟怎样情形呢？他说——

> “赤精天……有毒火坑，以水晶盖压之。若遇某星球将坏之时，即去某星球之水晶盖，则毒火大发，焚毁民物。”
>
> “众星……大约分为三种，曰恒星，行星，流星。……据西学家言，恒星有三十五千万，以小子视之，不下七千万万也。……行星共计一百千万大系。……流星之多，倍于行星。……其绕日者，约三十三年一周，每秒能行六十五里。”
>
> “日面纯为大火。……因其热力极大，人不能生，故太阳星君居焉。”

其余怪话还多；但讲天堂的远不及六朝方士的《十洲记》，讲地狱的也不过钞袭《玉历钞传》。这神童算是糟了！另外还有许多感慨的话，说科学害了人。上面一篇“嗣汉六十二代天师正一真人张元旭”的序文，尤为单刀直入，明明白白道出——

> “自拳匪假托鬼神，致招联军之祸，几至国亡种灭，识者痛心疾首，固已极矣。又适值欧化东渐，专讲物质文明之秋，遂本科学家世界无帝神管辖，人身无魂魄轮回之说，奉为国是，俾播印于人人脑髓中，自是而人心之敬畏绝矣。敬畏绝，而道德无根柢以发生矣！放僻邪侈，肆无忌惮，争权夺利，日相战杀，其祸将有甚于拳匪者！……”

这简直说是万恶都由科学，道德全靠鬼话；而且与其科学，不如拳匪了。从前的排斥外来学术和思想，大抵专靠皇帝；自六朝至唐宋，凡攻击佛教的人，往往说他不拜君父，近乎造反。现在没有皇帝了，却寻出一个“道德”的大帽子，看他何等利害。不提防想不到的一本绍兴《教育杂志》里面，也有一篇仿古先生的《教育偏重科学无甯偏重道德》（甯字原文如此，疑是避讳）的论文，他说——

> “西人以数百年科学之心力，仅酿成此次之大战争。……科学云乎哉？多见其为残贼人道矣！”
>
> “偏重于科学，则相尚于知能；偏重于道德，则相尚于欺伪。相尚于欺伪，则祸止于欺伪，相尚于知能，则欺伪莫由得而明矣！”

虽然不说鬼神为道德根本，至于向科学宣告死刑，却居然两教同心了。所以拳匪的传单上，明白写着——

> “孔圣人<br>张天师 傅言由山东来，赶紧急傅，并无虚言！”（傅字原文如此，疑传字之误。）

照他们看来，这般可恨可恶的科学世界，怎样挽救呢？《灵学杂志》内俞复先生答吴稚晖先生书里说过：“鬼神之说不张，国家之命遂促！”可知最好是张鬼神之说了。鬼神为道德根本，也与张天师和仿古先生的意见毫不冲突。可惜近来北京乩坛，又印出一本《感显利冥录》，内有前任北京城隍白知和谛闲法师的问答——

> “师云：发愿一事，的确要紧。……此次由南方来，闻某处有济公临坛，所说之话，殊难相信。济祖是阿罗汉，见思惑已尽，断不为此。……不知某会临坛者，是济祖否？请示。
>
> “乩云：承谕发愿，……谨记斯言。某处坛，灵鬼附之耳。须知灵鬼，即魔道也。知此后当发愿驱除此等之鬼。”

“师云”的发愿，城隍竟不能懂；却先与某会力争正统。照此看来，国家之命未延，鬼兵先要打仗；道德仍无根柢，科学也还该活命了。

其实中国自所谓维新以来，何尝真有科学。现在儒道诸公，却径把历史上一味捣鬼不治人事的恶果，都移到科学身上，也不问什么叫道德，怎样是科学，只是信口开河，造谣生事；使国人格外惑乱，社会上罩满了妖气。以上所引的话，不过随手拈出的几点黑影；此外自大埠以至僻地，还不知有多少奇谈。但即此几条，已足可推测我们周围的空气，以及将来的情形，如何黑暗可怕了。

据我看来，要救治这“几至国亡种灭”的中国，那种“孔圣人张天师传言由山东来”的方法，是全不对症的，只有这鬼话的对头的科学！——不是皮毛的真正科学！——这是什么缘故呢？陈正敏《遯斋闲览》有一段故事（未见原书，据《本草纲目》所引写出，但这也全是道士所编造的谣言，并非事实，现在只当他比喻用）说得好——

“杨勔中年得异疾；每发语，腹中有小声应之，久渐声大。有道士见之，曰：此应声虫也！但读《本草》取不应者治之。读至雷丸，不应，遂顿服数粒而愈。”

关于吞食病菌的事，我上文所说的大概也是错的，但现在手头无书可查。也许是 Koch 博士发见了虎列拉菌时，Pfeffer 博士以为不是真病菌，当面吞下去了，后来病得几乎要死。总之，无论如何，这一案决不能作“精神能改造肉体”的例证。一九二五年九月二十四日补记。

**题注：**

本篇最初发表于 1918 年 10 月 15 日《新青年》第五卷第四号，署名唐俟。收入《热风》。五四时期倡导民主和科学，即“德”“赛”两先生。本篇驳斥了当时社会上封建顽固势力诋毁科学、宣扬宗教迷信的种种荒谬言行，倡导真正的科学。

# 随感录三十七

近来很有许多人，在那里竭力提倡打拳。记得先前也曾有过一回，但那时提倡的，是满清王公大臣，现在却是民国的教育家，位分略有不同。至于他们的宗旨，是一是二，局外人便不得而知。

现在那班教育家，把“九天玄女传与轩辕黄帝，轩辕黄帝传与尼姑”的老方法，改称“新武术”，又是“中国式体操”，叫青年去练习。听说其中好处甚多，重要的举出两种来，是：

一，用在体育上。据说中国人学了外国体操，不见效验；所以须改习本国式体操（即打拳）才行。依我想来：两手拿着外国铜锤或木棍，把手脚左伸右伸的，大约于筋肉发达上，也该有点“效验”。无如竟不见效验！那自然只好改途去练“武松脱铐”那些把戏了。这或者因为中国人生理上与外国人不同的缘故。

二，用在军事上。中国人会打拳，外国人不会打拳：有一天见面对打，中国人得胜，是不消说的了。即使不把外国人“板油扯下”，只消一阵“乌龙扫地”，也便一齐扫倒，从此不能爬起。无如现在打仗，总用枪炮。枪炮这件东西，中国虽然“古时也已有过”，可是此刻没有了。籐牌操法，又不练习，怎能御得枪炮？我想（他们不曾说明，这是我的“管窥蠡测”）：打拳打下去，总可达到“枪炮打不进”的程度（即内功？）。这件事从前已经试过一次，在一千九百年。可惜那一回真是名誉的完全失败了。且看这一回如何。

**题注：**

本篇最初发表于1918年11月15日《新青年》第五卷第五号。收入《热风》。“武术”也是“国粹”之一。清朝王公大臣中的顽固分子曾赞助义和团，提倡打拳，企图利用义和团对付外国势力，结果自取其辱。鲁迅写此文，是有感于北洋政府教育部把济南镇守使马良编写的《新武术初级拳脚科》定为教科书向全国发行。此文发表后引起当时上海精武体育会编辑陈铁生的发难，于是鲁迅又在1919年2月《新青年》第六卷第二号“通信”栏上发表《拳术与“拳匪”》予以驳斥，并引录了陈铁生的全文。1928年在《〈这回是第三次〉按语》中他再次提到：“在五六年前，我对于中国人之发‘打拳热’，确曾反对过，那是因为恐怕大家忘却了枪炮，以为拳脚可以救国，而后来终于吃亏。”

# 随感录三十八

中国人向来有点自大。——只可惜没有“个人的自大”，都是“合群的爱国的自大”。这便是文化竞争失败之后，不能再见振拔改进的原因。

“个人的自大”，就是独异，是对庸众宣战。除精神病学上的夸大狂外，这种自大的人，大抵有几分天才，——照 Nordau 等说，也可说就是几分狂气。他们必定自己觉得思想见识高出庸众之上，又为庸众所不懂，所以愤世疾俗，渐渐变成厌世家，或“国民之敌”。但一切新思想，多从他们出来，政治上宗教上道德上的改革，也从他们发端。所以多有这“个人的自大”的国民，真是多福气！多幸运！

“合群的自大”，“爱国的自大”，是党同伐异，是对少数的天才宣战；——至于对别国文明宣战，却尚在其次。他们自己毫无特别才能，可以夸示于人，所以把这国拿来做个影子；他们把国里的习惯制度抬得很高，赞美的了不得；他们的国粹，既然这样有荣光，他们自然也有荣光了！倘若遇见攻击，他们也不必自去应战，因为这种蹲在影子里张目摇舌的人，数目极多，只须用 mob 的长技，一阵乱噪，便可制胜。胜了，我是一群中的人，自然也胜了；若败了时，一群中有许多人，未必是我受亏：大凡聚众滋事时，多具这种心理，也就是他们的心理。他们举动，看似猛烈，其实却很卑怯。至于所生结果，则复古，尊王，扶清灭洋等等，已领教得多了。所以多有这“合群的爱国的自大”的国民，真是可哀，真是不幸！

不幸中国偏只多这一种自大：古人所作所说的事，没一件不好，遵行还怕不及，怎敢说到改革？这种爱国的自大家的意见，虽各派略有不同，根柢总是一致，计算起来，可分作下列五种：

甲云：“中国地大物博，开化最早；道德天下第一。”这是完全自负。

乙云：“外国物质文明虽高，中国精神文明更好。”

丙云：“外国的东西，中国都已有过；某种科学，即某子所说的云云”，这两种都是“古今中外派”的支流；依据张之洞的格言，以“中学为体西学为用”的人物。

丁云：“外国也有叫化子，——（或云）也有草舍，——娼妓，——臭虫。”这是消极的反抗。

戊云：“中国便是野蛮的好。”又云：“你说中国思想昏乱，那正是我民族所造成的事业的结晶。从祖先昏乱起，直要昏乱到子孙；从过去昏乱起，直要昏乱到未来。……（我们是四万万人，）你能把我们灭绝么？”这比“丁”更进一层，不去拖人下水，反以自己的丑恶骄人；至于口气的强硬，却很有《水浒传》中牛二的态度。

五种之中，甲乙丙丁的话，虽然已很荒谬，但同戊比较，尚觉情有可原，因为他们还有一点好胜心存在。譬如衰败人家的子弟，看见别家兴旺，多说大话，摆出大家架子；或寻求人家一点破绽，聊给自己解嘲。这虽然极是可笑，但比那一种掉了鼻子，还说是祖传老病，夸示于众的人，总要算略高一步了。

戊派的爱国论最晚出，我听了也最寒心；这不但因其居心可怕，实因他所说的更为实在的缘故。昏乱的祖先，养出昏乱的子孙，正是遗传的定理。民族根性造成之后，无论好坏，改变都不容易的。法国 G. Le Bon 著《民族进化的心理》中，说及此事道（原文已忘，今但举其大意）——“我们一举一动，虽似自主，其实多受死鬼的牵制。将我们一代的人，和先前几百代的鬼比较起来，数目上就万不能敌了。”我们几百代的祖先里面，昏乱的人，定然不少：有讲道学的儒生，也有讲阴阳五行的道士，有静坐炼丹的仙人，也有打脸打把子的戏子。所以我们现在虽想好好做“人”，难保血管里的昏乱分子不来作怪，我们也不由自主，一变而为研究丹田脸谱的人物：这真是大可寒心的事。但我总希望这昏乱思想遗传的祸害，不至于有梅毒那样猛烈，竟至百无一免。即使同梅毒一样，现在发明了六百零六，肉体上的病，既可医治；我希望也有一种七百零七的药，可以医治思想上的病。这药原来也已发明，就是“科学”一味。只希望那班精神上掉了鼻子的朋友，不要又打着“祖传老病”的旗号来反对吃药，中国的昏乱病，便也总有全愈的一天。祖先的势力虽大，但如从现代起，立意改变：扫除了昏乱的心思，和助成昏乱的物事（儒道两派的文书），再用了对症的药，即使不能立刻奏效，也可把那病毒略略羼淡。如此几代之后待我们成了祖先的时候，就可以分得昏乱祖先的若干势力，那时便有转机，Le Bon 所说的事，也不足怕了。

以上是我对于“不长进的民族”的疗救方法；至于“灭绝”一条，那是全不成话，可不必说。“灭绝”这两个可怕的字，岂是我们人类应说的？只有张献忠这等人曾有如此主张，至今为人类唾骂；而且于实际上发生出什么效验呢？但我有一句话，要劝戊派诸公。“灭绝”这句话，只能吓人，却不能吓倒自然。他是毫无情面：他看见有自向灭绝这条路走的民族，便请他们灭绝，毫不客气。我们自己想活，也希望别人都活；不忍说他人的灭绝，又怕他们自己走到灭绝的路上，把我们带累了也灭绝，所以在此着急。倘使不改现状，反能兴旺，能得真实自由的幸福生活，那就是做野蛮也很好。——但可有人敢答应说“是”么？

**题注：**

本篇最初发表于1918年11月15日《新青年》第五卷第五号。收入《热风》。文中所说“思想的混乱”“是我们民族所造成的”等话，源于1918年8月15日《新青年》第五卷第二号刊登的任鸿隽致胡适信，其中说：“吾国的历史、文字、思想，无论如何昏乱，总是这一种不长进的民族造成功了留下来的。此种昏乱种子，不但存在文字历史上，且存在在及将来子孙的心脑中。所以我敢大胆宣言，若要中国好，除非使中国人种先行灭绝！”任鸿隽的话是为了反对钱玄同等关于废孔学、废汉字的言论。鲁迅此文就是针对任鸿隽的议论而作。

# 随感录三十九

《新青年》的五卷四号，隐然是一本戏剧改良号，我是门外汉，开口不得；但见《再论戏剧改良》这一篇中，有“中国人说到理想，便含着轻薄的意味，觉得理想即是妄想，理想家即是妄人”一段话，却令我发生了追忆，不免又要说几句空谈。

据我的经验，这理想价值的跌落，只是近五年以来的事。民国以前，还未如此，许多国民，也肯认理想家是引路的人。到了民国元年前后，理论上的事情，著著实现，于是理想派——深浅真伪现在姑且弗论——也格外举起头来。一方面却有旧官僚的攘夺政权，以及遗老受冷不过，豫备下山，都痛恨这一类理想派，说什么闻所未闻的学理法理，横亘在前，不能大踏步摇摆。于是沉思三日三夜，竟想出了一种兵器，有了这利器，才将“理”字排行的元恶大憝，一律肃清。这利器的大名，便叫“经验”。现在又添上一个雅号，便是高雅之至的“事实”。

经验从那里得来，便是从清朝得来的。经验提高了他的喉咙含含糊糊说，“狗有狗道理，鬼有鬼道理，中国与众不同，也自有中国道理。道理各各不同，一味理想，殊堪痛恨。”这时候，正是上下一心理财强种的时候，而且带着理字的，又大半是洋货，爱国之士，义当排斥。所以一转眼便跌了价值；一转眼便遭了嘲骂；又一转眼，便连他的影子，也同拳民时代的教民一般，竟犯了与众共弃的大罪了。

但我们应该明白，人格的平等，也是一种外来的旧理想；现在“经验”既已登坛，自然株连着化为妄想，理合不分首从，全踏在朝靴底下，以符列祖列宗的成规。这一踏不觉过了四五年，经验家虽然也增加了四五岁，与素未经验的生物学学理——死——渐渐接近，但这与众不同的中国，却依然不是理想的住家。一大批踏在朝靴底下的学习诸公，早经竭力大叫，说他也得了经验了。

但我们应该明白，从前的经验，是从皇帝脚底下学得；现在与将来的经验，是从皇帝的奴才的脚底下学得。奴才的数目多，心传的经验家也愈多。待到经验家二世的全盛时代，那便是理想单被轻薄，理想家单当妄人，还要算是幸福侥幸了。

现在的社会，分不清理想与妄想的区别。再过几时，还要分不清“做不到”与“不肯做到”的区别，要将扫除庭园与劈开地球混作一谈。理想家说，这花园有秽气，须得扫除，——到那时候，说这宗话的人，也要算在理想党里，——他却说道，他们从来在此小便，如何扫除？万万不能，也断乎不可！

那时候，只要从来如此，便是宝贝。即使无名肿毒，倘若生在中国人身上，也便“红肿之处，艳若桃花；溃烂之时，美如乳酪”。国粹所在，妙不可言。那些理想学理法理，既是洋货，自然完全不在话下了。

但最奇怪的，是七年十月下半，忽有许多经验家，理想经验双全家，经验理想未定家，都说公理战胜了强权；还向公理颂扬了一番，客气了一顿。这事不但溢出了经验的范围，而且又添上一个理字排行的厌物。将来如何收场，我是毫无经验，不敢妄谈。经验诸公，想也未曾经验，开口不得。

没有法，只好在此提出，请教受人轻薄的理想家了。

**题注：**

本篇最初发表于1919年1月15日《新青年》第六卷第一号，署名唐俟。收入《热风》。

# 随感录四十三

进步的美术家，——这是我对于中国美术界的要求。

美术家固然须有精熟的技工，但尤须有进步的思想与高尚的人格。他的制作，表面上是一张画或一个影像，其实是他的思想与人格的表现。令我们看了，不但欢喜赏玩，尤能发生感动，造成精神上的影响。

我们所要求的美术家，是能引路的先觉，不是“公民团”的首领。我们所要求的美术品，是表记中国民族知能最高点的标本，不是水平线以下的思想的平均分数。

近来看见上海什么报的增刊《泼克》上，有几张讽刺画。他的画法，倒也模仿西洋；可是我很疑惑，何以思想如此顽固，人格如此卑劣，竟同没有教育的孩子只会在好好的白粉墙上写几个“某某是我而子”一样。可怜外国事物，一到中国，便如落在黑色染缸里似的，无不失了颜色。美术也是其一：学了体格还未匀称的裸体画，便画猥亵画；学了明暗还未分明的静物画，只能画招牌。皮毛改新，心思仍旧，结果便是如此。至于讽刺画之变为人身攻击的器具，更是无足深怪了。

说起讽刺画，不禁想到美国画家勃拉特来（L. D. Bradley 1853—1917）了。他专画讽刺画，关于欧战的画，尤为有名；只可惜前年死掉了。我见过他一张《秋收时之月》(《The Harvest Moon》) 的画。上面是一个形如骷髅的月亮，照着荒田；田里一排一排的都是兵的死尸。唉唉，这才算得真的进步的美术家的讽刺画。我希望将来中国也能有一日，出这样一个进步的讽刺画家。

**题注：**

本篇最初发表于1919年1月15日《新青年》第六卷第一号，署名唐俟。收入《热风》。文中提到“上海什么报的增刊《泼克》”，指上海《时事新报》星期图画增刊《泼克》。“泼克”，英语Puck的音译，是英国民间传说中喜欢恶作剧的小妖精之名。1919年1月5日该增刊发表6幅沈泊尘创作的漫画，虽模仿西洋讽刺画，但思想顽固，把讽刺画变成了人身攻击的工具。

# 关于《拳术与拳匪》

此信单是呵斥，原意不需答复，本无揭载的必要；但末后用了“激将法”，要求发表，所以便即发表。既然发表，便不免要答复几句了。

来信的最大误解处，是我所批评的是社会现象，现在陈先生根据了来攻难的，却是他本身的态度。如何是社会现象呢？本志前号《克林德碑》篇内已经举出：《新武术》序说，“世界各国，未有愈于中华之新武术者。前庚子变时，民气激烈……”序中的庚子，便是《随感录》所说的一千九百年，可知对于“鬼道主义”明明大表同情。要单是一人偶然说了，本也无关重要；但此书是已经官署审定，又很得教育家欢迎，——近来议员又提议推行，还未知是否同派，——到处学习，这便是的确成了一种社会现象；而且正是“鬼道主义”精神。我也知道拳术家中间，必有不信鬼道的人；但既然不见出头驳斥，排除谬见，那便是为潮流遮没，无从特别提开。譬如说某地风气闭塞，也未必无一二开通的人，但记载批评，总要据大多数立言，这一二人决遮不了大多数。所以个人的态度，便推翻不了社会批评；这《随感录》第三十七条，也仍然完全成立。

其次，对于陈先生主张的好处，也很有不能“点头”的处所，略说于下：

蔡先生确非满清王公，但现在是否主持打拳，我实不得而知。就令正在竭力主持，我亦以为不对。

陈先生因拳术医好了老病，所以赞不绝口；照这样说，拳术亦只是医病之术，仍无普及的必要。譬如乌头，附子，虽于病有功，亦不必人人煎吃。若用此医相类之病，自然较有理由；但仍须经西医考查研究，多行试验，确有统计，才可用于治疗。不能因一二人偶然之事，便作根据。

技击术的“起死回生”和“至尊无上”，我也不能相信。东瀛的“武士道”，是指武士应守的道德，与技击无关。武士单能技击，不守这道德，便是没有武士道。中国近来每与柔术混作一谈，其实是两件事。

美国新出“北拳对打”，亦是情理上能有的事，他们于各国的书，都肯翻译；或者取其所长，或者看看这些人如何思想，如何举动：这是他们的长处。中国一听得本国书籍，间有译了外国文的，便以为定然宝贝，实是大误。

Boxing 的确是外国所有的字，但不同中国的打拳；对于中国可以说是“不会”。正如拳匪作 Boxer，也是他们本有的字；但不能因有此字，便说外国也有拳匪。

陆军中学里，我也曾见他们用厚布包了枪刃，互相击刺，大约确是枪剑术；至于是否逃不出中国技击范围，“外行”实不得而知。但因此可悟打仗冲锋，当在陆军中教练，正不必小学和普通中学都来练习。

总之中国拳术，若以为一种特别技艺，有几个自己高兴的人，自在那里投师练习，我是毫无可否的意见；因为这是小事。现在所以反对的，便在：(一)教育家都当作时髦东西，大有中国人非此不可之概；(二)鼓吹的人，多带着“鬼道”精神，极有危险的预兆。所以写了这一条随感录，倘能提醒几个中国人，则纵令被骂为“刚毅之不如”，也是毫不介意的事。

三月二日，鲁迅。

**【备考】：**

拳术与拳匪

——驳《新青年》五卷五号《随感录》第三十七条

鲁迅君何许人，我所未知，大概亦是一个青年。但是这位先生脑海中似乎有点不清楚，竟然把拳匪同技击术混在一起。不知鲁君可曾见过拳匪？若系见过义和团，断断不至弄到这等糊涂。义和团是凭他两三句鬼话，如盛德坛《灵学杂志》一样，那些大人先生方能受他蛊惑；而且他只是无规则之禽兽舞。若言技击，则身，手，眼，步，法五者不可缺一，正所谓规行矩步。鲁先生是局外人，难怪难怪。我敢正告鲁先生曰：否！不然！义和团乃是与盛德坛《灵学杂志》同类，与技击家无涉。义和团是鬼道主义，技击家乃人道主义。(以上驳第一段)

现在教育家主持用中国拳术者，我记得有一位蔡孑民先生，在上海爱国女校演说，他说：“外国的柔软体操可废，而拳术必不可废。”这位老先生，大抵不是满清王公了。当时我亦不以为然。后来我年近中旬，因身体早受攻伐，故此三十以后，便至手足半废。有一位医学博士替我医了两三年，他说，“药石之力已穷，除非去学柔软体操。”当时我只可去求人教授。不料学了两年，脚才好些，手又出毛病了；手好些，脚又出毛病了。卒之有一位系鲁迅先生最憎恶之拳术家，他说我是偏练之故；如用拳术，手足一齐动作，力与气同用，自然无手愈足否，足愈手否之毛病。我为了身体苦痛，只可试试看。不料试了三个月，居然好了；如今我日日做鲁先生之所谓拳匪，居然饮得，食得，行得，走得；拳匪之赐，真真不少也。我想一个半废之人，尚且可以医得好，可见从那位真真正正外国医学博士，竟输于拳匪，奇怪奇怪，（这句非说西医不佳，因我之学体操而学拳，皆得西医之一言也；只谓拳术有回生起死之功而已。）这就是拳术的效验。至于“武松脱铐”等文字之不雅驯，是因满清律例，拳师有禁，故此搢绅先生怕触禁网，遂令识字无多之莽夫专有此术；因使至尊无上之技击术黯然无色；更令东瀛“武士道”窃吾绪余，以“大和魂”自许耳。且吾见美国新出版有一本书，系中国北拳对打者。可惜我少年失学，不识蟹行字只能看其图而已。但是此书，系我今年亲见；如鲁先生要想知道美国拳匪，我准可将此书之西文，求人写出，请他看看。（驳原文二,三段）

原文谓“外国不会打拳”，更是荒谬。这等满清王公大臣，可谓真正刚毅之不如。这一句不必多驳，只可将Boxing（此数西文，是友人教我的。）这几字，说与王公大臣知，便完了。枪炮固然要用；若打仗打到冲锋，这就恐非鲁先生所知，必须参用拳匪的法术了。我记得陆军中学尚有枪剑术，其中所用的法子，所绘的图形，依旧逃不出技击术的范围。鲁先生，这又是真真正正外国拳匪了。据我脑海中记忆力，尚记得十年前上海的报馆先生，犹天天骂技击术为拳匪之教练者；今则人人皆知技击术与义和团立于绝对反对的地位了。鲁先生如足未出京城一步，不妨请大胆出门，见识见识。我讲了半天，似乎顽石也点头了。鲁先生得毋骂我饶舌乎。但是我扳不上大人先生，不会说客气话，只有据事直说；公事公言，非开罪也。满清老例，有“留中不发”之一法；谅贵报素有率直自命，断不效法满清也。

粤人陈铁生。八年一月二十日。

“内功”非枪炮打不进之谓，毋强作内行语。

铁生赘。

**题注：**

本篇最初发表于1919年2月15日《新青年》第六卷第二号“通信”栏，排在陈铁生文后。初未收集。拳匪，指义和团运动中的义和拳会。光绪二十六年五月十七日（1900年6月13日）的上谕中始有“拳匪”之称。

# 随感录五十四

中国社会上的状态，简直是将几十世纪缩在一时：自油松片以至电灯，自独轮车以至飞机，自镖枪以至机关炮，自不许“妄谈法理”以至护法，自“食肉寝皮”的吃人思想以至人道主义，自迎尸拜蛇以至美育代宗教，都摩肩挨背的存在。

这许多事物挤在一处，正如我辈约了燧人氏以前的古人，拼开饭店一般，即使竭力调和，也只能煮个半熟；伙计们既不会同心，生意也自然不能兴旺，——店铺总要倒闭。

黄郛氏做的《欧战之教训与中国之将来》中，有一段话，说得很透澈：

> “七年以来，朝野有识之士，每腐心于政教之改良，不注意于习俗之转移；庸讵知旧染不去，新运不生：事理如此，无可勉强者也。外人之评我者，谓中国人有一种先天的保守性，即或迫于时势，各种制度有改革之必要时，而彼之所谓改革者，决不将旧日制度完全废止，乃在旧制度之上，更添加一层新制度。试览前清之兵制变迁史，可以知吾言之不谬焉。最初命八旗兵驻防各

地，以充守备之任；及年月既久，旗兵已腐败不堪用，洪秀全起，不得已，征募湘淮两军以应急：从此旗兵绿营，并肩存在，遂变成二重兵制。甲午战后，知绿营兵力又不可恃，乃复编练新式军队：于是并前二者而变成三重兵制矣。今旗兵虽已消灭，而变面换形之绿营，依然存在，总是二重兵制也。从可知吾国人之无澈底改革能力，实属不可掩之事实。他若贺阳历新年者，复贺阴历新年；奉民国正朔者，仍存宣统年号。一察社会各方面，盖无往而非二重制。即今日政局之所以不宁，是非之所以无定者，简括言之，实亦不过一种‘二重思想’在其间作祟而已。”

此外如既许信仰自由，却又特别尊孔；既自命“胜朝遗老”，却又在民国拿钱；既说是应该革新，却又主张复古：四面八方几乎都是二三重以至多重的事物，每重又各各自相矛盾。一切人便都在这矛盾中间，互相抱怨着过活，谁也没有好处。

要想进步，要想太平，总得连根的拔去了“二重思想”。因为世界虽然不小，但彷徨的人种，是终竟寻不出位置的。

**题注：**

本篇最初发表于1919年3月15日《新青年》第六卷第三号，署名唐俟。收入《热风》。文中所提到的黄郛，浙江绍兴人，曾为北洋政府、国民党政府官员。他的《欧战之教训与中国之将来》，1918年12月由上海中华书局出版。

# 随感录五十六　“来了”

近来时常听得人说，“过激主义来了”；报纸上也时常写着，“过激主义来了”。

于是有几文钱的人，很不高兴。官员也着忙，要防华工，要留心俄国人；连警察厅也向所属发出了严查“有无过激党设立机关”的公事。

着忙是无怪的，严查也无怪的；但先要问：什么是过激主义呢？

这是他们没有说明，我也无从知道。我虽然不知道，却敢说一句话：“过激主义”不会来，不必怕他；只有“来了”是要来的，应该怕的。

我们中国人，决不能被洋货的什么主义引动，有抹杀他扑灭他的力量。军国民主义么，我们何尝会同别人打仗；无抵抗主义么，我们却是主战参战的；自由主义么，我们连发表思想都要犯罪，讲几句话也为难；人道主义么，我们人身还可以买卖呢。

所以无论什么主义，全扰乱不了中国；从古到今的扰乱，也不听说因为什么主义。试举目前的例，便如陕西学界的布告，湖南灾民的布告，何等可怕，与比利时公布的德兵苛酷情形，俄国别党宣布的列宁政府残暴情形，比较起来，他们简直是太平天下了。德国还说是军国主义，列宁不消说还是过激主义哩！然而我们这中国的残杀淫掠，究竟是根据着什么主义呢？

这便是“来了”来了。来的如果是主义，主义达了还会罢；倘若单是“来了”，他便来不完，来不尽，来的怎样也不可知。

民国成立的时候，我住在一个小县城里，早已挂过白旗。有一日，忽然见许多男女，纷纷乱逃：城里的逃到乡下，乡下的逃进城里。问他们什么事，他们答道，“他们说要来了。”

可见大家都单怕“来了”，同我一样。那时还只有“多数主义”，没有“过激主义”哩。

**题注：**

本篇最初发表于1919年5月15日《新青年》第六卷第五号，署名唐俟。收入《热风》。俄国十月革命的胜利，引起中国执政当局的恐慌，他们攻击布尔什维主义是“过激主义”，严加防范，捕风捉影。本篇即讽刺这种现象。1936年10月20日鲁迅在《“立此存照”（六）》中提到：“《热风》中有《来了》一则，臆测而已，这却是具象的写实；而贼自己也喊‘来了’，则为《热风》作者所没有想到的。此理易明：‘贼’即民耳，故逃与追不同，而所喊的话如一：易地则皆然 。”

# 随感录五十七　现在的屠杀者

高雅的人说，“白话鄙俚浅陋，不值识者一哂之者也。”

中国不识字的人，单会讲话，“鄙俚浅陋”，不必说了。“因为自己不通，所以提倡白话，以自文其陋”如我辈的人，正是“鄙俚浅陋”，也不在话下了。最可叹的是几位雅人，也还不能如《镜花缘》里说的君子国的酒保一般，满口“酒要一壶乎，两壶乎，菜要一碟乎，两碟乎”的终日高雅，却只能在呻吟古文时，显出高古品格；一到讲话，便依然是“鄙俚浅陋”的白话了。四万万中国人嘴里发出来的声音，竟至总共“不值一哂”，真是可怜煞人。

做了人类想成仙；生在地上要上天；明明是现代人，吸着现在的空气，却偏要勒派朽腐的名教，僵死的语言，侮蔑尽现在，这都是“现在的屠杀者”。杀了“现在”，也便杀了“将来”。——将来是子孙的时代。

**题注：**

本篇最初发表于1919年5月15日《新青年》第六卷第五号，署名唐俟。收入《热风》。《新青年》同人倡导白话文，守旧派一批人如林琴南、胡先骕等诋毁白话文是“引车卖浆者流”的语言，“鄙俚浅陋”。鲁迅此文对攻击白话文的守旧派进行了反击。

# 随感录六十二　恨恨而死

古来很有几位恨恨而死的人物。他们一面说些“怀才不遇”“天道宁论”的话，一面有钱的便狂嫖滥赌，没钱的便喝几十碗酒，——因为不平的缘故，于是后来就恨恨而死了。

我们应该趁他们活着的时候问他：诸公！您知道北京离昆仑山几里，弱水去黄河几丈么？火药除了做鞭爆，罗盘除了看风水，还有什么用处么？棉花是红的还是白的？谷子是长在树上，还是长在草上？桑间濮上如何情形，自由恋爱怎样态度？您在半夜里可忽然觉得有些羞，清早上可居然有点悔么？四斤的担，您能挑么？三里的道，您能跑么？

他们如果细细的想，慢慢的悔了，这便很有些希望。万一越发不平，越发愤怒，那便“爱莫能助”。——于是他们终于恨恨而死了。

中国现在的人心中，不平和愤恨的分子太多了。不平还是改造的引线，但必须先改造了自己，再来改造社会，改造世界；万不可单是不平。至于愤恨，却几乎全无用处。

愤恨只是恨恨而死的根苗，古人有过许多，我们不要蹈他们的覆辙。

我们更不要借了“天下无公理，无人道”这些话，遮盖自暴自弃的行为，自称“恨人”，一副恨恨而死的脸孔，其实并不恨恨而死。

**题注：**

本篇最初发表于1919年11月1日《新青年》第六卷第六号，署名唐俟。收入《热风》。本文希望中国人不要光是不平与愤恨，要先改造自己，再改造社会，改造世界。文中“天道宁论”和“恨人”，均出自梁朝江淹的《恨赋》：“试望平原，蔓草萦骨，拱木敛魂。人生到此，天道宁论！于是仆本恨人，心惊不已。”“人生到此，天道宁论”，意思是：人活到这种地步，还有什么天理可讲呢！

# “生降死不降”

大约十五六年以前，我竟受了革命党的骗了。

他们说：非革命不可！你看，汉族怎样的不愿意做奴隶，怎样的日夜想光复，这志愿，便到现在也铭心刻骨的。试举一例罢，——他们说——汉人死了入殓的时候，都将辫子盘在顶上，像明朝制度，这叫做“生降死不降”！

生降死不降，多少悲惨而且值得同情呵。

然而近几年来，我的迷信却破裂起来了。我看见许多讣文上的人，大抵是既未殉难，也非遗民，和清朝毫不相干的；或者倒反食过民国的“禄”。而他们一死，不是“清封朝议大夫”，便是“清封恭人”，都到阴间三跪九叩的上朝去了。

我于是不再信革命党的话。我想：别的都是诳，只是汉人有一种“生降死不降”的怪脾气，却是真的。

五月五日

**题注：**

本篇最初发表于1921年5月6日北京《晨报副刊》“杂感”栏，署名风声。初未收集。1905年10月《民报》第一卷第一号曾刊载汪精卫的《民族的国民》一文，文中说：“我民族一息尚存，此心不死。……一般国民屈于毒焰，不得自由，然风气所成，有男降女不降，生降死不降之说……”其所谓“不降”是指“不降于清”。而在辛亥革命十年之后，仍有一些人以清朝的“封号”为荣。凡此均表明了封建意识和习惯势力的顽固性。针对这种社会现象，鲁迅写作了本文。

# 事实胜于雄辩

西哲说：事实胜于雄辩。我当初很以为然，现在才知道在我们中国，是不适用的。

去年我在青云阁的一个铺子里买过一双鞋，今年破了，又到原铺子去照样的买一双。

一个胖伙计，拿出一双鞋来，那鞋头又尖又浅了。

我将一只旧式的和一只新式的都排在柜上，说道：

“这不一样……”

“一样，没有错。”

“这……”

“一样，您瞧！”

我于是买了尖头鞋走了。

我顺便有一句话奉告我们中国的某爱国大家，您说，攻击本国的缺点，是拾某国人的唾余的，试在中国上，加上我们二字，看看通不通。

现在我敬谨加上了，看过了，然而通的。

您瞧！

十一月四日。

**题注：**

本篇最初发表于1921年11月4日北京《晨报副刊》“杂感”栏，署名风声。收入《热风》。鲁迅的文章常批判国民的劣根性，有些“爱国大家”认为攻击本国的缺点，是拾某国人唾余，本文举一小例子，证明有些缺点就是“我们中国”独有的。

# 为“俄国歌剧团”

我不知道，——其实是可以算知道的，然而我偏要这样说，——俄国歌剧团何以要离开他的故乡，却以这美妙的艺术到中国来博一点茶水喝。你们还是回去罢！

我到第一舞台看俄国的歌剧，是四日的夜间，是开演的第二日。

一入门，便使我发生异样的心情了：中央三十多人，旁边一大群兵，但楼上四五等中还有三百多的看客。

有人初到北京的，不久便说：我似乎住在沙漠里了。

是的，沙漠在这里。

没有花，没有诗，没有光，没有热。没有艺术，而且没有趣味，而且至于没有好奇心。

沉重的沙……

我是怎么一个怯弱的人呵。这时我想：倘使我是一个歌人，我的声音怕要销沉了罢。

沙漠在这里。

然而他们舞蹈了，歌唱了，美妙而且诚实的，而且勇猛的。

流动而且歌吟的云……

兵们拍手了，在接吻的时候。兵们又拍手了，又在接吻的时候。

非兵们也有几个拍手了，也在接吻的时候，而一个最响，超出于兵们的。

我是怎么一个褊狭的人呵。这时我想：倘使我是一个歌人，我怕要收藏了我的竖琴，沉默了我的歌声罢。倘不然，我就要唱我的反抗之歌。

而且真的，我唱了我的反抗之歌了！

沙漠在这里，恐怖的……

然而他们舞蹈了，歌唱了，美妙而且诚实的，而且勇猛的。

你们漂流转徙的艺术者，在寂寞里歌舞，怕已经有了归心了罢。你们大约没有复仇的意思，然而一回去，我们也就被复仇了。

比沙漠更可怕的人世在这里。

呜呼！这便是我对于沙漠的反抗之歌，是对于相识以及不相识的同感的朋友的劝诱，也就是为流转在寂寞中间的歌人们的广告。

四月九日。

**题注：**

本篇最初发表于1922年4月9日北京《晨报副刊》。收入《热风》。俄国歌剧团是十月革命后流亡在外的一个艺术团体，1922年经哈尔滨、长春等地来到北京，自4月3日起在北京第一舞台演出，至6月10日结束。鲁迅与俄国盲诗人爱罗先珂于4月4日晚同往观看了《游牧情》。本文即以剧场所见所感，借用爱罗先珂到北京后所说“我似乎住在沙漠里了”的感叹，揭露北洋军阀统治下的社会现实。

# 无题

私立学校游艺大会的第二日，我也和几个朋友到中央公园去走一回。

我站在门口帖着“昆曲”两字的房外面，前面是墙壁，而一个人用了全力要从我的背后挤上去，挤得我喘不出气。他似乎以为我是一个没有实质的灵魂了，这不能不说他有一点错。

回去要分点心给孩子们，我于是乎到一个制糖公司里去买东西。买的是“黄枚朱古律三文治”。

这是盒子上写着的名字，很有些神秘气味了。然而不的，用英文，不过是 Chocolate apricot sandwich。

我买定了八盒这“黄枚朱古律三文治”，付过钱，将他们装入衣袋里。不幸而我的眼光忽然横溢了，于是看见那公司的伙计正揸开了五个指头，罩住了我所未买的别的一切“黄枚朱古律三文治”。

这明明是给我的一个侮辱！然而，其实，我可不应该以为这是一个侮辱，因为我不能保证他如不罩住，也可以在纷乱中永远不被偷。也不能证明我决不是一个偷儿，也不能自己保证我在过去现在以至未来决没有偷窃的事。

但我在那时不高兴了，装出虚伪的笑容，拍着这伙计的肩头说：

“不必的，我决不至于多拿一个……”

他说：“那里那里……”赶紧掣回手去，于是惭愧了。这很出我意外，——我预料他一定要强辩，——于是我也惭愧了。

这种惭愧，往往成为我的怀疑人类的头上的一滴冷水，这于我是有损的。

夜间独坐在一间屋子里，离开人们至少也有一丈多远了。吃着分剩的“黄枚朱古律三文治”；看几叶托尔斯泰的书，渐渐觉得我的周围，又远远地包着人类的希望。

四月十二日。

**题注：**

本篇最初发表于1922年4月12日北京《晨报副刊》，署名鲁迅。原本对人类悲观失望的“我”，从普通人的一个小小的举动中，感到了人类的希望所在。最初发表时第一段与第二段之间还有一段话：“人看见Sro. E，几个人叫道：‘瞎子，瞎子！’对的，他们发现了真理。”Sro. E，即俄国盲诗人爱罗先珂。

# 即小见大

北京大学的反对讲义收费风潮，芒硝火焰似的起来，又芒硝火焰似的消灭了，其间就是开除了一个学生冯省三。

这事很奇特，一回风潮的起灭，竟只关于一个人。倘使诚然如此，则一个人的魄力何其太大，而许多人的魄力又何其太无呢。

现在讲义费已经取消，学生是得胜了，然而并没有听得有谁为那做了这次的牺牲者祝福。

即小见大，我于是竟悟出一件长久不解的事来，就是：三贝子花园里面，有谋刺良弼和袁世凯而死的四烈士坟，其中有三块墓碑，何以直到民国十一年还没有人去刻一个字。

凡有牺牲在祭坛前沥血之后，所留给大家的，实在只有“散胙”这一件事了。

十一月十八日。

**题注：**

本篇最初发表于1922年11月18日北京《晨报副刊》。收入《热风》。1922年10月18日，北京大学部分学生反对征收讲义费，发生风潮。蔡元培等提出辞职，大部分学生遂公推代表挽留，表示反对风潮。同月25日蔡元培等复职，风潮止息。后校方有所让步，取消了讲义费，学生冯省三却因此被开除。冯省三(1902—1924)，山东平原人，当时北京大学预科法文班学生。鲁迅因此事联想到民国四烈士为民捐躯，日后却被人遗忘的事。后来鲁迅在《两地书·二十二》中提到《即小见大》一文:“我那时曾在《晨报副刊》上做过一则杂感，意思是:牺牲为群众祈福，祀了神道之后，群众就分了他的肉、散胙。”“散胙”，指旧时祭祀以后，散发祭祀所用的肉。

# 说胡须

今年夏天游了一回长安，一个多月之后，胡里胡涂的回来了。知道的朋友便问我："你以为那边怎样？"我这才栗然地回想长安，记得看见很多的白杨，很大的石榴树，道中喝了不少的黄河水。然而这些又有什么可谈呢？我于是说："没有什么怎样。"他于是废然而去了，我仍旧废然而住，自愧无以对"不耻下问"的朋友们。

今天喝茶之后，便看书，书上沾了一点水，我知道上唇的胡须又长起来了。假如翻一翻《康熙字典》，上唇的，下唇的，颊旁的，下巴上的各种胡须，大约都有特别的名号谥法的罢，然而我没有这样闲情别致。总之是这胡子又长起来了，我又要照例的剪短他，先免得沾汤带水。于是寻出镜子，剪刀，动手就剪，其目的是在使他和上唇的上缘平齐，成一个隶书的一字。

我一面剪，一面却忽而记起长安，记起我的青年时代，发出连绵不断的感慨来。长安的事，已经不很记得清楚了，大约确乎是游历孔庙的时候，其中有一间房子，挂着许多印画，有李二曲像，有历代帝王像，其中有一张是宋太祖或是什么宗，我也记不清楚了，总之是穿一件长袍，而胡子向上翘起的。于是一位名士就毅然决然地说："这都是日本人假造的，你看这胡子就是日本式的胡子。”

诚然，他们的胡子确乎如此翘上，他们也未必不假造宋太祖或什么宗的画像，但假造中国皇帝的肖像而必须对了镜子，以自己的胡子为法式，则其手段和思想之离奇，真可谓“出乎意表之外”了。清乾隆中，黄易掘出汉武梁祠石刻画像来，男子的胡须多翘上；我们现在所见北魏至唐的佛教造像中的信士像，凡有胡子的也多翘上，直到元明的画像，则胡子大抵受了地心的吸力作用，向下面拖下去了。日本人何其不惮烦，孳孳汲汲地造了这许多从汉到唐的假古董，来埋在中国的齐鲁燕晋秦陇巴蜀的深山邃谷废墟荒地里？

我以为拖下的胡子倒是蒙古式，是蒙古人带来的，然而我们的聪明的名士却当作国粹了。留学日本的学生因为恨日本，便神往于大元，说道“那时倘非天幸，这岛国早被我们灭掉了！”则认拖下的胡子为国粹亦无不可。然而又何以是黄帝的子孙？又何以说台湾人在福建打中国人是奴隶根性？

我当时就想争辩，但我即刻又不想争辩了。留学德国的爱国者X君，——因为我忘记了他的名字，姑且以X代之，——不是说我的毁谤中国，是因为娶了日本女人，所以替他们宣传本国的坏处么？我先前不过单举几样中国的缺点，尚且要带累“贱内”改了国籍，何况现在是有关日本的问题？好在即使宋太祖或什么宗的胡子蒙些不白之冤，也不至于就有洪水，就有地震，有什么大相干。我于是连连点头，说道：“嗡，嗡，对啦。”因为我实在比先前似乎油滑得多了，——好了。

我剪下自己的胡子的左尖端毕，想，陕西人费心劳力，备饭化钱，用汽车载，用船装，用骡车拉，用自动车装，请到长安去讲演，大约万料不到我是一个虽对于决无杀身之祸的小事情，也不肯直抒自己的意见，只会“嗡，嗡，对啦”的罢。他们简直是受了骗了。

我再向着镜中的自己的脸，看定右嘴角，剪下胡子的右尖端，撒在地上，想起我的青年时代来——

那已经是老话，约有十六七年了罢。

我就从日本回到故乡来，嘴上就留着宋太祖或什么宗似的向上翘起的胡子，坐在小船里，和船夫谈天。

“先生，你的中国话说得真好。”后来，他说。

“我是中国人，而且和你是同乡，怎么会……”

“哈哈哈，你这位先生还会说笑话。”

记得我那时的没奈何，确乎比看见X君的通信要超过十倍。我那时随身并没有带着家谱，确乎不能证明我是中国人。即使带着家谱，而上面只有一个名字，并无画像，也不能证明这名字就是我。即使有画像，日本人会假造从汉到唐的石刻，宋太祖或什么宗的画像，难道偏不会假造一部木版的家谱么？

凡对于以真话为笑话的，以笑话为真话的，以笑话为笑话的，只有一个方法：就是不说话。

于是我从此不说话。

然而，倘使在现在，我大约还要说：“嗡，嗡，……今天天气多么好呀？……那边的村子叫什么名字？……”因为我实在比先前似乎油滑得多了，——好了。

现在我想，船夫的改变我的国籍，大概和X君的高见不同。其原因只在于胡子罢，因为我从此常常为胡子受苦。

国度会亡，国粹家是不会少的，而只要国粹家不少，这国度就不算亡。国粹家者，保存国粹者也；而国粹者，我的胡子是也。这虽然不知道是什么“逻辑”法，但当时的实情确是如此的。

“你怎么学日本人的样子，身体既矮小，胡子又这样，……”一位国粹家兼爱国者发过一篇崇论宏议之后，就达到这一个结论。

可惜我那时还是一个不识世故的少年，所以就愤愤地争辩。第一，我的身体是本来只有这样高，并非故意设法用什么洋鬼子的机器压缩，使他变成矮小，希图冒充。第二，我的胡子，诚然和许多日本人的相同，然而我虽然没有研究过他们的胡须样式变迁史，但曾经见过几幅古人的画像，都不向上，只是向外，向下，和我们的国粹差不多。维新以后，可是翘起来了，那大约是学了德国式。你看威廉皇帝的胡须，不是上指眼梢，和鼻梁正作平行么？虽然他后来因为吸烟烧了一边，只好将两边都剪平了。但在日本明治维新的时候，他这一边还没有失火……。

这一场辩解大约要两分钟，可是总不能解国粹家之怒，因为德国也是洋鬼子，而况我的身体又矮小乎。而况国粹家很不少，意见又很统一，因此我的辩解也就很频繁，然而总无效，一回，两回，以至十回，十几回，连我自己也觉得无聊而且麻烦起来了。罢了，况且修饰胡须用的胶油在中国也难得，我便从此听其自然了。

听其自然之后，胡子的两端就显出毗心现象来，于是也就和地面成为九十度的直角。国粹家果然也不再说话，或者中国已经得救了罢。

然而接着就招了改革家的反感，这也是应该的。我于是又分疏，一回，两回，以至许多回，连我自己也觉得无聊而且麻烦起来了。

大约在四五年或七八年前罢，我独坐在会馆里，窃悲我的胡须的不幸的境遇，研究他所以得谤的原因，忽而恍然大悟，知道那祸根全在两边的尖端上。于是取出镜子，剪刀，即刻剪成一平，使他既不上翘，也难拖下，如一个隶书的一字。

“阿，你的胡子这样了？”当初也曾有人这样问。

“唔唔，我的胡子这样了。”

他可是没有话。我不知道是否因为寻不着两个尖端，所以失了立论的根据，还是我的胡子“这样”之后，就不负中国存亡的责任了。总之我从此太平无事的一直到现在，所麻烦者，必须时常剪剪而已。

一九二四年十月三十日。

**题注：**

本篇最初发表于1924年12月15日《语丝》周刊第五期。收入《坟》。在本文中鲁迅借自己的胡子的境遇，表达了对国粹家们借口保存国粹，横加干涉个人自由的反感。1925年10月鲁迅在《从胡须说到牙齿》中说：“《语丝》出世未久，我又曾为它写了一篇《说胡须》。……然而连胡须样式都不自由，也是我平生的一件感愤，要时时想到的。胡须的有无、式样、长短，我以为除了直接受到影响的人以外，是毫无容喙的权利和义务的，而有些人们偏要越俎代谋，说些无聊的废话，这真和女子非梳头不可的教育，‘奇装异服’者要抓进警厅去办罪的政治一样离奇。”

# 论照相之类

## 一 材料之类

我幼小时候，在S城，——所谓幼小时候者，是三十年前，但从进步神速的英才看来，就是一世纪；所谓S城者，我不说他的真名字，何以不说之故，也不说。总之，是在S城，常常旁听大大小小男男女女谈论洋鬼子挖眼睛。曾有一个女人，原在洋鬼子家里佣工，后来出来了，据说她所以出来的原因，就因为亲见一坛盐渍的眼睛，小鲫鱼似的一层一层积叠着，快要和坛沿齐平了。她为远避危险起见，所以赶紧走。

S城有一种习惯，就是凡是小康之家，到冬天一定用盐来腌一缸白菜，以供一年之需，其用意是否和四川的榨菜相同，我不知道。但洋鬼子之腌眼睛，则用意当然别有所在，惟独方法却大受了S城腌白菜法的影响，相传中国对外富于同化力，这也就是一个证据罢。然而状如小鲫鱼者何？答曰：此确为S城人之眼睛也。S城庙宇中常有一种菩萨，号曰眼光娘娘。有眼病的，可以去求祷；愈，则用布或绸做眼睛一对，挂神龛上或左右，以答神庥。所以只要看所挂眼睛的多少，就知道这菩萨的灵不灵。而所挂的眼睛，则正是两头尖尖，如小鲫鱼，要寻一对和洋鬼子生理图上所画似的圆球形者，决不可得。黄帝岐伯尚矣；王莽诛翟义党，分解肢体，令医生们察看，曾否绘图不可知，纵使绘过，现在已佚，徒令“古已有之”而已。宋的《析骨分经》，相传也据目验，《说郛》中有之，我曾看过它，多是胡说，大约是假的。否则，目验尚且如此胡涂，则S城人之将眼睛理想化为小鲫鱼，实也无足深怪了。

然而洋鬼子是吃腌眼睛来代腌菜的么？是不然，据说是应用的。一，用于电线，这是根据别一个乡下人的话，如何用法，他没有谈，但云用于电线罢了；至于电线的用意，他却说过，就是每年加添铁丝，将来鬼兵到时，使中国人无处逃走。二，用于照相，则道理分明，不必多赘，因为我们只要和别人对立，他的瞳子里一定有我的一个小照相的。

而且洋鬼子又挖心肝，那用意，也是应用。我曾旁听过一位念佛的老太太说明理由：他们挖了去，熬成油，点了灯，向地下各处去照去。人心总是贪财的，所以照到埋着宝贝的地方，火头便弯下去了。他们当即掘开来，取了宝贝去，所以洋鬼子都这样的有钱。

道学先生之所谓“万物皆备于我”的事，其实是全国，至少是S城的“目不识丁”的人们都知道，所以人为“万物之灵”。所以月经精液可以延年，毛发爪甲可以补血，大小便可以医许多病，臂膊上的肉可以养亲。然而这并非本论的范围，现在姑且不说。况且S城人极重体面，有许多事不许说；否则，就要用阴谋来惩治的。

## 二　形式之类

要之，照相似乎是妖术。咸丰年间，或一省里，还有因为能照相而家产被乡下人捣毁的事情。但当我幼小的时候，——即三十年前，S城却已有照相馆了，大家也不甚疑惧。虽然当闹“义和拳民”时，——即二十五年前，或一省里，还以罐头牛肉当作洋鬼子所杀的中国孩子的肉看。然而这是例外，万事万物，总不免有例外的。

要之，S城早有照相馆了，这是我每一经过，总须流连赏玩的地方，但一年中也不过经过四五回。大小长短不同颜色不同的玻璃瓶，又光滑又有刺的仙人掌，在我都是珍奇的物事；还有挂在壁上的框子里的照片：曾大人，李大人，左中堂，鲍军门。一个族中的好心的长辈，曾经借此来教育我，说这许多都是当今的大官，平“长毛”的功臣，你应该学学他们。我那时也很愿意学，然而想，也须赶快仍复有“长毛”。

但是，S城人却似乎不甚爱照相，因为精神要被照去的，所以运气正好的时候，尤不宜照，而精神则一名“威光”：我当时所知道的只有这一点。直到近年来，才又听到世上有因为怕失了元气而永不洗澡的名士，元气大约就是威光罢，那么，我所知道的就更多了：中国人的精神一名威光即元气，是照得去，洗得下的。

然而虽然不多，那时却又确有光顾照相的人们，我也不明白是什么人物，或者运气不好之徒，或者是新党罢。只是半身像是大抵避忌的，因为像腰斩。自然，清朝是已经废去腰斩的了，但我们还能在戏文上看见包爷爷的铡包勉，一刀两段，何等可怕，则即使是国粹乎，而亦不欲人之加诸我也，诚然也以不照为宜。所以他们所照的多是全身，旁边一张大茶几，上有帽架，茶碗，水烟袋，花盆，几下一个痰盂，以表明这人的气管枝中有许多痰，总须陆续吐出。人呢，或立或坐，或者手执书卷，或者大襟上挂一个很大的时表，我们倘用放大镜一照，至今还可以知道他当时拍照的时辰，而且那时还不会用镁光，所以不必疑心是夜里。

然而名士风流，又何代蔑有呢？雅人早不满于这样千篇一律的呆鸟了，于是也有赤身露体装作晋人的，也有斜领丝绦装作X人的，但不多。较为通行的是先将自己照下两张，服饰态度各不同，然后合照为一张，两个自己即或如宾主，或如主仆，名曰“二我图”。但设若一个自己傲然地坐着，一个自己卑劣可怜地，向了坐着的那一个自己跪着的时候，名色便又两样了：“求己图”。这类“图”晒出之后，总须题些诗，或者词如“调寄满庭芳”“摸鱼儿”之类，然后在书房里挂起。至于贵人富户，则因为属于呆鸟一类，所以决计想不出如此雅致的花样来，即有特别举动，至多也不过自己坐在中间，膝下排列着他的一百个儿子，一千个孙子和一万个曾孙（下略）照一张“全家福”。

Th. Lipps在他那《伦理学的根本问题》中，说过这样意思的话。就是凡是人主，也容易变成奴隶，因为他一面既承认可做主人，一面就当然承认可做奴隶，所以威力一坠，就死心塌地，俯首帖耳于新主人之前了。那书可惜我不在手头，只记得一个大意，好在中国已经有了译本，虽然是节译，这些话应该存在的罢。用事实来证明这理论的最显著的例是孙皓，治吴时候，如此骄纵酷虐的暴主，一降晋，却是如此卑劣无耻的奴才。中国常语说，临下骄者事上必谄，也就是看穿了这把戏的话。但表现得最透澈的却莫如“求己图”，将来中国如要印《绘图伦理学的根本问题》，这实在是一张极好的插画，就是世界上最伟大的讽刺画家也万万想不到，画不出的。

但现在我们所看见的，已没有卑劣可怜地跪着的照相了，不是什么会纪念的一群，即是什么人放大的半个，都很凛凛地。我愿意我之常常将这些当作半张“求己图”看，乃是我的杞忧。

## 三　无题之类

照相馆选定一个或数个阔人的照相，放大了挂在门口，似乎是北京特有，或近来流行的。我在S城所见的曾大人之流，都不过六寸或八寸，而且挂着的永远是曾大人之流，也不像北京的时时掉换，年年不同。但革命以后，也许撤去了罢，我知道得不真确。

至于近十年北京的事，可是略有所知了，无非其人阔，则其像放大，其人“下野”，则其像不见，比电光自然永久得多。倘若白昼明烛，要在北京城内寻求一张不像那些阔人似的缩小放大挂起挂倒的照相，则据鄙陋所知，实在只有一位梅兰芳君。而该君的麻姑一般的“天女散花”“黛玉葬花”像，也确乎比那些缩小放大挂起挂倒的东西标致，即此就足以证明中国人实有审美的眼睛，其一面又放大挺胸凸肚的照相者，盖出于不得已。

我在先只读过《红楼梦》，没有看见“黛玉葬花”的照片的时候，是万料不到黛玉的眼睛如此之凸，嘴唇如此之厚的。我以为她该是一副瘦削的痨病脸，现在才知道她有些福相，也像一个麻姑。然而只要一看那些继起的模仿者们的拟天女照相，都像小孩子穿了新衣服，拘束得怪可怜的苦相，也就会立刻悟出梅兰芳君之所以永久之故了，其眼睛和嘴唇，盖出于不得已，即此也就足以证明中国人实有审美的眼睛。

印度的诗圣泰戈尔先生光临中国之际，像一大瓶好香水似地很熏上了几位先生们以文气和玄气，然而够到陪坐祝寿的程度的却只有一位梅兰芳君：两国的艺术家的握手。待到这位老诗人改姓换名，化为“竺震旦”，离开了近于他的理想境的这震旦之后，震旦诗贤头上的印度帽也不大看见了，报章上也很少记他的消息，而装饰这近于理想境的震旦者，也仍旧只有那巍然地挂在照相馆玻璃窗里的一张“天女散花图”或“黛玉葬花图”。

惟有这一位“艺术家”的艺术，在中国是永久的。

我所见的外国名伶美人的照相并不多，男扮女的照相没有见过，别的名人的照相见过几十张。托尔斯泰，伊孛生，罗丹都老了，尼采一脸凶相，勖本华尔一脸苦相，淮尔特穿上他那审美的衣装的时候，已经有点呆相了，而罗曼罗兰似乎带点怪气，戈尔基又简直像一个流氓。虽说都可以看出悲哀和苦斗的痕迹来罢，但总不如天女的“好”得明明白白。假使吴昌硕翁的刻印章也算雕刻家，加以作画的润格如是之贵，则在中国确是一位艺术家了，但他的照相我们看不见。林琴南翁负了那么大的文名，而天下也似乎不甚有热心于“识荆”的人，我虽然曾在一个药房的仿单上见过他的玉照，但那是代表了他的“如夫人”函谢丸药的功效，所以印上的，并不因为他的文章。更就用了“引车卖浆者流”的文字来做文章的诸君而言，南亭亭长我佛山人往矣，且从略；近来则虽是奋战忿斗，做了这许多作品的如创造社诸君子，也不过印过很小的一张三人的合照，而且是铜板而已。

我们中国的最伟大最永久的艺术是男人扮女人。

异性大抵相爱。太监只能使别人放心，决没有人爱他，因为他是无性了，——假使我用了这“无”字还不算什么语病。然而也就可见虽然最难放心，但是最可贵的是男人扮女人了，因为从两性看来，都近于异性，男人看见“扮女人”，女人看见“男人扮”，所以这就永远挂在照相馆的玻璃窗里，挂在国民的心中。外国没有这样的完全的艺术家，所以只好任凭那些捏锤凿，调采色，弄墨水的人们跋扈。

我们中国的最伟大最永久，而且最普遍的艺术也就是男人扮女人。

一九二四年十一月十一日。

**题注：**

本篇最初发表于1925年1月12日《语丝》周刊第九期。收入《坟》。本篇描述自19世纪中叶西方照相技术传入中国后，国人的种种反应——最初认为“照相似乎是妖术”，“精神要被照去的”，渐渐地达官贵人、“名士风流”通行拍“求己图”“二我图”，以至于后来流行“男扮女装”的“天女散花”和“黛玉葬花图”。鲁迅通过这段历史变迁，勾勒出了中国人的精神面貌。

# 烽话五则

父子们冲突着。但倘用神通将他们的年纪变成约略相同，便立刻可以像一对志同道合的好朋友。

伶俐人叹“人心不古”时，大抵是他的巧计失败了；但老太爷叹“人心不古”时，则无非因为受了儿子或姨太太的气。

电报曰：天祸中国。天曰：委实冤枉！

精神文明人作飞机论曰：较之灵魂之自在游行，一钱不值矣。写完，遂率家眷移入东交民巷使馆界。

倘诗人睡在烽火旁边，听得哄哄地响时，则烽火就是听觉。但此说近于味觉，因为太无味。然而无为即无不为，则无味自然就是至味了。对不对？

**题注：**

本篇最初发表于1924年11月24日《语丝》周刊第二期。初未收集。烽，指第二次直奉战争时战争烽火。

# 论辩的魂灵

二十年前到黑市，买得一张符，名叫“鬼画符”。虽然不过一团糟，但帖在壁上看起来，却随时显出各样的文字，是处世的宝训，立身的金箴。今年又到黑市去，又买得一张符，也是“鬼画符”。但帖了起来看，也还是那一张，并不见什么增补和修改。今夜看出来的大题目是“论辩的魂灵”；细注道：“祖传老年中年青年‘逻辑’扶乩灭洋必胜妙法太上老君急急如律令敕”。今谨摘录数条，以公同好——

“洋奴会说洋话。你主张读洋书，就是洋奴，人格破产了！受人格破产的洋奴崇拜的洋书，其价值从可知矣！但我读洋文是学校的课程，是政府的功令，反对者，即反对政府也。无父无君之无政府党，人人得而诛之。”

“你说中国不好。你是外国人么？为什么不到外国去？可惜外国人看你不起……。”

“你说甲生疮。甲是中国人，你就是说中国人生疮了。既然中国人生疮，你是中国人，就是你也生疮了。你既然也生疮，你就和甲一样。而你只说甲生疮，则竟无自知之明，你的话还有什么价值？倘你没有生疮，是说诳也。卖国贼是说诳的，所以你是卖国贼。我骂卖国贼，所以我是爱国者。爱国者的话是最有价值的，所以我的话是不错的，我的话既然不错，你就是卖国贼无疑了！”

“自由结婚未免太过激了。其实，我也并非老顽固，中国提倡女学的还是我第一个。但他们却太趋极端了，太趋极端，即有亡国之祸，所以气得我偏要说‘男女授受不亲’。况且，凡事不可过激；过激派都主张共妻主义的。乙赞成自由结婚，不就是主张共妻主义么？他既然主张共妻主义，就应该先将他的妻拿出来给我们‘共’。”

“丙讲革命是为的要图利：不为图利，为什么要讲革命？我亲眼看见他三千七百九十一箱半的现金抬进门。你说不然，反对我么？那么，你就是他的同党。呜呼，党同伐异之风，于今为烈，提倡欧化者不得辞其咎矣！”

“丁牺牲了性命，乃是闹得一塌糊涂，活不下去了的缘故。现在妄称志士，诸君切勿为其所愚。况且，中国不是更坏了么？”

“戊能算什么英雄呢？听说，一声爆竹，他也会吃惊。还怕爆竹，能听枪炮声么？怕听枪炮声，打起仗来不要逃跑么？打起仗来就逃跑的反称英雄，所以中国糟透了。”

“你自以为是‘人’，我却以为非也。我是畜类，现在我就叫你爹爹。你既然是畜类的爹爹，当然也就是畜类了。”

“勿用惊叹符号，这是足以亡国的。但我所用的几个在例外。

中庸太太提起笔来，取精神文明精髓，作明哲保身大吉大利格言二句云：

中学为体西学用，

不薄今人爱古人。”

**题注：**

本篇最初发表于1925年3月9日北京《语丝》周刊第十七期。收入《华盖集》。鲁迅列举当时社会上各种“奇葩”的论辩和言论，揭露了顽固派所使用的荒谬“逻辑”。

# 夏三虫

夏天近了，将有三虫：蚤，蚊，蝇。

假如有谁提出一个问题，问我三者之中，最爱什么，而且非爱一个不可，又不准像“青年必读书”那样的缴白卷的。我便只得回答道：跳蚤。

跳蚤的来吮血，虽然可恶，而一声不响地就是一口，何等直截爽快。蚊子便不然了，一针叮进皮肤，自然还可以算得有点彻底的，但当未叮之前，要哼哼地发一篇大议论，却使人觉得讨厌。如果所哼的是在说明人血应该给它充饥的理由，那可更其讨厌了，幸而我不懂。

野雀野鹿，一落在人手中，总时时刻刻想要逃走。其实，在山林间，上有鹰鹯，下有虎狼，何尝比在人手里安全。为什么当初不逃到人类中来，现在却要逃到鹰鹯虎狼间去？或者，鹰鹯虎狼之于它们，正如跳蚤之于我们罢。肚子饿了，抓着就是一口，决不谈道理，弄玄虚。被吃者也无须在被吃之前，先承认自己之理应被吃，心悦诚服，誓死不二。人类，可是也颇擅长于哼哼的了，害中取小，它们的避之惟恐不速，正是绝顶聪明。

苍蝇嗡嗡地闹了大半天，停下来也不过舐一点油汗，倘有伤痕或疮疖，自然更占一些便宜；无论怎么好的，美的，干净的东西，又总喜欢一律拉上一点蝇矢。但因为只舐一点油汗，只添一点腌臜，在麻木的人们还没有切肤之痛，所以也就将它放过了。中国人还不很知道它能够传播病菌，捕蝇运动大概不见得兴盛。它们的运命是长久的；还要更繁殖。

但它在好的，美的，干净的东西上拉了蝇矢之后，似乎还不至于欣欣然反过来嘲笑这东西的不洁：总要算还有一点道德的。

古今君子，每以禽兽斥人，殊不知便是昆虫，值得师法的地方也多着哪。

四月四日。

**题注：**

本篇最初发表于1925年4月27日北京《京报》附刊《民众文艺周刊》第十六号。收入《华盖集》。在这篇文章中，鲁迅将那些糟蹋先烈的奴才们比喻为夏天的跳蚤、蚊子、苍蝇，他们表现各异，但本质都是肮脏、丑陋而渺小。

# “碰壁”之后

我平日常常对我的年青的同学们说：古人所谓“穷愁著书”的话，是不大可靠的。穷到透顶，愁得要死的人，那里还有这许多闲情逸致来著书？我们从来没有见过候补的饿殍在沟壑边吟哦；鞭扑底下的囚徒所发出来的不过是直声的叫喊，决不会用一篇妃红俪白的骈体文来诉痛苦的。所以待到磨墨吮笔，说什么“履穿踵决”时，脚上也许早经是丝袜；高吟“饥来驱我去……”的陶征士，其时或者偏已很有些酒意了。正当苦痛，即说不出苦痛来，佛说极苦地狱中的鬼魂，也反而并无叫唤！

华夏大概并非地狱，然而“境由心造”，我眼前总充塞着重迭的黑云，其中有故鬼，新鬼，游魂，牛首阿旁，畜生，化生，大叫唤，无叫唤，使我不堪闻见。我装作无所闻见模样，以图欺骗自己，总算已从地狱中出离。

打门声一响，我又回到现实世界了。又是学校的事。我为什么要做教员？！想着走着，出去开门，果然，信封上首先就看见通红的一行字：国立北京女子师范大学。

我本就怕这学校，因为一进门就觉得阴惨惨，不知其所以然，但也常常疑心是自己的错觉。后来看到杨荫榆校长《致全体学生公启》里的“须知学校犹家庭，为尊长者断无不爱家属之理，为幼稚者亦当体贴尊长之心”的话，就恍然了，原来我虽然在学校教书，也等于在杨家坐馆，而这阴惨惨的气味，便是从“冷板凳”里出来的。可是我有一种毛病，自己也疑心是自讨苦吃的根苗，就是偶尔要想想。所以恍然之后，即又有疑问发生：这家族人员——校长和学生——的关系是怎样的，母女，还是婆媳呢？

想而又想，结果毫无。幸而这位校长宣言多，竟在她《对于暴烈学生之感言》里获得正确的解答了。曰，“与此曹子勃豀相向”，则其为婆婆无疑也。

现在我可以大胆地用“妇姑勃豀”这句古典了。但婆媳吵架，与西宾又何干呢？因为究竟是学校，所以总还是时常有信来，或是婆婆的，或是媳妇的。我的神经又不强，一闻打门而悔做教员者以此，而且也确有可悔的理由。

这一年她们的家务简直没有完，媳妇儿们不佩服婆婆做校长了，婆婆可是不歇手。这是她的家庭，怎么肯放手呢？无足怪的。而且不但不放，还趁“五七”之际，在什么饭店请人吃饭之后，开除了六个学生自治会的职员，并且发表了那“须知学校犹家庭”的名论。

这回抽出信纸来一看，是媳妇儿们的自治会所发的，略谓：

“旬余以来，校务停顿，百费待兴，若长此迁延，不特虚掷数百青年光阴，校务前途，亦岌岌不可终日。……”

底下是请教员开一个会，出来维持的意思的话，订定的时间是当日下午四点钟。

“去看一看罢。”我想。

这也是我的一种毛病，自己也疑心是自讨苦吃的根苗；明知道无论什么事，在中国是万不可轻易去“看一看”的，然而终于改不掉，所以谓之“病”。但是，究竟也颇熟于世故了，我想后，又立刻决定，四点太早，到了一定没有人，四点半去罢。

四点半进了阴惨惨的校门，又走进教员休息室。出乎意料之外！除一个打盹似的校役以外，已有两位教员坐着了。一位是见过几面的；一位不认识，似乎说是姓汪，或姓王，我不大听明白，——其实也无须。

我也和他们在一处坐下了。

“先生的意思以为这事情怎样呢？”这不识教员在招呼之后，看住了我的眼睛问。

“这可以由各方面说……。你问的是我个人的意见么？我个人的意见，是反对杨先生的办法的……。”

糟了！我的话没有说完，他便将他那灵便小巧的头向旁边一摇，表示不屑听完的态度。但这自然是我的主观；在他，或者也许本有将头摇来摇去的毛病的。

“就是开除学生的罚太严了。否则，就很容易解决……。”我还要继续说下去。

“嗡嗡。”他不耐烦似的点头。

我就默然，点起火来吸烟卷。

“最好是给这事情冷一冷……。”不知怎的他又开始发表他的“冷一冷”学说了。

“嗡嗡。瞧着看罢。”这回是我不耐烦似的点头，但终于多说了一句话。

我点头讫，瞥见坐前有一张印刷品，一看之后，毛骨便悚然起来。文略谓：

> “……第用学生自治会名义，指挥讲师职员，召集校务维持讨论会，……本校素遵部章，无此学制，亦无此办法，根本上不能成立。……而自闹潮以来……不能不筹正当方法，又有其他校务进行，亦待大会议决，兹定于（月之二十一日）下午七时，由校特请全体主任专任教员评议会会员在太平湖饭店开校务紧急会议，解决种种重要问题。务恳大驾莅临，无任盼祷！”

署名就是我所视为畏途的“国立北京女子师范大学”，但下面还有一个“启”字。我这时才知道我不该来，也无须“莅临”太平湖饭店，因为我不过是一个“兼任教员”。然而校长为什么不制止学生开会，又不预先否认，却要叫我到了学校来看这“启”的呢？我愤然地要质问了，举目四顾，两个教员，一个校役，四面砖墙带着门和窗门，而并没有半个负有答复的责任的生物。“国立北京女子师范学校”虽然能“启”，然而是不能答的。只有默默地阴森地四周的墙壁将人包围，现出险恶的颜色。

我感到苦痛了，但没有悟出它的原因。

可是两个学生来请开会了；婆婆终于没有露面。我们就走进会场去，这时连我已经有五个人；后来陆续又到了七八人。于是乎开会。

“为幼稚者”仿佛不大能够“体贴尊长之心”似的，很诉了许多苦。然而我们有什么权利来干预“家庭”里的事呢？而况太平湖饭店里又要“解决种种重要问题”了！但是我也说明了几句我所以来校的理由，并要求学校当局今天缩头缩脑办法的解答。然而，举目四顾，只有媳妇儿们和西宾，砖墙带着门和窗门，而并没有半个负有答复的责任的生物！

我感到苦痛了，但没有悟出它的原因。

这时我所不识的教员和学生在谈话了；我也不很细听。但在他的话里听到一句“你们做事不要碰壁”，在学生的话里听到一句“杨先生就是壁”，于我就仿佛见了一道光，立刻知道我的苦痛的原因了。

碰壁，碰壁！我碰了杨家的壁了！

其时看看学生们，就像一群童养媳……。

这一种会议是照例没有结果的，几个自以为大胆的人物对于婆婆稍加微辞之后，即大家走散。我回家坐在自己的窗下的时候，天色已近黄昏，而阴惨惨的颜色却渐渐地退去，回忆到碰壁的学说，居然微笑起来了。

中国各处是壁，然而无形，像“鬼打墙”一般，使你随时能“碰”。能打这墙的，能碰而不感到痛苦的，是胜利者。——但是，此刻太平湖饭店之宴已近阑珊，大家都已经吃到冰其淋，在那里“冷一冷”了罢……。

我于是仿佛看见雪白的桌布已经沾了许多酱油渍，男男女女围着桌子都吃冰其淋，而许多媳妇儿，就如中国历来的大多数媳妇儿在苦节的婆婆脚下似的，都决定了暗淡的运命。

我吸了两支烟，眼前也光明起来，幻出饭店里电灯的光彩，看见教育家在杯酒间谋害学生，看见杀人者于微笑后屠戮百姓，看见死尸在粪土中舞蹈，看见污秽洒满了风籁琴，我想取作画图，竟不能画成一线。我为什么要做教员，连自己也侮蔑自己起来。但是织芳来访我了。

我们闲谈之间，他也忽而发感慨——

“中国什么都黑暗，谁也不行，但没有事的时候是看不出来的。教员咧，学生咧，烘烘烘，烘烘烘，真像一个学校，一有事故，教员也不见了，学生也慢慢躲开了；结局只剩下几个傻子给大家做牺牲，算是收束。多少天之后，又是这样的学校，躲开的也出来了，不见的也露脸了，‘地球是圆的’咧，‘苍蝇是传染病的媒介’咧，又是学生咧，教员咧，烘烘烘……。”

从不像我似的常常“碰壁”的青年学生的眼睛看来，中国也就如此之黑暗么？然而他们仅有微弱的呻吟，然而一呻吟就被杀戮了！

五月二十一日夜。

**题注：**

本篇最初发表于1925年6月1日北京《语丝》周刊第二十九期。收入《华盖集》。本文是鲁迅为女师大学潮而写的。杨荫榆开除学生自治会职员6人后，女师大学潮升级。5月20日杨荫榆发布致全体主任、专任教员、评议会会员函，定于21日下午7点请全体主任、专任教员、评议会会员在太平湖饭店开校务紧急会议，而将鲁迅等兼任教员排除在外，所以鲁迅在本文中感叹自己也“碰了杨家的壁”。同时，女师大学生自治会则邀请鲁迅等兼任教员，拟于21日下午4点在本校大礼堂请全体教职员开校务维持会，鲁迅此文即写于21日夜。

# 杂忆

## 一

有人说 G. Byron 的诗多为青年所爱读，我觉得这话很有几分真。就自己而论，也还记得怎样读了他的诗而心神俱旺；尤其是看见他那花布裹头，去助希腊独立时候的肖像。这像，去年才从《小说月报》传入中国了。可惜我不懂英文，所看的都是译本。听近今的议论，译诗是已经不值一文钱，即使译得并不错。但那时大家的眼界还没有这样高，所以我看了译本，倒也觉得好，或者就因为不懂原文之故，于是便将臭草当作芳兰。《新罗马传奇》中的译文也曾传诵一时，虽然用的是词调，又译 Sappho 为“萨芷波”，证明着是根据日文译本的重译。

苏曼殊先生也译过几首，那时他还没有做诗“寄弹筝人”，因此与 Byron 也还有缘。但译文古奥得很，也许曾经章太炎先生的润色的罢，所以真像古诗，可是流传倒并不广。后来收入他自印的绿面金签的《文学因缘》中，现在连这《文学因缘》也少见了。

其实，那时 Byron 之所以比较的为中国人所知，还有别一原因，就是他的助希腊独立。时当清的末年，在一部分中国青年的心中，革命思潮正盛，凡有叫喊复仇和反抗的，便容易惹起感应。那时我所记得的人，还有波兰的复仇诗人 Adam Mickiewicz；匈牙利的爱国诗人 Petöfi Sándor；飞猎滨的文人而为西班牙政府所杀的厘沙路，——他的祖父还是中国人，中国也曾译过他的绝命诗。Hauptmann，Sudermann，Ibsen 这些人虽然正负盛名，我们却不大注意。别有一部分人，则专意搜集明末遗民的著作，满人残暴的记录，钻在东京或其他的图书馆里，抄写出来，印了，输入中国，希望使忘却的旧恨复活，助革命成功。于是《扬州十日记》，《嘉定屠城记略》，《朱舜水集》，《张苍水集》都翻印了，还有《黄萧养回头》及其他单篇的汇集，我现在已经举不出那些名目来。别有一部分人，则改名"扑满""打清"之类，算是英雄。这些大号，自然和实际的革命不甚相关，但也可见那时对于光复的渴望之心，是怎样的旺盛。

不独英雄式的名号而已，便是悲壮淋漓的诗文，也不过是纸片上的东西，于后来的武昌起义怕没有什么大关系。倘说影响，则别的千言万语，大概都抵不过浅近直截的"革命军马前卒邹容"所做的《革命军》。

## 二

待到革命起来，就大体而言，复仇思想可是减退了。我想，这大半是因为大家已经抱着成功的希望，又服了"文明"的药，想给汉人挣一点面子，所以不再有残酷的报复。但那时的所谓文明，却确是洋文明，并不是国粹；所谓共和，也是美国法国式的共和，不是周召共和的共和。革命党人也大概竭力想给本族增光，所以兵队倒不大抢掠。南京的土匪兵小有劫掠，黄兴先生便勃然大怒，枪毙了许多，后来因为知道土匪是不怕枪毙而怕枭首的，就从死尸上割下头来，草绳络住了挂在树上。从此也不再有什么变故了，虽然我所住的一个机关的卫兵，当我外出时举枪立正之后，就从窗门洞爬进去取了我的衣服，但究竟手段已经平和得多，也客气得多了。

南京是革命政府所在地，当然格外文明。但我去一看先前的满人的驻在处，却是一片瓦砾；只有方孝孺血迹石的亭子总算还在。这里本是明的故宫，我做学生时骑马经过，曾很被顽童骂詈和投石，——犹言你们不配这样，听说向来是如此的。现在却面目全非了，居民寥寥；即使偶有几间破屋，也无门窗；若有门，则是烂洋铁做的。总之，是毫无一点木料。

那么，城破之时，汉人大大的发挥了复仇手段了么？并不然。知道情形的人告诉我：战争时候自然有些损坏；革命军一进城，旗人中间便有些人定要按古法殉难，在明的冷宫的遗址的屋子里使火药炸裂，以炸杀自己，恰巧一同炸死了几个适从近旁经过的骑兵。革命军以为埋藏地雷反抗了，便烧了一回，可是燹余的房子还不少。此后是他们自己动手，拆屋材出卖，先拆自己的，次拆较多的别人的，待到屋无尺材寸椽，这才大家流散，还给我们一片瓦砾场。——但这是我耳闻的，保不定可是真话。

看到这样的情形，即使你将《扬州十日记》挂在眼前，也不至于怎样愤怒了罢。据我感得，民国成立以后，汉满的恶感仿佛很是消除了，各省的界限也比先前更其轻淡了。然而“罪孽深重不自殒灭”的中国人，不到一年，情形便又逆转：有宗社党的活动和遗老的谬举而两族的旧史又令人忆起，有袁世凯的手段而南北的交恶加甚，有阴谋家的狡计而省界又被利用，并且此后还要增长起来！

## 三

不知道我的性质特别坏，还是脱不出往昔的环境的影响之故，我总觉得复仇是不足为奇的，虽然也并不想诬无抵抗主义者为无人格。但有时也想：报复，谁来裁判，怎能公平呢？便又立刻自答：自己裁判，自己执行；既没有上帝来主持，人便不妨以目偿头，也不妨以头偿目。有时也觉得宽恕是美德，但立刻也疑心这话是怯汉所发明，因为他没有报复的勇气；或者倒是卑怯的坏人所创造，因为他贻害于人而怕人来报复，便骗以宽恕的美名。

因此我常常欣慕现在的青年，虽然生于清末，而大抵长于民国，吐纳共和的空气，该不至于再有什么异族轭下的不平之气，和被压迫民族的合辙之悲罢。果然，连大学教授，也已经不解何以小说要描写下等社会的缘故了，我和现代人要相距一世纪的话，似乎有些确凿。但我也不想湔洗，——虽然很觉得惭惶。

当爱罗先珂君在日本未被驱逐之前，我并不知道他的姓名。直到已被放逐，这才看起他的作品来；所以知道那迫辱放逐的情形的，是由于登在《读卖新闻》上的一篇江口涣氏的文字。于是将这译出，还译他的童话，还译他的剧本《桃色的云》。其实，我当时的意思，不过要传播被虐待者的苦痛的呼声和激发国人对于强权者的憎恶和愤怒而已，并不是从什么“艺术之宫”里伸出手来，拔了海外的奇花瑶草，来移植在华国的艺苑。

日文的《桃色的云》出版时，江口氏的文章也在，可是已被检查机关（警察厅？）删节得很多。我的译文是完全的，但当这剧本印成本子时，却没有印上去。因为其时我又见了别一种情形，起了别一种意见，不想在中国人的愤火上，再添薪炭了。

## 四

孔老先生说过:“毋友不如己者。”其实这样的势利眼睛,现在的世界上还多得很。我们自己看看本国的模样,就可知道不会有什么友人的了,岂但没有友人,简直大半都曾经做过仇敌。不过仇甲的时候,向乙等候公论,后来仇乙的时候,又向甲期待同情,所以片段的看起来,倒也似乎并不是全世界都是怨敌。但怨敌总常有一个,因此每一两年,爱国者总要鼓舞一番对于敌人的怨恨与愤怒。

这也是现在极普通的事情,此国将与彼国为敌的时候,总得先用了手段,煽起国民的敌忾心来,使他们一同去扞御或攻击。但有一个必要的条件,就是:国民是勇敢的。因为勇敢,这才能勇往直前,肉搏强敌,以报仇雪恨。假使是怯弱的人民,则即使如何鼓舞,也不会有面临强敌的决心;然而引起的愤火却在,仍不能不寻一个发泄的地方,这地方,就是眼见得比他们更弱的人民,无论是同胞或是异族。

我觉得中国人所蕴蓄的怨愤已经够多了,自然是受强者的蹂躏所致的。但他们却不很向强者反抗,而反在弱者身上发泄,兵和匪不相争,无枪的百姓却并受兵匪之苦,就是最近便的证据。再露骨地说,怕还可以证明这些人的卑怯。卑怯的人,即使有万丈的愤火,除弱草以外,又能烧掉甚么呢?

或者要说,我们现在所要使人愤恨的是外敌,和国人不相干,无从受害。可是这转移是极容易的,虽曰国人,要借以泄愤的时候,只要给与一种特异的名称,即可放心剚刃。先前则有异端,妖人,奸党,逆徒等类名目,现在就可用国贼,汉奸,二毛子,洋狗或洋奴。庚子年的义和团捉住路人,可以任意指为教徒,据云这铁证是他的神通眼已在那人的额上看出一个“十”字。

然而我们在“毋友不如己者”的世上，除了激发自己的国民，使他们发些火花，聊以应景之外，又有什么良法呢。可是我根据上述的理由，更进一步而希望于点火的青年的，是对于群众，在引起他们的公愤之余，还须设法注入深沉的勇气，当鼓舞他们的感情的时候，还须竭力启发明白的理性；而且还得偏重于勇气和理性，从此继续地训练许多年。这声音，自然断乎不及大叫宣战杀贼的大而闳，但我以为却是更紧要而更艰难伟大的工作。

否则，历史指示过我们，遭殃的不是什么敌手而是自己的同胞和子孙。那结果，是反为敌人先驱，而敌人就做了这一国的所谓强者的胜利者，同时也就做了弱者的恩人。因为自己先已互相残杀过了，所蕴蓄的怨愤都已消除，天下也就成为太平的盛世。

总之，我以为国民倘没有智，没有勇，而单靠一种所谓“气”，实在是非常危险的。现在，应该更进而着手于较为坚实的工作了。

一九二五年六月十六日。

**题注：**

本篇最初发表于1925年6月19日《莽原》周刊第九期。收入《坟》。在这篇文章里，作者重提早年他在《摩罗诗力说》中推崇的几位诗人，缅怀清末革命青年们反抗异族的旺盛斗志，感叹辛亥革命胜利后大家淡忘了复仇和反抗。鲁迅认为，面对外敌和强暴，“复仇是不足为奇的”，但复仇应该是向强者反抗，而不是“反在弱者身上发泄”，要培养勇敢的国民，不仅要激发他们的公愤，更紧要的是持之以恒地培养他们的勇气和理性。

# 补白

## 一

“公理战胜”的牌坊，立在法国巴黎的公园里不知怎样，立在中国北京的中央公园里可实在有些希奇，——但这是现在的话。当时，市民和学生也曾游行欢呼过。

我们那时的所以入战胜之林者，因为曾经送去过很多的工人；大家也常常自夸工人在欧战的劳绩。现在不大有人提起了，战胜也忘却了，而且实际上是战败了。

现在的强弱之分固然在有无枪炮，但尤其是在拿枪炮的人。假使这国民是卑怯的，即纵有枪炮，也只能杀戮无枪炮者，倘敌手也有，胜败便在不可知之数了。这时候才见真强弱。

我们弓箭是能自己制造的，然而败于金，败于元，败于清。记得宋人的一部杂记里记有市井间的谐谑，将金人和宋人的事物来比较。譬如问金人有箭，宋有什么？则答道，“有锁子甲”。又问金有四太子，宋有何人？则答道，“有岳少保”。临末问，金人有狼牙棒（打人脑袋的武器），宋有什么？却答道，“有天灵盖”！

自宋以来，我们终于只有天灵盖而已，现在又发现了一种“民气”，更加玄虚飘渺了。

但不以实力为根本的民气，结果也只能以固有而不假外求的天灵盖自豪，也就是以自暴自弃当作得胜。我近来也颇觉“心上有杞天之虑”，怕中国更要复古了。瓜皮帽，长衫，双梁鞋，打拱作揖，大红名片，水烟筒，或者都要成为爱国的标征，因为这些都可以不费力气而拿出来，和天灵盖正不相上下。（但大红名片也许不用，以避“赤化”之嫌。）

然而我并不说中国人顽固，因为我相信，鸦片和扑克是不会在排斥之列的。况且爱国之士不是已经说过，马将牌已在西洋盛行，给我们复了仇么？

爱国之士又说，中国人是爱和平的。但我殊不解既爱和平，何以国内连年打仗？或者这话应该修正：中国人对外国人是爱和平的。

我们仔细查察自己，不再说诳的时候应该到来了，一到不再自欺欺人的时候，也就是到了看见希望的萌芽的时候。

我不以为自承无力，是比自夸爱和平更其耻辱。

六月二十三日。

## 二

先前以“士人”“上等人”自居的，现在大可以改称“平民”了罢；在实际上，也确有许多人已经如此。彼一时，此一时，清朝该去考秀才，捐监生，现在就只得进学校。“平民”这一个徽号现已日见其时式，地位也高起来了，以此自居，大概总可以从别人得到和先前对于“上等人”一样的尊敬，时势虽然变迁，老地位是不会失掉的。倘遇见这样的平民，必须恭维他，至少也得点头拱手陪笑唯诺，像先前下等人的对于贵人一般。否则，你就会得到罪名，曰：“骄傲”，或“贵族的”。因为他已经是平民了。见平民而不格外趋奉，非骄傲而何？

清的末年，社会上大抵恶革命党如蛇蝎，南京政府一成立，漂亮的士绅和商人看见似乎革命党的人，便亲密的说道：“我们本来都是‘草字头’，一路的呵。”

徐锡麟刺杀恩铭之后，大捕党人，陶成章君是其中之一，罪状曰：“著《中国权力史》，学日本催眠术。”（何以学催眠术就有罪，殊觉费解。）于是连他在家的父亲也大受痛苦；待到革命兴旺，这才被尊称为“老太爷”；有人给“孙少爷”去说媒。可惜陶君不久就遭人暗杀了，神主入祠的时候，捧香恭送的士绅和商人尚有五六百。直到袁世凯打倒二次革命之后，这才冷落起来。

谁说中国人不善于改变呢？每一新的事物进来，起初虽然排斥，但看到有些可靠，就自然会改变。不过并非将自己变得合于新事物，乃是将新事物变得合于自己而已。

佛教初来时便大被排斥，一到理学先生谈禅，和尚做诗的时候，“三教同源”的机运就成熟了。听说现在悟善社里的神主已经有了五块：孔子，老子，释迦牟尼，耶稣基督，谟哈默德。

中国老例，凡要排斥异己的时候，常给对手起一个诨名，——或谓之“绰号”。这也是明清以来讼师的老手段；假如要控告张三李四，倘只说姓名，本很平常，现在却道“六臂太岁张三”，“白额虎李四”，则先不问事迹，县官只见绰号，就觉得他们是恶棍了。

月球只一面对着太阳，那一面我们永远不得见。歌颂中国文明的也惟以光明的示人，隐匿了黑的一面。譬如说到家族亲旧，书上就有许多好看的形容词：慈呀，爱呀，悌呀，……又有许多好看的古典：五世同堂呀，礼门呀，义宗呀，……至于诨名，却藏在活人的心中，隐僻的书上。最简单的打官司教科书《萧曹遗笔》里就有着不少惯用的恶谥，现在钞一点在这里，省得自己做文章——

亲戚类

孽亲　枭亲　兽亲　鳄亲　虎亲　歪亲

尊长类

鳄伯　虎伯（叔同）　孽兄　毒兄　虎兄

卑幼类

悖男　恶侄　孽侄　悖孙　虎孙　枭甥

孽甥　悖妾　泼媳　枭弟　恶婿　凶奴

其中没有父母，那是例不能控告的，因为历朝大抵“以孝治天下”。

这一种手段也不独讼师有。民国元年章太炎先生在北京，好发议论，而且毫无顾忌地褒贬。常常被贬的一群人于是给他起了一个绰号，曰“章疯子”。其人既是疯子，议论当然是疯话，没有价值的了，但每有言论，也仍在他们的报章上登出来，不过题目特别，道：《章疯子大发其疯》。有一回，他可是骂到他们的反对党头上去了。那怎么办呢？第二天报上登出来的时候，那题目是：《章疯子居然不疯》。

往日看《鬼谷子》，觉得其中的谋略也没有什么出奇，独有《飞箝》中的“可箝而从，可箝而横，……可引而反，可引而覆。虽覆能复，不失其度”这一段里的一句“虽覆能复”很有些可怕。但这一种手段，我们在社会上是时常遇见的。

《鬼谷子》自然是伪书，决非苏秦张仪的老师所作；但作者也决不是“小人”，倒是一个老实人。宋的来鹄已经说，“捭阖飞箝，今之常态，不读鬼谷子书者，皆得自然符契也。”人们常用，不以为奇，作者知道了一点，便笔之于书，当作秘诀，可见禀性纯厚，不但手段，便是心里的机诈也并不多。如果是大富翁，他肯将十元钞票嵌在镜屏里当宝贝么？

鬼谷子所以究竟不是阴谋家，否则，他还该说得吞吞吐吐些；或者自己不说，而钩出别人来说；或者并不必钩出别人来说，而自己永远阔不可言。这末后的妙法，知者不言，书上也未见，所以我不知道，倘若知道，就不至于老在灯下编《莽原》，做《补白》了。

但各种小纵横，我们总常要身受，或者目睹。夏天的忽而甲乙相打；忽而甲乙相亲，同去打丙；忽而甲丙相合，又同去打乙，忽而甲丙又互打起来，就都是这“覆”“复”作用；化数百元钱，请一回酒，许多人立刻变了色彩，也还是这顽意儿。然而真如来鹄所说，现在的人们是已经“是乃天授，非人力也”的；倘使要看了《鬼谷子》才能，就如拿着文法书去和外国人谈天一样，一定要碰壁。

七月一日。

三

离五卅事件的发生已有四十天，北京的情形就像五月二十九日一样。聪明的批评家大概快要提出照例的“五分钟热度”说来了罢，虽然也有过例外：曾将汤尔和先生的大门“打得擂鼓一般，足有十五分钟之久。”（见六月二十三日《晨报》）有些学生们也常常引这“五分热”说自诫，仿佛早经觉到了似的。

但是，中国的老先生们——连二十岁上下的老先生们都算在内——不知怎的总有一种矛盾的意见，就是将女人孩子看得太低，同时又看得太高。妇孺是上不了场面的；然而一面又拜才女，捧神童，甚至于还想借此结识一个阔亲家，使自己也连类飞黄腾达。什么木兰从军，缇萦救父，更其津津乐道，以显示自己倒是一个死不挣气的瘟虫。对于学生也是一样，既要他们“莫谈国事”，又要他们独退番兵，退不了，就冷笑他们无用。

倘在教育普及的国度里，国民十之九是学生；但在中国，自然还是一个特别种类。虽是特别种类，却究竟是“束发小生”，所以当然不会有三头六臂的大神力。他们所能做的，也无非是演讲，游行，宣传之类，正如火花一样，在民众的心头点火，引起他们的光焰来，使国势有一点转机。倘若民众并没有可燃性，则火花只能将自身烧完，正如在马路上焚纸人轿马，暂时引得几个人闲看，而终于毫不相干，那热闹至多也不过如“打门”之久。谁也不动，难道“小生”们真能自己来打枪铸炮，造兵舰，糊飞机，活擒番将，平定番邦么？所以这“五分热”是地方病，不是学生病。这已不是学生的耻辱，而是全国民的耻辱了；倘在别的有活力，有生气的国度里，现象该不至于如此的。外人不足责，而本国的别的灰冷的民众，有权者，袖手旁观者，也都于事后来嘲笑，实在是无耻而且昏庸！

但是，别有所图的聪明人又作别论，便是真诚的学生们，我以为自身却有一个颇大的错误，就是正如旁观者所希望或冷笑的一样：开首太自以为有非常的神力，有如意的成功。幻想飞得太高，堕在现实上的时候，伤就格外沉重了；力气用得太骤，歇下来的时候，身体就难于动弹了。为一般计，或者不如知道自己所有的不过是“人力”，倒较为切实可靠罢。

现在，从读书以至“寻异性朋友讲情话”，似乎都为有些有志者所诟病了。但我想，责人太严，也正是“五分热”的一个病源。譬如自己要择定一种口号——例如不买英日货——来履行，与其不饮不食的履行七日或痛哭流涕的履行一月，倒不如也看书也履行至五年，或者也看戏也履行至十年，或者也寻异性朋友也履行至五十年，或者也讲情话也履行至一百年。记得韩非子曾经教人以竞马的要妙，其一是“不耻最后”。即使慢，驰而不息，纵令落后，纵令失败，但一定可以达到他所向的目标。

七月八日。

**题注：**

本篇最初分三次发表于1925年6月26日、7月3日、7月10日《莽原》周刊第十期、第十一期、第十二期。收入《华盖集》。“补白”，即填补空白。鲁迅在编辑《莽原》周刊的过程中，遇到稿已编完而还有篇幅时，即写几段杂感补上，跟《导师》《长城》的原标题《编完写起》相类似，一般都放在刊物的最后。这几则“补白”仍旧是针对五卅惨案后一些人鼓吹“民气”、自夸“爱和平”等错误论调所发的杂感，希望中国人不投机善变，不冷眼旁观，踏踏实实地向前走。

# 论“他妈的！”

无论是谁，只要在中国过活，便总得常听到“他妈的”或其相类的口头禅。我想：这话的分布，大概就跟着中国人足迹之所至罢；使用的遍数，怕也未必比客气的“您好呀”会更少。假使依或人所说，牡丹是中国的“国花”，那么，这就可以算是中国的“国骂”了。

我生长于浙江之东，就是西滢先生之所谓“某籍”。那地方通行的“国骂”却颇简单：专一以“妈”为限，决不牵涉余人。后来稍游各地，才始惊异于国骂之博大而精微：上溯祖宗，旁连姊妹，下递子孙，普及同性，真是“犹河汉而无极也”。而且，不特用于人，也以施之兽。前年，曾见一辆煤车的只轮陷入很深的辙迹里，车夫便愤然跳下，出死力打那拉车的骡子道：“你姊姊的！你姊姊的！”

别的国度里怎样，我不知道。单知道诺威人 Hamsun 有一本小说叫《饥饿》，粗野的口吻是很多的，但我并不见这一类话。Gorky 所写的小说中多无赖汉，就我所看过的而言，也没有这骂法。惟独 Artzybashev 在《工人绥惠略夫》里，却使无抵抗主义者亚拉借夫骂了一句“你妈的”。但其时他已经决计为爱而牺牲了，使我们也失却笑他自相矛盾的勇气。这骂的翻译，在中国原极容易的，别国却似乎为难，德文译本作“我使用过你的妈”，日文译本作“你的妈是我的母狗”。这实在太费解，——由我的眼光看起来。

那么，俄国也有这类骂法的了，但因为究竟没有中国似的精博，所以光荣还得归到这边来。好在这究竟又并非什么大光荣，所以他们大约未必抗议；也不如“赤化”之可怕，中国的阔人，名人，高人，也不至于骇死的。但是，虽在中国，说的也独有所谓“下等人”，例如“车夫”之类，至于有身分的上等人，例如“士大夫”之类，则决不出之于口，更何况笔之于书。“予生也晚”，赶不上周朝，未为大夫，也没有做士，本可以放笔直干的，然而终于改头换面，从“国骂”上削去一个动词和一个名词，又改对称为第三人称者，恐怕还因为到底未曾拉车，因而也就不免“有点贵族气味”之故。那用途，既然只限于一部分，似乎又有些不能算作“国骂”了；但也不然，阔人所赏识的牡丹，下等人又何尝以为“花之富贵者也”？

这“他妈的”的由来以及始于何代，我也不明白。经史上所见骂人的话，无非是“役夫”，“奴”，“死公”；较厉害的，有“老狗”，“貉子”；更厉害，涉及先代的，也不外乎“而母婢也”，“赘阉遗丑”罢了！还没见过什么“妈的”怎样，虽然也许是士大夫讳而不录。但《广弘明集》（七）记北魏邢子才“以为妇人不可保。谓元景曰，‘卿何必姓王？’元景变色。子才曰，‘我亦何必姓邢；能保五世耶？’”则颇有可以推见消息的地方。

晋朝已经是大重门第，重到过度了；华胄世业，子弟便易于得官；即使是一个酒囊饭袋，也还是不失为清品。北方疆土虽失于拓跋氏，士人却更其发狂似的讲究阀阅，区别等第，守护极严。庶民中纵有俊才，也不能和大姓比并。至于大姓，实不过承祖宗余荫，以旧业骄人，空腹高心，当然使人不耐。但士流既然用祖宗做护符，被压迫的庶民自然也就将他们的祖宗当作仇敌。邢子才的话虽然说不定是否出于愤激，但对于躲在门第下的男女，却确是一个致命的重伤。势位声气，本来仅靠了“祖宗”这惟一的护符而存，“祖宗”倘一被毁，便什么都倒败了。这是倚赖“余荫”的必得的果报。

同一的意思，但没有邢子才的文才，而直出于“下等人”之口的，就是：“他妈的！”

要攻击高门大族的坚固的旧堡垒，却去瞄准他的血统，在战略上，真可谓奇谲的了。最先发明这一句“他妈的”的人物，确要算一个天才，——然而是一个卑劣的天才。

唐以后，自夸族望的风气渐渐消除；到了金元，已奉夷狄为帝王，自不妨拜屠沽作卿士，“等”的上下本该从此有些难定了，但偏还有人想辛辛苦苦地爬进“上等”去。刘时中的曲子里说：“堪笑这没见识街市匹夫，好打那好顽劣。江湖伴侣，旋将表德官名相体呼，声音多厮称，字样不寻俗。听我一个个细数：粜米的唤子良；卖肉的呼仲甫……开张卖饭的呼君宝；磨面登罗底叫德夫：何足云乎？！”（《乐府新编阳春白雪》三）这就是那时的暴发户的丑态。

“下等人”还未暴发之先，自然大抵有许多“他妈的”在嘴上，但一遇机会，偶窃一位，略识几字，便即文雅起来：雅号也有了；身分也高了；家谱也修了，还要寻一个始祖，不是名儒便是名臣。从此化为“上等人”，也如上等前辈一样，言行都很温文尔雅。然而愚民究竟也有聪明的，早已看穿了这鬼把戏，所以又有俗谚，说：“口上仁义礼智，心里男盗女娼！”他们是很明白的。

于是他们反抗了，曰：“他妈的！”

但人们不能蔑弃扫荡人我的余泽和旧荫，而硬要去做别人的祖宗，无论如何，总是卑劣的事。有时，也或加暴力于所谓“他妈的”

的生命上，但大概是乘机，而不是造运会，所以无论如何，也还是卑劣的事。

中国人至今还有无数“等”，还是依赖门第，还是倚仗祖宗。倘不改造，即永远有无声的或有声的“国骂”。就是“他妈的”，围绕在上下和四旁，而且这还须在太平的时候。

但偶尔也有例外的用法：或表惊异，或表感服。我曾在家乡看见乡农父子一同午饭，儿子指一碗菜向他父亲说：“这不坏，妈的你尝尝看！”那父亲回答道：“我不要吃。妈的你吃去罢！”则简直已经醇化为现在时行的“我的亲爱的”的意思了。

一九二五年七月十九日。

**题注：**

本篇最初发表于1925年7月27日《语丝》周刊第三十七期。收入《坟》。“他妈的”是“国骂”，是中国人特有的发明，此文分析了这一国骂产生的社会根源，指出这是被压迫者即“下等人”的泄愤用语。1925年7月29日鲁迅致许广平的信中写道：“看目下有些批评文字，表面上虽然没有什么，而骨子里却还是‘他妈的’思想，对于这样批评的批评，倒不如直捷爽快的骂出来，就是‘即以其人之道，还治其人之身’。”用这样一个题目作文是鲁迅首创。高长虹在《狂飙》周刊第五期《走到出版界——1925年北京出版界形势指掌图》一文里声称他初次使用了“他妈的”一词，对此鲁迅在《新的世故》一文中说：“我做了一篇《论他妈的》是真的，‘论’而已矣，并不说这话是我所发明，现在却又在力争这发明的荣誉了。”

# 论睁了眼看

虚生先生所做的时事短评中，曾有一个这样的题目:《我们应该有正眼看各方面的勇气》(《猛进》十九期)。诚然，必须敢于正视，这才可望敢想，敢说，敢作，敢当。倘使并正视而不敢，此外还能成什么气候。然而，不幸这一种勇气，是我们中国人最所缺乏的。

但现在我所想到的是别一方面——

中国的文人，对于人生，——至少是对于社会现象，向来就多没有正视的勇气。我们的圣贤，本来早已教人"非礼勿视"的了；而这"礼"又非常之严，不但"正视"，连"平视""斜视"也不许。现在青年的精神未可知，在体质，却大半还是弯腰曲背，低眉顺眼，表示着老牌的老成的子弟，驯良的百姓，——至于说对外却有大力量，乃是近一月来的新说，还不知道究竟是如何。

再回到"正视"问题去:先既不敢，后便不能，再后，就自然不视，不见了。一辆汽车坏了，停在马路上，一群人围着呆看，所得的结果是一团乌油油的东西。然而由本身的矛盾或社会的缺陷所生的苦痛，虽不正视，却要身受的。文人究竟是敏感人物，从他们的作品上看来，有些人确也早已感到不满，可是一到快要显露缺陷的危机一发之际，他们总即刻连说“并无其事”，同时便闭上了眼睛。这闭着的眼睛便看见一切圆满，当前的苦痛不过是“天之将降大任于是人也，必先苦其心志，劳其筋骨，饿其体肤，空乏其身，行拂乱其所为。”于是无问题，无缺陷，无不平，也就无解决，无改革，无反抗。因为凡事总要“团圆”，正无须我们焦躁；放心喝茶，睡觉大吉。再说费话，就有“不合时宜”之咎，免不了要受大学教授的纠正了。呸！

我并未实验过，但有时候想：倘将一位久蛰洞房的老太爷抛在夏天正午的烈日底下，或将不出闺门的千金小姐拖到旷野的黑夜里，大概只好闭了眼睛，暂续他们残存的旧梦，总算并没有遇到暗或光，虽然已经是绝不相同的现实。中国的文人也一样，万事闭眼睛，聊以自欺，而且欺人，那方法是：瞒和骗。

中国婚姻方法的缺陷，才子佳人小说作家早就感到了，他于是使一个才子在壁上题诗，一个佳人便来和，由倾慕——现在就得称恋爱——而至于有“终身之约”。但约定之后，也就有了难关。我们都知道，“私订终身”在诗和戏曲或小说上尚不失为美谈（自然只以与终于中状元的男人私订为限），实际却不容于天下的，仍然免不了要离异。明末的作家便闭上眼睛，并这一层也加以补救了，说是：才子及第，奉旨成婚。“父母之命媒妁之言”经这大帽子来一压，便成了半个铅钱也不值，问题也一点没有了。假使有之，也只在才子的能否中状元，而决不在婚姻制度的良否。

（近来有人以为新诗人的做诗发表，是在出风头，引异性；且迁怒于报章杂志之滥登。殊不知即使无报，墙壁实“古已有之”，早做过发表机关了；据《封神演义》，纣王已曾在女娲庙壁上题诗，那起源实在非常之早。报章可以不取白话，或排斥小诗，墙壁却拆不完，管不及的；倘一律刷成黑色，也还有破磁可划，粉笔可书，真是穷于应付。做诗不刻木板，去藏之名山，却要随时发表，虽然很有流弊，但大概是难以杜绝的罢。）

《红楼梦》中的小悲剧，是社会上常有的事，作者又是比较的敢于实写的，而那结果也并不坏。无论贾氏家业再振，兰桂齐芳，即宝玉自己，也成了一个披大红猩猩毡斗篷的和尚。和尚多矣，但披这样阔斗篷的能有几个，已经是“入圣超凡”无疑了。至于别的人们，则早在册子里一一注定，末路不过是一个归结：是问题的结束，不是问题的开头。读者即小有不安，也终于奈何不得。然而后来或续或改，非借尸还魂，即冥中另配，必令“生旦当场团圆”，才肯放手者，乃是自欺欺人的瘾太大，所以看了小小骗局，还不甘心，定须闭眼胡说一通而后快。赫克尔（E. Haeckel）说过：人和人之差，有时比类人猿和原人之差还远。我们将《红楼梦》的续作者和原作者一比较，就会承认这话大概是确实的。

“作善降祥”的古训，六朝人本已有些怀疑了，他们作墓志，竟会说“积善不报，终自欺人”的话。但后来的昏人，却又瞒起来。元刘信将三岁痴儿抛入醮纸火盆，妄希福祐，是见于《元典章》的；剧本《小张屠焚儿救母》却道是为母延命，命得延，儿亦不死了。一女愿侍痼疾之夫，《醒世恒言》中还说终于一同自杀的；后来改作的却道是有蛇坠入药罐里，丈夫服后便全愈了。凡有缺陷，一经作者粉饰，后半便大抵改观，使读者落诬妄中，以为世间委实尽够光明，谁有不幸，便是自作，自受。

有时遇到彰明的史实，瞒不下，如关羽岳飞的被杀，便只好别设骗局了。一是前世已造夙因，如岳飞；一是死后使他成神，如关羽。定命不可逃，成神的善报更满人意，所以杀人者不足责，被杀者也不足悲，冥冥中自有安排，使他们各得其所，正不必别人来费力了。

中国人的不敢正视各方面，用瞒和骗，造出奇妙的逃路来，而自以为正路。在这路上，就证明着国民性的怯弱，懒惰，而又巧滑。一天一天的满足着，即一天一天的堕落着，但却又觉得日见其光荣。在事实上，亡国一次，即添加几个殉难的忠臣，后来每不想光复旧物，而只去赞美那几个忠臣；遭劫一次，即造成一群不辱的烈女，事过之后，也每每不思惩凶，自卫，却只顾歌咏那一群烈女。仿佛亡国遭劫的事，反而给中国人发挥“两间正气”的机会，增高价值，即在此一举，应该一任其至，不足忧悲似的。自然，此上也无可为，因为我们已经借死人获得最上的光荣了。沪汉烈士的追悼会中，活的人们在一块很可景仰的高大的木主下互相打骂，也就是和我们的先辈走着同一的路。

文艺是国民精神所发的火光，同时也是引导国民精神的前途的灯火。这是互为因果的，正如麻油从芝麻榨出，但以浸芝麻，就使它更油。倘以油为上，就不必说；否则，当参入别的东西，或水或碒去。中国人向来因为不敢正视人生，只好瞒和骗，由此也生出瞒和骗的文艺来，由这文艺，更令中国人更深地陷入瞒和骗的大泽中，甚而至于已经自己不觉得。世界日日改变，我们的作家取下假面，真诚地，深入地，大胆地看取人生并且写出他的血和肉来的时候早到了；早就应该有一片崭新的文场，早就应该有几个凶猛的闯将！

现在，气象似乎一变，到处听不见歌吟花月的声音了，代之而起的是铁和血的赞颂。然而倘以欺瞒的心，用欺瞒的嘴，则无论说 A 和 O，或 Y 和 Z，一样是虚假的；只可以吓哑了先前鄙薄花月的所谓批评家的嘴，满足地以为中国就要中兴。可怜他在“爱国”的大帽子底下又闭上了眼睛了——或者本来就闭着。

没有冲破一切传统思想和手法的闯将，中国是不会有真的新文艺的。

一九二五年七月二十二日。

**题注：**

本文最初发表于1925年8月3日《语丝》周刊第三十八期。收入《坟》。《猛进》是当时有进步倾向的政论性刊物，在该刊第十九期上发表了虚生（即《猛进》周刊主编徐炳昶）的时事短评《我们应该有正眼看各方面的勇气》。鲁迅由此文而引申开来，指出“中国人向来因为不敢正视人生，只好瞒和骗”。

# 从胡须说到牙齿

## 一

一翻《呐喊》，才又记得我曾在中华民国九年双十节的前几天做过一篇《头发的故事》；去年，距今快要一整年了罢，那时是《语丝》出世未久，我又曾为它写了一篇《说胡须》。实在似乎很有些章士钊之所谓“每况愈下”了，——自然，这一句成语，也并不是章士钊首先用错的，但因为他既以擅长旧学自居，我又正在给他打官司，所以就栽在他身上。当时就听说，——或者也是时行的“流言”，——一位北京大学的名教授就愤慨过，以为从胡须说起，一直说下去，将来就要说到屁股，则于是乎便和上海的《晶报》一样了。为什么呢？这须是熟精今典的人们才知道，后进的“束发小生”是不容易了然的。因为《晶报》上曾经登过一篇《太阳晒屁股赋》，屁股和胡须又都是人身的一部分，既说此部，即难免不说彼部，正如看见洗脸的人，敏捷而聪明的学者即能推见他一直洗下去，将来一定要洗到屁股。所以有志于做 gentleman 者，为防微杜渐起见，应该在背后给一顿奚落的。——如果说此外还有深意，那我可不得而知了。

昔者窃闻之：欧美的文明人讳言下体以及和下体略有渊源的事物。假如以生殖器为中心而画一正圆形，则凡在圆周以内者均在讳言之列；而圆之半径，则美国者大于英。中国的下等人，是不讳言的；古之上等人似乎也不讳，所以虽是公子而可以名为黑臀。讳之始，不知在什么时候；而将英美的半径放大，直至于口鼻之间或更在其上，则昉于一千九百二十四年秋。

文人墨客大概是感性太锐敏了之故罢，向来就很娇气，什么也给他说不得，见不得，听不得，想不得。道学先生于是乎从而禁之，虽然很像背道而驰，其实倒是心心相印。然而他们还是一看见堂客的手帕或者姨太太的荒冢就要做诗。我现在虽然也弄弄笔墨做做白话文，但才气却仿佛早经注定是该在“水平线”之下似的，所以看见手帕或荒冢之类，倒无动于中；只记得在解剖室里第一次要在女性的尸体上动刀的时候，可似乎略有做诗之意，——但是，不过“之意”而已，并没有诗，读者幸勿误会，以为我有诗集将要精装行世，传之其人，先在此预告。后来，也就连“之意”都没有了，大约是因为见惯了的缘故罢，正如下等人的说惯一样。否则，也许现在不但不敢说胡须，而且简直非“人之初性本善论”或“天地玄黄赋”便不屑做。遥想土耳其革命后，撕去女人的面幕，是多么下等的事？呜呼，她们已将嘴巴露出，将来一定要光着屁股走路了！

## 二

虽然有人数我为“无病呻吟”党之一，但我以为自家有病自家知，旁人大概是不很能够明白底细的。倘没有病，谁来呻吟？如果竟要呻吟，那就已经有了呻吟病了，无法可医。——但模仿自然又是例外。即如自胡须直至屁股等辈，倘使相安无事，谁爱去纪念它们；我们平居无事时，从不想到自己的头，手，脚以至脚底心。待到慨然于“头颅谁斫”，“髀肉（又说下去了，尚希绅士淑女恕之）复生”的时候，是早已别有缘故的了，所以，“呻吟”。而批评家们曰：“无病”。我实在艳羡他们的健康。

譬如腋下和胯间的毫毛，向来不很肇祸，所以也没有人引为题目，来呻吟一通。头发便不然了，不但白发数茎，能使老先生揽镜慨然，赶紧拔去；清初还因此杀了许多人。民国既经成立，辫子总算剪定了，即使保不定将来要翻出怎样的花样来，但目下总不妨说是已经告一段落。于是我对于自己的头发，也就淡然若忘，而况女子应否剪发的问题呢，因为我并不预备制造桂花油或贩卖烫剪：事不干己，是无所容心于其间的。但到民国九年，寄住在我的寓里的一位小姐考进高等女子师范学校去了，而她是剪了头发的，再没有法可梳盘龙髻或S髻。到这时，我才知道虽然已是民国九年，而有些人之嫉视剪发的女子，竟和清朝末年之嫉视剪发的男子相同；校长M先生虽被天夺其魄，自己的头顶秃到近乎精光了，却偏以为女子的头发可系千钧，示意要她留起。设法去疏通了几回，没有效，连我也听得麻烦起来，于是乎“感慨系之矣”了，随口呻吟了一篇《头发的故事》。但是，不知怎的，她后来竟居然并不留长，现在还是蓬蓬松松的在北京道上走。

本来，也可以无须说下去了，然而连胡须样式都不自由，也是我平生的一件感愤，要时时想到的。胡须的有无，式样，长短，我以为除了直接受着影响的人以外，是毫无容喙的权利和义务的，而有些人们偏要越俎代谋，说些无聊的废话，这真和女子非梳头不可的教育，

"奇装异服"者要抓进警厅去办罪的政治一样离奇。要人没有反拨，总须不加刺激；乡下人捉进知县衙门去，打完屁股之后，叩一个头道："谢大老爷！"这情形是特异的中国民族所特有的。

不料恰恰一周年，我的牙齿又发生问题了，这当然就要说牙齿。这回虽然并非说下去，而是说进去，但牙齿之后是咽喉，下面是食道，胃，大小肠，直肠，和吃饭很有相关，仍将为大雅所不齿；更何况直肠的邻近还有膀胱呢，呜呼！

## 三

中华民国十四年十月二十七日，即夏历之重九，国民因为主张关税自主，游行示威了。但巡警却断绝交通，至于发生冲突，据说两面"互有死伤"。次日，几种报章（《社会日报》，《世界日报》，《舆论报》，《益世报》，《顺天时报》等）的新闻中就有这样的话：

> "学生被打伤者，有吴兴身（第一英文学校），头部刀伤甚重……周树人（北大教员）齿受伤，脱门牙二。其他尚未接有报告。……"

这样还不够，第二天，《社会日报》，《舆论报》，《黄报》，《顺天时报》又道：

> "……游行群众方面，北大教授周树人（即鲁迅）门牙确落二个。……"

舆论也好，指导社会机关也好，“确”也好，不确也好，我是没有修书更正的闲情别致的。但被害苦的是先有许多学生们，次日我到L学校去上课，缺席的学生就有二十余，他们想不至于因为我被打落门牙，即以为讲义也跌了价的，大概是预料我一定请病假。还有几个尝见和未见的朋友，或则面问，或则函问；尤其是朋其君，先行肉薄中央医院，不得，又到我的家里，目睹门牙无恙，这才重回东城，而“昊天不吊”，竟刮起大风来了。

假使我真被打落两个门牙，倒也大可以略平“整顿学风”者和其党徒之气罢；或者算是说了胡须的报应，——因为有说下去之嫌，所以该得报应，——依博爱家言，本来也未始不是一举两得的事。但可惜那一天我竟不在场。我之所以不到场者，并非遵了胡适教授的指示在研究室里用功，也不是从了江绍原教授的忠告在推敲作品，更不是依着易卜生博士的遗训正在“救出自己”；惭愧我全没有做那些大工作，从实招供起来，不过是整天躺在窗下的床上而已。为什么呢？曰：生些小病，非有他也。

然而我的门牙，却是“确落二个”的。

## 四

这也是自家有病自家知的一例，如果牙齿健全的，决不会知道牙痛的人的苦楚，只见他歪着嘴角吸风，模样着实可笑。自从盘古开辟天地以来，中国就未曾发明过一种止牙痛的好方法，现在虽然很有些什么“西法镶牙补眼”的了，但大概不过学了一点皮毛，连消毒去腐的粗浅道理也不明白。以北京而论，以中国自家的牙医而论，只有几个留美出身的博士是好的，但是，yes，贵不可言。至于穷乡僻壤，却连皮毛家也没有，倘使不幸而牙痛，又不安本分而想医好，怕只好去叩求城隍土地爷爷罢。

我从小就是牙痛党之一，并非故意和牙齿不痛的正人君子们立异，实在是“欲罢不能”。听说牙齿的性质的好坏，也有遗传的，那么，这就是我的父亲赏给我的一份遗产，因为他牙齿也很坏。于是或蛀，或破，……终于牙龈上出血了，无法收拾；住的又是小城，并无牙医。那时也想不到天下有所谓“西法……”也者，惟有《验方新编》是唯一的救星；然而试尽“验方”都不验。后来，一个善士传给我一个秘方：择日将栗子风干，日日食之，神效。应择那一日，现在已经忘却了，好在这秘方的结果不过是吃栗子，随时可以风干的，我们也无须再费神去查考。自此之后，我才正式看中医，服汤药，可惜中医仿佛也束手了，据说这是叫“牙损”，难治得很呢。还记得有一天一个长辈斥责我，说，因为不自爱，所以会生这病的；医生能有什么法？我不解，但从此不再向人提起牙齿的事了，似乎这病是我的一件耻辱。如此者久而久之，直至我到日本的长崎，再去寻牙医，他给我刮去了牙后面的所谓“齿垽”，这才不再出血了，化去的医费是两元，时间是约一小时以内。

我后来也看看中国的医药书，忽而发见触目惊心的学说了。它说，齿是属于肾的，“牙损”的原因是“阴亏”。我这才顿然悟出先前的所以得到申斥的原因来，原来是它们在这里这样诬陷我。到现在，即使有人说中医怎样可靠，单方怎样灵，我还都不信。自然，其中大半是因为他们耽误了我的父亲的病的缘故罢，但怕也很挟带些切肤之痛的自己的私怨。

事情还很多哩，假使我有 Victor Hugo 先生的文才，也许因此可以写出一部《Les Misérables》的续集。然而岂但没有而已么，遭难的又是自家的牙齿，向人分送自己的冤单，是不大合式的，虽然所有文章，几乎十之九是自身的暗中的辩护。现在还不如迈开大步一跳，一径来说“门牙确落二个”的事罢：

袁世凯也如一切儒者一样，最主张尊孔。做了离奇的古衣冠，盛行祭孔的时候，大概是要做皇帝以前的一两年。自此以来，相承不废，但也因秉政者的变换，仪式上，尤其是行礼之状有些不同：大概自以为维新者出则西装而鞠躬，尊古者兴则古装而顿首。我曾经是教育部的佥事，因为“区区”，所以还不入鞠躬或顿首之列的；但届春秋二祭，仍不免要被派去做执事。执事者，将所谓“帛”或“爵”递给鞠躬或顿首之诸公的听差之谓也。民国十一年秋，我“执事”后坐车回寓去，既是北京，又是秋，又是清早，天气很冷，所以我穿着厚外套，带了手套的手是插在衣袋里的。那车夫，我相信他是因为磕睡，胡涂，决非章士钊党；但他却在中途用了所谓“非常处分”，以“迅雷不及掩耳之手段”，自己跌倒了，并将我从车上摔出。我手在袋里，来不及抵按，结果便自然只好和地母接吻，以门牙为牺牲了。于是无门牙而讲书者半年，补好于十二年之夏，所以现在使朋其君一见放心，释然回去的两个，其实却是假的。

## 五

孔二先生说，“虽有周公之才之美，使骄且吝，其余，不足观也矣。”这话，我确是曾经读过的，也十分佩服。所以如果打落了两个门牙，借此能给若干人们从旁快意，“痛快”倒也毫无吝惜之心。而无如门牙，只有这几个，而且早经脱落何？但是将前事拉成今事，却也是不甚愿意的事，因为有些事情，我还要说真实，便只好将别人的“流言”抹杀了，虽然这大抵也以有利于已，至少是无损于己者为限。准此，我便顺手又要将章士钊的将后事拉成前事的胡涂账揭出来。

又是章士钊。我之遇到这个姓名而摇头，实在由来已久；但是，先前总算是为“公”，现在却像憎恶中医一样，仿佛也挟带一点私怨了，因为他“无故”将我免了官，所以，在先已经说过：我正在给他打官司。近来看见他的古文的答辩书了，很斤斤于“无故”之辩，其中有一段：

“……又该伪校务维持会擅举该员为委员，该员又不声明否认，显系有意抗阻本部行政，既情理之所难容，亦法律之所不许。……不得已于八月十二日，呈请执政将周树人免职，十三日由　执政明令照准……”

于是乎我也“之乎者也”地驳掉他：

“查校务维持会公举树人为委员，系在八月十三日，而该总长呈请免职，据称在十二日。岂先预知将举树人为委员而先为免职之罪名耶？……”

其实，那些什么“答辩书”也不过是中国的胡牵乱扯的照例的成法，章士钊未必一定如此胡涂；假使真只胡涂，倒还不失为胡涂人，但他是知道舞文玩法的。他自己说过：“挽近政治。内包甚复。一端之起。其真意往往难于迹象求之。执法抗争。不过迹象间事。……”所以倘若事不干己，则与其听他说政法，谈逻辑，实在远不如看《太阳晒屁股赋》，因为欺人之意，这些赋里倒没有的。

离题愈说愈远了：这并不是我的身体的一部分。现在即此收住，将来说到那里，且看民国十五年秋罢。

一九二五年十月三十日。

**题注：**

本篇最初发表于1925年11月9日《语丝》周刊第五十二期。收入《坟》。1925年10月26日，段祺瑞政府邀请英、美、法等12国在北京召开“关税特别会议”。会议开幕的当天，北京各学校和进步团体5万余人在天安门再次集会游行，途中被大批武装警察阻止、殴打，发生了流血事件。次日《社会日报》《世界日报》等刊登的新闻中有这样的话：“周树人（北大教员）齿受伤，脱门牙二。”《舆论报》等又有“游行群众方面，北大教授周树人（即鲁迅）门牙确落二个”。此前鲁迅曾写过一篇《说胡须》，所以又写了这篇《从胡须说到牙齿》，以调侃的笔法澄清“流言”，又顺便揭露了章士钊在女师大学潮中的行径。

# 学界的三魂

从《京报副刊》上知道有一种叫《国魂》的期刊，曾有一篇文章说章士钊固然不好，然而反对章士钊的“学匪”们也应该打倒。我不知道大意是否真如我所记得？但这也没有什么关系，因为不过引起我想到一个题目，和那原文是不相干的。意思是，中国旧说，本以为人有三魂六魄，或云七魄；国魂也该这样。而这三魂之中，似乎一是“官魂”，一是“匪魂”，还有一个是什么呢？也许是“民魂”罢，我不很能够决定。又因为我的见闻很偏隘，所以未敢悉指中国全社会，只好缩而小之曰“学界”。

中国人的官瘾实在深，汉重孝廉而有埋儿刻木，宋重理学而有高帽破靴，清重帖括而有“且夫”“然则”。总而言之：那魂灵就在做官，——行官势，摆官腔，打官话。顶着一个皇帝做傀儡，得罪了官就是得罪了皇帝，于是那些人就得了雅号曰“匪徒”。学界的打官话是始于去年，凡反对章士钊的都得了“土匪”，“学匪”，“学棍”的称号，但仍然不知道从谁的口中说出，所以还不外乎一种“流言”。

但这也足见去年学界之糟了，竟破天荒的有了学匪。以大点的国事来比罢，太平盛世，是没有匪的；待到群盗如毛时，看旧史，一定是外戚，宦官，奸臣，小人当国，即使大打一通官话，那结果也还是“呜呼哀哉”。当这“呜呼哀哉”之前，小民便大抵相率而为盗，所以我相信源增先生的话：“表面上看只是些土匪与强盗，其实是农民革命军。”（《国民新报副刊》四三）那么，社会不是改进了么？并不，我虽然也是被谥为“土匪”之一，却并不想为老前辈们饰非掩过。农民是不来夺取政权的，源增先生又道：“任三五热心家将皇帝推倒，自己过皇帝瘾去。”但这时候，匪便被称为帝，除遗老外，文人学者却都来恭维，又称反对他的为匪了。

所以中国的国魂里大概总有这两种魂：官魂和匪魂。这也并非硬要将我辈的魂挤进国魂里去，贪图与教授名流的魂为伍，只因为事实仿佛是这样。社会诸色人等，爱看《双官诰》，也爱看《四杰村》，望偏安巴蜀的刘玄德成功，也愿意打家劫舍的宋公明得法；至少，是受了官的恩惠时候则艳羡官僚，受了官的剥削时候便同情匪类。但这也是人情之常；倘使连这一点反抗心都没有，岂不就成为万劫不复的奴才了？

然而国情不同，国魂也就两样。记得在日本留学时候，有些同学问我在中国最有大利的买卖是什么，我答道：“造反。”他们便大骇怪。在万世一系的国度里，那时听到皇帝可以一脚踢落，正如我们听说父母可以一棒打杀一般。为一部分士女所心悦诚服的李景林先生，可就深知此意了，要是报纸上所传非虚。今天的《京报》即载着他对某外交官的谈话道：“予预计于旧历正月间，当能与君在天津晤谈；若天津攻击竟至失败，则拟俟三四月间卷土重来，若再失败，则暂投土匪，徐养兵力，以待时机”云。但他所希望的不是做皇帝，那大概是因为中华民国之故罢。

所谓学界，是一种发生较新的阶级，本该可以有将旧魂灵略加湔洗之望了，但听到“学官”的官话，和“学匪”的新名，则似乎还走着旧道路。那么，当然也得打倒的。这来打倒他的是“民魂”，是国魂的第三种。先前不很发扬，所以一闹之后，终不自取政权，而只“任三五热心家将皇帝推倒，自己过皇帝瘾去”了。

惟有民魂是值得宝贵的，惟有他发扬起来，中国才有真进步。但是，当此连学界也倒走旧路的时候，怎能轻易地发挥得出来呢？在乌烟瘴气之中，有官之所谓“匪”和民之所谓匪；有官之所谓“民”和民之所谓民；有官以为“匪”而其实是真的国民，有官以为“民”而其实是衙役和马弁。所以貌似“民魂”的，有时仍不免为“官魂”，这是鉴别魂灵者所应该十分注意的。

话又说远了，回到本题去。去年，自从章士钊提了“整顿学风”的招牌，上了教育总长的大任之后，学界里就官气弥漫，顺我者“通”，逆我者“匪”，官腔官话的余气，至今还没有完。但学界却也幸而因此分清了颜色；只是代表官魂的还不是章士钊，因为上头还有“减膳”执政在，他至多不过做了一个官魄；现在是在天津“徐养兵力，以待时机”了。我不看《甲寅》，不知道说些什么话：官话呢，匪话呢，民话呢，衙役马弁话呢？……

一月二十四日。

**题注：**

本篇最初发表于1926年2月1日北京《语丝》周刊第六十四期。收入《华盖集续编》。1925年12月30日国家主义派所办的旬刊《国魂》第九期载有姜华的《学匪与学阀》一文，认为章士钊虽不好，但反对章士钊、杨荫榆的女师大教员马裕藻等“学匪”也应被打倒。1926年

1 月 10 日《京报副刊》载何增亮（即周作人）驳斥姜华的《国魂之学匪观》一文。鲁迅由此写下这篇杂感，提出“国魂”里有“三魂”，“惟有民魂是值得宝贵的”。

本文发表时篇末有作者的《附记》，后收入《鲁迅全集补遗续编》，1981 年人民文学出版社出版的《鲁迅全集》第三卷《华盖集续编》注释中引录。

# 一点比喻

在我的故乡不大通行吃羊肉，阖城里，每天大约不过杀几匹山羊。北京真是人海，情形可大不相同了，单是羊肉铺就触目皆是。雪白的羊群也常常满街走，但都是胡羊，在我们那里称为绵羊的。山羊很少见；听说这在北京却颇名贵了，因为比胡羊聪明，能够率领羊群，悉依它的进止，所以畜牧家虽然偶而养几匹，却只用作胡羊们的领导，并不杀掉它。

这样的山羊我只见过一回，确是走在一群胡羊的前面，脖子上还挂着一个小铃铎，作为智识阶级的徽章。通常，领的赶的却多是牧人，胡羊们便成了一长串，挨挨挤挤，浩浩荡荡，凝着柔顺有余的眼色，跟定他匆匆地竞奔它们的前程。我看见这种认真的忙迫情形时，心里总想开口向它们发一句愚不可及的疑问——

“往那里去？！”

人群中也很有这样的山羊，能领了群众稳妥平静地走去，直到他们应该走到的所在。袁世凯明白一点这种事，可惜用得不大巧，大概因为他是不很读书的，所以也就难于熟悉运用那些的奥妙。后来的武人可更蠢了，只会自己乱打乱割，乱得哀号之声，洋洋盈耳，结果是除了残虐百姓之外，还加上轻视学问，荒废教育的恶名。然而“经一事，长一智”，二十世纪已过了四分之一，脖子上挂着小铃铎的聪明人是总要交到红运的，虽然现在表面上还不免有些小挫折。

那时候，人们，尤其是青年，就都循规蹈矩，既不嚣张，也不浮动，一心向着“正路”前进了，只要没有人问——

“往那里去？！”

君子若曰：“羊总是羊，不成了一长串顺从地走，还有什么别的法子呢？君不见夫猪乎？拖延着，逃着，喊着，奔突着，终于也还是被捉到非去不可的地方去，那些暴动，不过是空费力气而已矣。”

这是说：虽死也应该如羊，使天下太平，彼此省力。

这计划当然是很妥帖，大可佩服的。然而，君不见夫野猪乎？它以两个牙，使老猎人也不免于退避。这牙，只要猪脱出了牧豕奴所造的猪圈，走入山野，不久就会长出来。

Schopenhauer先生曾将绅士们比作豪猪，我想，这实在有些失体统。但在他，自然是并没有什么别的恶意的，不过拉扯来作一个比喻。《Parerga und Paralipomena》里有着这样意思的话：有一群豪猪，在冬天想用了大家的体温来御寒冷，紧靠起来了，但它们彼此即刻又觉得刺的疼痛，于是乎又离开。然而温暖的必要，再使它们靠近时，却又吃了照样的苦。但它们在这两种困难中，终于发见了彼此之间的适宜的间隔，以这距离，它们能够过得最平安。人们因为社交的要求，聚在一处，又因为各有可厌的许多性质和难堪的缺陷，再使他们分离。他们最后所发见的距离，——使他们得以聚在一处的中庸的距离，就是“礼让”和“上流的风习”。有不守这距离的，在英国就这样叫，“Keep your distance！”

但即使这样叫，恐怕也只能在豪猪和豪猪之间才有效力罢，因为它们彼此的守着距离，原因是在于痛而不在于叫的。假使豪猪们中夹着一个别的，并没有刺，则无论怎么叫，它们总还是挤过来。孔子说：礼不下庶人。照现在的情形看，该是并非庶人不得接近豪猪，却是豪猪可以任意刺着庶人而取得温暖。受伤是当然要受伤的，但这也只能怪你自己独独没有刺，不足以让他守定适当的距离。孔子又说：刑不上大夫。这就又难怪人们的要做绅士。

这些豪猪们，自然也可以用牙角或棍棒来抵御的，但至少必须拚出背一条豪猪社会所制定的罪名：“下流”或“无礼”。

一月二十五日。

**题注：**

本篇最初发表于1926年2月25日北京《莽原》半月刊第四期。收入《华盖集续编》。这篇文章针对《现代评论》派等所谓的智识阶级、绅士们而写，他们替统治者着想，将群众尤其是青年引向“循规蹈矩”的“正路”，出卖庶民的利益，“使天下太平”。鲁迅在这篇杂感中把这些统治者的帮凶比作“山羊”和“豪猪”。

# 无花的蔷薇之二

## 一

英国勃尔根贵族曰："中国学生只知阅英文报纸，而忘却孔子之教。英国之大敌，即此种极力诅咒帝国而幸灾乐祸之学生。……中国为过激党之最好活动场……。"（一九二五年六月三十日伦敦路透电。）

南京通信云："基督教城中会堂聘金大教授某神学博士讲演，中有谓孔子乃耶稣之信徒，因孔子吃睡时皆祷告上帝。当有听众……质问何所据而云然；博士语塞。时乃有教徒数人，突紧闭大门，声言'发问者，乃苏俄卢布买收来者'。当呼警捕之。……"（三月十一日《国民公报》。）

苏俄的神通真是广大，竟能买收叔梁纥，使生孔子于耶稣之前，则"忘却孔子之教"和"质问何所据而云然"者，当然都受着卢布的驱使无疑了。

## 二

西滢教授曰：“听说在‘联合战线’中，关于我的流言特别多，并且据说我一个人每月可以领到三千元。‘流言’是在口上流的，在纸上到也不大见。”（《现代》六十五。）

该教授去年是只听到关于别人的流言的，却由他在纸上发表；据说今年却听到关于自己的流言了，也由他在纸上发表。“一个人每月可以领到三千元”，实在特别荒唐，可见关于自己的“流言”都不可信。但我以为关于别人的似乎倒是近理者居多。

## 三

据说“孤桐先生”下台之后，他的什么《甲寅》居然渐渐的有了活气了。可见官是做不得的。

然而他又做了临时执政府秘书长了，不知《甲寅》可仍然还有活气？如果还有，官也还是做得的……。

## 四

已不是写什么“无花的蔷薇”的时候了。

虽然写的多是刺，也还要些和平的心。

现在，听说北京城中，已经施行了大杀戮了。当我写出上面这些无聊的文字的时候，正是许多青年受弹饮刃的时候。呜呼，人和人的魂灵，是不相通的。

## 五

中华民国十五年三月十八日，段祺瑞政府使卫兵用步枪大刀，在国务院门前包围虐杀徒手请愿，意在援助外交之青年男女，至数百人之多。还要下令，诬之曰“暴徒”！

如此残虐险狠的行为，不但在禽兽中所未曾见，便是在人类中也极少有的，除却俄皇尼古拉二世使可萨克兵击杀民众的事，仅有一点相像。

## 六

中国只任虎狼侵食，谁也不管。管的只有几个年青的学生，他们本应该安心读书的，而时局漂摇得他们安心不下。假如当局者稍有良心，应如何反躬自责，激发一点天良？

然而竟将他们虐杀了！

## 七

假如这样的青年一杀就完，要知道屠杀者也决不是胜利者。

中国要和爱国者的灭亡一同灭亡。屠杀者虽然因为积有金资，可以比较长久地养育子孙，然而必至的结果是一定要到的。“子孙绳绳”又何足喜呢？灭亡自然较迟，但他们要住最不适于居住的不毛之地，要做最深的矿洞的矿工，要操最下贱的生业……。

## 八

如果中国还不至于灭亡，则已往的史实示教过我们，将来的事便要大出于屠杀者的意料之外——

这不是一件事的结束，是一件事的开头。

墨写的谎说，决掩不住血写的事实。

血债必须用同物偿还。拖欠得愈久，就要付更大的利息！

## 九

以上都是空话。笔写的，有什么相干？

实弹打出来的却是青年的血。血不但不掩于墨写的谎语，不醉于墨写的挽歌；威力也压它不住，因为它已经骗不过，打不死了。

三月十八日，民国以来最黑暗的一天，写。

**题注：**

本篇最初发表于1926年3月29日北京《语丝》周刊第七十二期。收入《华盖集续编》。本篇由九则小杂感组成，前三则依旧是针对章士钊、陈西滢等。当获悉段祺瑞政府杀戮青年的消息后，鲁迅极为愤怒，因此，本文的后六则直指北洋军阀的暴行。文末的落款是“三月十八日，民国以来最黑暗的一天，写”，指的就是段祺瑞政府制造“三一八惨案”的那一天。1926年3月冯玉祥的国民军和奉系军阀张作霖、李景林等交战，日本见奉军失利，便公开出面干涉，于12日以军舰驶进大沽口，炮击国民军守军，国民军亦开炮还击，于是日本就向段祺瑞政府提出抗议，并联合英、美、德、意、荷、比、西等国，借口维护《辛丑条约》，于3月16日以八国名义提出最后通牒，要求停止津沽间的军事行动和撤防等。北京的民众为反对日本帝国主义这种侵犯中国主权的行为，3月18日在天安门前举行集会抗议，会后赴段祺瑞执政府请愿，段祺瑞竟下令卫队枪击、砍杀集会群众，当场和事后重伤而死47人，伤者150多人，制造了骇人听闻的“三一八惨案”。

# “死地”

从一般人，尤其是久受异族及其奴仆鹰犬的蹂躏的中国人看来，杀人者常是胜利者，被杀者常是劣败者。而眼前的事实也确是这样。

三月十八日段政府惨杀徒手请愿的市民和学生的事，本已言语道断，只使我们觉得所住的并非人间。但北京的所谓言论界，总算还有评论，虽然纸笔喉舌，不能使洒满府前的青年的热血逆流入体，仍复苏生转来。无非空口的呼号，和被杀的事实一同逐渐冷落。

但各种评论中，我觉得有一些比刀枪更可以惊心动魄者在。这就是几个论客，以为学生们本不应当自蹈死地，前去送死的。倘以为徒手请愿是送死，本国的政府门前是死地，那中国人真将死无葬身之所，除非是心悦诚服地充当奴子，“没齿而无怨言”。不过我还不知道中国人的大多数人的意见究竟如何。假使也这样，则岂但执政府前，便是全中国，也无一处不是死地了。

人们的苦痛是不容易相通的。因为不易相通，杀人者便以杀人为唯一要道，甚至于还当作快乐。然而也因为不容易相通，所以杀人者所显示的“死之恐怖”，仍然不能够儆戒后来，使人民永远变作牛马。历史上所记的关于改革的事，总是先仆后继者，大部分自然是由于公义，但人们的未经“死之恐怖”，即不容易为“死之恐怖”所慑，我以为也是一个很大的原因。

但我却恳切地希望：“请愿”的事，从此可以停止了。倘用了这许多血，竟换得一个这样的觉悟和决心，而且永远纪念着，则似乎还不算是很大的折本。

世界的进步，当然大抵是从流血得来。但这和血的数量，是没有关系的，因为世上也尽有流血很多，而民族反而渐就灭亡的先例。即如这一回，以这许多生命的损失，仅博得“自蹈死地”的批判，便已将一部分人心的机微示给我们，知道在中国的死地是极其广博。

现在恰有一本罗曼罗兰的《Le Jeu de L'Amour et de La Mort》在我面前，其中说：加尔是主张人类为进步计，即不妨有少许污点，万不得已，也不妨有一点罪恶的；但他们却不愿意杀库尔跋齐，因为共和国不喜欢在臂膊上抱着他的死尸，因为这过于沉重。

会觉得死尸的沉重，不愿抱持的民族里，先烈的“死”是后人的“生”的唯一的灵药，但倘在不再觉得沉重的民族里，却不过是压得一同沦灭的东西。

中国的有志于改革的青年，是知道死尸的沉重的，所以总是“请愿”。殊不知别有不觉得死尸的沉重的人们在，而且一并屠杀了“知道死尸的沉重”的心。

死地确乎已在前面。为中国计，觉悟的青年应该不肯轻死了罢。

三月二十五日。

**题注：**

本篇最初发表于1926年3月30日北京《国民新报副刊》。收入《华盖集续编》。“三一八惨案”发生后，北京的一些论客对惨遭杀害的青年冷言冷语，认为他们是自己去送死。鲁迅虽然不赞成请愿，不希望青年做无谓的牺牲，但认为他们的死是值得纪念的，能够催人觉悟，促使世界进步。

# 可惨与可笑

三月十八日的惨杀事件，在事后看来，分明是政府布成的罗网，纯洁的青年们竟不幸而陷下去了，死伤至于三百多人。这罗网之所以布成，其关键就全在于“流言”的奏了功效。

这是中国的老例，读书人的心里大抵含着杀机，对于异己者总给他安排下一点可死之道。就我所眼见的而论，凡阴谋家攻击别一派，光绪年间用“康党”，宣统年间用“革党”，民二以后用“乱党”，现在自然要用“共产党”了。其实，去年有些“正人君子”们称别人为“学棍”“学匪”的时候，就有杀机存在，因为这类诨号，和“臭绅士”“文士”之类不同，在“棍”“匪”字里，就藏着可死之道的。但这也许是“刀笔吏”式的深文周纳。

去年，为“整顿学风”计，大传播学风怎样不良的流言，学匪怎样可恶的流言，居然很奏了效。今年，为“整顿学风”计，又大传播共产党怎样活动，怎样可恶的流言，又居然很奏了效。于是便将请愿者作共产党论，三百多人死伤了，如果有一个所谓共产党的首领死在里面，就更足以证明这请愿就是“暴动”。

可惜竟没有。这该不是共产党了罢。据说也还是的，但他们全都逃跑了，所以更可恶。而这请愿也还是暴动，做证据的有一根木棍，两支手枪，三瓶煤油。姑勿论这些是否群众所携去的东西；即使真是，而死伤三百多人所携的武器竟不过这一点，这是怎样可怜的暴动呵！

但次日，徐谦，李大钊，李煜瀛，易培基，顾兆熊的通缉令发表了。因为他们“啸聚群众”，像去年女子师范大学生的“啸聚男生”（章士钊解散女子师范大学呈文语）一样，“啸聚”了带着一根木棍，两支手枪，三瓶煤油的群众。以这样的群众来颠覆政府，当然要死伤三百多人；而徐谦们以人命为儿戏到这地步，那当然应该负杀人之罪了；而况自己又不到场，或者全都逃跑了呢？

以上是政治上的事，我其实不很了然。但从别一方面看来，所谓“严拿”者，似乎倒是赶走；所谓“严拿”暴徒者，似乎不过是赶走北京中法大学校长兼清室善后委员会委员长（李），中俄大学校长（徐），北京大学教授（李大钊），北京大学教务长（顾），女子师范大学校长（易）；其中的三个又是俄款委员会委员：一共空出九个“优美的差缺”也。

同日就又有一种谣言，便是说还要通缉五十多人；但那姓名的一部分，却至今日才见于《京报》。这种计画，在目下的段祺瑞政府的秘书长章士钊之流的脑子里，是确实会有的。国事犯多至五十余人，也是中华民国的一个壮观；而且大概多是教员罢，倘使一同放下五十多个“优美的差缺”，逃出北京，在别的地方开起一个学校来，倒也是中华民国的一件趣事。

那学校的名称，就应该叫作“啸聚”学校。

三月二十六日。

**题注：**

本篇最初发表于1926年3月28日北京《京报副刊》。收入《华盖集续编》。“三一八惨案”后，依附于段祺瑞政府的研究系机关报《晨报》发表文章与社论称爱国青年是受了共产党的唆使，“激于意气，挺（铤）而走险，乃陷入奸人居间利用之彀中”，指责中俄大学校长徐谦等“驱千百珍贵青年为孤注一掷……必欲置千百珍贵青年于死地”，还攻击“共产党诸君故杀青年，希图利己”。段祺瑞执政府下令通缉徐谦、李大钊、李煜瀛（石曾）、易培基、顾兆熊等五人，说他们“假借共产学说，嘯聚群众，屡肇事端”。鲁迅认为这是那些正人君子别有用心传播的“流言”，是阴谋家排除异己的手段。

# 无花的蔷薇之三

一

积在天津的纸张运不到北京，连印书也颇受战争的影响，我的旧杂感的结集《华盖集》付印两月了，排校还不到一半。可惜先登了一个预告，以致引出陈源教授的“反广告”来——

> “我不能因为我不尊敬鲁迅先生的人格，就不说他的小说好，我也不能因为佩服他的小说，就称赞他其余的文章。我觉得他的杂感，除了《热风》中二三篇外，实在没有一读之价值。”（《现代评论》七十一，《闲话》。）

这多么公平！原来我也是“今不如古”了；《华盖集》的销路，比起《热风》来，恐怕要较为悲观。而且，我的作小说，竟不料是和“人格”无关的。“非人格”的一种文字，像新闻记事一般的，倒会使教授“佩服”，中国又仿佛日见其光怪陆离了似的，然则“实在没有一读之价值”的杂感，也许还要存在罢。

## 二

做那有名的小说《Don Quijote》的 M. de Cervantes 先生，穷则有之，说他像叫化子，可不过是一种特别流行于中国学者间的流言。他说 Don Quijote 看游侠小说看疯了，便自己去做侠客，打不平。他的亲人知道是书籍作的怪，就请了间壁的理发匠来检查；理发匠选出几部好的留下来，其余的便都烧掉了。

大概是烧掉的罢，记不清楚了；也忘了是多少种。想来，那些入选的“好书”的作家们，当时看了这小说里的书单，怕总免不了要面红耳赤地苦笑的罢。

中国虽然似乎日见其光怪陆离了。然而，乌乎哀哉！我们连“苦笑”也得不到。

## 三

有人从外省寄快信来问我平安否。他不熟于北京的情形，上了流言的当了。

北京的流言报，是从袁世凯称帝，张勋复辟，章士钊“整顿学风”以还，一脉相传，历来如此的。现在自然也如此。

第一步曰：某方要封闭某校，捕拿某人某人了。这是造给某校某人看，恐吓恐吓的。

第二步曰：某校已空虚，某人已逃走了。这是造给某方看，煽动煽动的。

又一步曰：某方已搜检甲校，将搜检乙校了。这是恐吓乙校，煽动某方的。

“平生不作亏心事，夜半敲门不吃惊。”乙校不自心虚，怎能给恐吓呢？然而，少安毋躁罢。还有一步曰：乙校昨夜通宵达旦，将赤化书籍完全焚烧矣。

于是甲校更正，说并未搜检；乙校更正，说并无此项书籍云。

## 四

于是连卫道的新闻记者，圆稳的大学校长也住进六国饭店，讲公理的大报也摘去招牌，学校的号房也不卖《现代评论》：大有“火炎昆冈，玉石俱焚”之概了。

其实是不至于此的，我想。不过，谣言这东西，却确是造谣者本心所希望的事实，我们可以借此看看一部分人的思想和行为。

## 五

中华民国九年七月直皖战争开手；八月，皖军溃灭，徐树铮等九人避入日本公使馆。这时还点缀着一点小玩意，是有一些正人君子——不是现在的一些正人君子——去游说直派武人，请他杀戮改革论者了。终于没有结果；便是这事也早从人们的记忆上消去。但试去翻那年八月的《北京日报》，还可以看见一个大广告，里面是什么大英雄得胜之后，必须廓清邪说，诛戮异端等类古色古香的名言。

那广告是有署名的，在此也无须提出。但是，较之现在专躲在暗中的流言家，却又不免令人有“今不如古”之感了。我想，百年前比现在好，千年前比百年前好，万年前比千年前好……特别在中国或者是确凿的。

## 六

在报章的角落里常看见对青年们的谆谆的教诫：敬惜字纸咧；留心国学咧；伊卜生这样，罗曼罗兰那样咧。时候和文字是两样了，但含义却使我觉得很耳熟：正如我年幼时所听过的耆宿的教诫一般。

这可仿佛是“今不如古”的反证了。但是，世事都有例外，对于上一节所说的事，这也算作一个例外罢。

五月六日。

**题注：**

本篇最初发表于1926年5月17日北京《语丝》周刊第七十九期。收入《华盖集续编》。1926年4月奉系军阀盘踞北京后，打着“扑灭赤化”的旗号，搜捕进步人士，使北京陷入白色恐怖之中，谣言也随之四起。据1926年4月28日上海《时事新报》和同年5月1日广州《向导》周报第一五一期报道，奉军及直鲁联军进占北京，枪毙《京报》社长邵飘萍之后，北京报界和学界一片恐慌，《世界晚报》成舍我、《中美晚报》宋发祥和北大代理校长蒋梦麟等均先后逃匿。在这种情况下，陈西滢等依旧在攻击鲁迅，制造流言，以至于有不明情况的朋友担心鲁迅的安危，鲁迅因此写这篇杂感揭露造谣者的居心。

# 新的蔷薇

——然而还是无花的

因为《语丝》在形式上要改成中本了，我也不想再用老题目，所以破格地奋发，要写出“新的蔷薇”来。

——这回可要开花了？

——嗡嗡，——不见得罢。

我早有点知道：我是大概以自己为主的。所谈的道理是“我以为”的道理，所记的情状是我所见的情状。听说一月以前，杏花和碧桃都开过了。我没有见，我就不以为有杏花和碧桃。

——然而那些东西是存在的。——学者们怕要说。

——好！那么，由它去罢。——这是我敬谨回禀学者们的话。

有些讲“公理”的，说我的杂感没有一看的价值。那是一定的。其实，他来看我的杂感，先就自己失了魂了，——假如也有魂。我的话倘会合于讲“公理”者的胃口，我不也成了“公理维持会”会员了么？我不也成了他，和其余的一切会员了么？我的话不就等于他们的话了么？许多人和许多话不就等于一个人和一番话了么？

公理是只有一个的。然而听说这早被他们拿去了，所以我已经一无所有。

这回“北京城内的外国旗”，大约特别地多罢，竟使学者为之愤慨：“……至于东交民巷界线以外，无论中国人外国人，那就不能借插用外国国旗，以为保护生命财产的护符。”

这是的确的。“保护生命财产的护符”，我们自有“法律”在。

如果还不放心呢，那么，就用一种更稳妥的旗子：红卍字旗。介乎中外之间，超于“无耻”和有耻之外，——确是好旗子！

从清末以来，“莫谈国事”的条子帖在酒楼饭馆里，至今还没有跟着辫子取消。所以，有些时候，难煞了执笔的人。

但这时却可以看见一种有趣的东西，是：希望别人以文字得祸的人所做的文字。

聪明人的谈吐也日见其聪明了。说三月十八日被害的学生是值得同情的，因为她本不愿去而受了教职员的怂恿。说“那些直接或间接用苏俄的金钱的人”是情有可原的，因为“他们自己可以挨饿，老婆子女却不能不吃饭呵！”

推开了甲而陷没了乙，原谅了情而坐实了罪；尤其是他们的行动和主张，都见得一钱不值了。

然而听说赵子昂的画马，却又是镜中照出来的自己的形相哩。

因为“老婆子女却不能不吃饭”，于是自然要发生“节育问题”了。但是先前山格夫人来华的时候，“有些志士”却又大发牢骚，说她要使中国人灭种。

独身主义现今尚为许多人所反对，节育也行不通。为赤贫的绅士计，目前最好的方法，我以为莫如弄一个有钱的女人做老婆。

我索性完全传授了这个秘诀罢：口头上，可必须说是为了“爱”。

“苏俄的金钱”十万元，这回竟弄得教育部和教育界发生纠葛了，因为大家都要一点。

这也许还是因为“老婆子女”之故罢。但这批卢布和那批卢布却不一样的。这是归还的庚子赔款；是拳匪“扶清灭洋”，各国联军入京的余泽。

那年代很容易记：十九世纪末，一九〇〇年。二十六年之后，我们却“间接”用了拳匪的金钱来给“老婆子女”吃饭；如果大师兄有灵，必将爽然若失者欤。

还有，各国用到中国来做“文化事业”的，也是这一笔款……。

五月二十三日。

**题注：**

本篇最初发表于1926年5月31日北京《语丝》周刊第八十一期。收入《华盖集续编》。“三一八惨案”发生后，陈西滢发表一系列文章诬蔑进步人士及死难的学生。他在《现代评论》第三卷第六十八期上发表《闲话》，说女师大学生杨德群本来不愿意参加示威，是被教职员勉强拉去的。对此，女师大学生雷榆、李慧等给陈西滢发去辩诬信（载《现代评论》第三卷第七十期），说明杨德群平时“实际参与种种爱国运动及其他妇女运动”，当日与同学们一同出校，“沿途散发传单，意气很激昂”。陈西滢还诬蔑当时文化教育界进步人士“直接或间接用苏俄的金钱”等，在《现代评论》第三卷第七十四期发表《闲话》一文说:“家累日重，需要日多，才智之士，也没法可想，何况一般普通人，因此，依附军阀和依附洋人便成了许多人唯一的路径。就是有些志士，也常常未能免俗。……他们自己可以挨饿，老婆子女却不能不吃饭呵。就是那些直接或间接用苏俄金钱的人，也何尝不是如此。”鲁迅在这篇杂感中驳斥了陈西滢散布的这些“流言”。

# 略论中国人的脸

大约人们一遇到不大看惯的东西，总不免以为他古怪。我还记得初看见西洋人的时候，就觉得他脸太白，头发太黄，眼珠太淡，鼻梁太高。虽然不能明明白白地说出理由来，但总而言之：相貌不应该如此。至于对于中国人的脸，是毫无异议；即使有好丑之别，然而都不错的。

我们的古人，倒似乎并不放松自己中国人的相貌。周的孟轲就用眸子来判胸中的正不正，汉朝还有《相人》二十四卷。后来闹这玩艺儿的尤其多；分起来，可以说有两派罢：一是从脸上看出他的智愚贤不肖；一是从脸上看出他过去，现在和将来的荣枯。于是天下纷纷，从此多事，许多人就都战战兢兢地研究自己的脸。我想，镜子的发明，恐怕这些人和小姐们是大有功劳的。不过近来前一派已经不大有人讲究，在北京上海这些地方捣鬼的都只是后一派了。

我一向只留心西洋人。留心的结果，又觉得他们的皮肤未免太粗；毫毛有白色的，也不好。皮上常有红点，即因为颜色太白之故，倒不如我们之黄。尤其不好的是红鼻子，有时简直像是将要熔化的蜡烛油，仿佛就要滴下来，使人看得栗栗危惧，也不及黄色人种的较为隐晦，也见得较为安全。总而言之：相貌还是不应该如此的。

后来，我看见西洋人所画的中国人，才知道他们对于我们的相貌也很不敬。那似乎是《天方夜谈》或者《安兑生童话》中的插画，现在不很记得清楚了。头上戴着拖花翎的红缨帽，一条辫子在空中飞扬，朝靴的粉底非常之厚。但这些都是满洲人连累我们的。独有两眼歪斜，张嘴露齿，却是我们自己本来的相貌。不过我那时想，其实并不尽然，外国人特地要奚落我们，所以格外形容得过度了。

但此后对于中国一部分人们的相貌，我也逐渐感到一种不满，就是他们每看见不常见的事件或华丽的女人，听到有些醉心的说话的时候，下巴总要慢慢挂下，将嘴张了开来。这实在不大雅观；仿佛精神上缺少着一样什么机件。据研究人体的学者们说，一头附着在上颚骨上，那一头附着在下颚骨上的“咬筋”，力量是非常之大的。我们幼小时候想吃核桃，必须放在门缝里将它的壳夹碎。但在成人，只要牙齿好，那咬筋一收缩，便能咬碎一个核桃。有着这么大的力量的筋，有时竟不能收住一个并不沉重的自己的下巴，虽然正在看得出神的时候，倒也情有可原，但我总以为究竟不是十分体面的事。

日本的长谷川如是闲是善于做讽刺文字的。去年我见过他的一本随笔集，叫作《猫·狗·人》；其中有一篇就说到中国人的脸。大意是初见中国人，即令人感到较之日本人或西洋人，脸上总欠缺着一点什么。久而久之，看惯了，便觉得这样已经尽够，并不缺少东西；倒是看得西洋人之流的脸上，多余着一点什么。这多余着的东西，他就给它一个不大高妙的名目：兽性。中国人的脸上没有这个，是人，则加上多余的东西，即成了下列的算式：

人＋兽性＝西洋人

他借了称赞中国人，贬斥西洋人，来讥刺日本人的目的，这样就达到了，自然不必再说这兽性的不见于中国人的脸上，是本来没有的呢，还是现在已经消除。如果是后来消除的，那么，是渐渐净尽而只剩了人性的呢，还是不过渐渐成了驯顺。野牛成为家牛，野猪成为猪，狼成为狗，野性是消失了，但只足使牧人喜欢，于本身并无好处。人不过是人，不再夹杂着别的东西，当然再好没有了。倘不得已，我以为还不如带些兽性，如果合于下列的算式倒是不很有趣的：

人＋家畜性＝某一种人

中国人的脸上真可有兽性的记号的疑案，暂且中止讨论罢。我只要说近来却在中国人所理想的古今人的脸上，看见了两种多余。一到广州，我觉得比我所从来的厦门丰富得多的，是电影，而且大半是"国片"，有古装的，有时装的。因为电影是"艺术"，所以电影艺术家便将这两种多余加上去了。

古装的电影也可以说是好看，那好看不下于看戏；至少，决不至于有大锣大鼓将人的耳朵震聋。在"银幕"上，则有身穿不知何时何代的衣服的人物，缓慢地动作；脸正如古人一般死，因为要显得活，便只好加上些旧式戏子的昏庸。

时装人物的脸，只要见过清朝光绪年间上海的吴友如的《画报》的，便会觉得神态非常相像。《画报》所画的大抵不是流氓拆梢，便是妓女吃醋，所以脸相都狡猾。这精神似乎至今不变，国产影片中的人物，虽是作者以为善人杰士者，眉宇间也总带些上海洋场式的狡猾。可见不如此，是连善人杰士也做不成的。

听说，国产影片之所以多，是因为华侨欢迎，能够获利，每一新片到，老的便带了孩子去指点给他们看道："看哪，我们的祖国的人们是这样的。"在广州似乎也受欢迎，日夜四场，我常见看客坐得满满。

广州现在也如上海一样，正在这样地修养他们的趣味。可惜电影一开演，电灯一定熄灭，我不能看见人们的下巴。

四月六日。

**题注：**

本篇最初发表于1927年11月25日北京《莽原》第二卷第二十一、二十二期合刊。收入《而已集》。鲁迅一贯关注并致力于中国国民性的改造问题，本文通过研究中国人和西洋人的脸，得到两个公式，批评中国人缺少了野性，而变成了驯顺的奴才。

# 通信

小峰兄：

收到了几期《语丝》，看见有《鲁迅在广东》的一个广告，说是我的言论之类，都收集在内。后来的另一广告上，却变成“鲁迅著”了。我以为这不大好。

我到中山大学的本意，原不过是教书。然而有些青年大开其欢迎会。我知道不妙，所以首先第一回演说，就声明我不是什么“战士”，“革命家”。倘若是的，就应该在北京，厦门奋斗；但我躲到“革命后方”的广州来了，这就是并非“战士”的证据。

不料主席的某先生——他那时是委员——接着演说，说这是我太谦虚，就我过去的事实看来，确是一个战斗者，革命者。于是礼堂上劈劈拍拍一阵拍手，我的“战士”便做定了。拍手之后，大家都已走散，再向谁去推辞？我只好咬着牙关，背了“战士”的招牌走进房里去，想到敝同乡秋瑾姑娘，就是被这种劈劈拍拍的拍手拍死的。我莫非也非“阵亡”不可么？

没有法子，姑且由它去罢。然而苦矣！访问的，研究的，谈文学的，侦探思想的，要做序，题签的，请演说的，闹得个不亦乐乎。我尤其怕的是演说，因为它有指定的时候，不能拖延。临时到来一班青年，连劝带逼，将你绑了出去。而所说的话是大概有一定的题目的。命题作文，我最不擅长。否则，我在清朝不早进了秀才了么？然而不得已，也只好起承转合，上台去说几句。但我自有定例：至多以十分钟为限。可是心里还是不舒服，事前事后，我常常对熟人叹息说：不料我竟到“革命的策源地”来做洋八股了。

还有一层，我凡有东西发表，无论讲义，演说，是必须自己看过的。但那时太忙，有时不但稿子没有看，连印出了之后也没有看。这回变成书了，我也今天才知道，而终于不明白究竟是怎么一回事，里面是怎样的东西。现在我也不想拿什么废话来捣乱，但以我们多年的交情，希望你最好允许我实行下列三样——

一，将书中的我的演说，文章等都删去。

二，将广告上的著者的署名改正。

三，将这信在《语丝》上发表。

这样一来，就只剩了别人所编的别人的文章，我当然心安理得，无话可说了。但是，还有一层，看了《鲁迅在广东》，是不足以很知道鲁迅之在广东的。我想，要后面再加上几十页白纸，才可以称为“鲁迅在广东”。

回想起我这一年的境遇来，有时实在觉得有味。在厦门，是到时静悄悄，后来大热闹；在广东，是到时大热闹，后来静悄悄。肚大两头尖，像一个橄榄。我如有作品，题这名目是最好的，可惜被郭沫若先生占先用去了。但好在我也没有作品。

至于那时关于我的文字，大概是多的罢。我还记得每有一篇登出，某教授便魂不附体似的对我说道：“又在恭维你了！看见了么？”我总点点头，说，“看见了。”谈下去，他照例说，“在西洋，文学是只有女人看的。”我也点点头，说，“大概是的罢。”心里却想：战士和革命者的虚衔，大约不久就要革掉了罢。

照那时的形势看来，实在也足令认明了我的“纸糊的假冠”的才子们生气。但那形势是另有缘故的，以非急切，姑且不谈。现在所要说的，只是报上所表见的，乃是一时的情形；此刻早没有假冠了，可惜报上并不记载。但我在广东的鲁迅自己，是知道的，所以写一点出来，给憎恶我的先生们平平心——

一，“战斗”和“革命”，先前几乎有修改为“捣乱”的趋势，现在大约可以免了。但旧衔似乎已经革去。

二，要我做序的书，已经托故取回。期刊上的我的题签，已经撤换。

三，报上说我已经逃走，或者说我到汉口去了。写信去更正，就没收。

四，有一种报上，竭力不使它有“鲁迅”两字出现，这是由比较两种报上的同一记事而知道的。

五，一种报上，已给我另定了一种头衔，曰：杂感家。评论是“特长即在他的尖锐的笔调，此外别无可称。”然而他希望我们和《现代评论》合作。为什么呢？他说：“因为我们细考两派文章思想，初无什么大别。”（此刻我才知道，这篇文章是转录上海的《学灯》的。原来如此，无怪其然。写完之后，追注。）

六，一个学者，已经说是我的文字损害了他，要将我送官了，先给我一个命令道：“暂勿离粤，以俟开审！”

阿呀，仁兄，你看这怎么得了呀！逃掉了五色旗下的“铁窗斧钺风味”，而在青天白日之下又有“缧绁之忧”了。“孔子曰：‘非其罪也。’以其子妻之。”怕未必有这样侥幸的事罢，唉唉，呜呼！

但那是其实没有什么的，以上云云，真是“小病呻吟”。我之所以要声明，不过希望大家不要误解，以为我是坐在高台上指挥“思想革命”而已。尤其是有几位青年，纳罕我为什么近来不开口。你看，再开口，岂不要永“勿离粤，以俟开审”了么？语有之曰：是非只为多开口，烦恼皆因强出头。此之谓也。

我所遇见的那些事，全是社会上的常情，我倒并不觉得怎样。我所感到悲哀的，是有几个同我来的学生，至今还找不到学校进，还在颠沛流离。我还要补足一句，是：他们都不是共产党，也不是亲共派。其吃苦的原因，就在和我认得。所以有一个，曾得到他的同乡的忠告道：“你以后不要再说你是鲁迅的学生了罢。”在某大学里，听说尤其严厉，看看《语丝》，就要被称为“语丝派”；和我认识，就要被叫为“鲁迅派”的。

这样子，我想，已经够了，大足以平平正人君子之流的心了。但还要声明一句，这是一部分的人们对我的情形。此外，肯忘掉我，或者至今还和我来往，或要我写字或讲演的人，偶然也仍旧有的。

《语丝》我仍旧爱看，还是他能够破破我的岑寂。但据我看来，其中有些关于南边的议论，未免有一点隔膜。譬如，有一回，似乎颇以“正人君子”之南下为奇，殊不知《现代》在这里，一向是销行很广的。相距太远，也难怪。我在厦门，还只知道一个共产党的总名，到此以后，才知道其中有 CP 和 CY 之分。一直到近来，才知道非共产党而称为什么 Y 什么 Y 的，还不止一种。我又仿佛感到有一个团体，是自以为正统，而喜欢监督思想的。我似乎也就在被监督之列，有时遇见盘问式的访问者，我往往疑心就是他们。但是否的确如此，也到底摸不清，即使真的，我也说不出名目，因为那些名目，多是我所没有听到过的。

以上算是牢骚。但我觉得正人君子这回是可以审问我了:“你知道苦了罢? 你改悔不改悔? ”大约也不但正人君子,凡对我有些好意的人,也要问的。我的仁兄,你也许即是其一。我可以即刻答复:“一点不苦,一点不悔。而且倒很有趣的。”

土耳其鸡的鸡冠似的彩色的变换,在“以俟开审”之暇,随便看看,实在是有趣的。你知道没有? 一群正人君子,连拜服“孤桐先生”的陈源教授即西滢,都舍弃了公理正义的栈房的东吉祥胡同,到青天白日旗下来“服务”了。《民报》的广告在我的名字上用了“权威”两个字,当时陈源教授多么挖苦呀。这回我看见《闲话》出版的广告,道:“想认识这位文艺批评界的权威的,——尤其不可不读《闲话》! ”这真使我觉得飘飘然,原来你不必“请君入瓮”,自己也会爬进来!

但那广告上又举出一个曾经被称为“学棍”的鲁迅来,而这回偏尊之曰“先生”,居然和这“文艺批评界的权威”并列,却确乎给了我一个不小的打击。我立刻自觉:阿呀,痛哉,又被钉在木板上替“文艺批评界的权威”做广告了。两个“权威”,一个假的和一个真的,一个被“权威”挖苦的“权威”和一个挖苦“权威”的“权威”。呵呵!

祝你安好。我是好的。

鲁迅。九,三。

**题注:**

本篇最初发表于1927年10月1日北京《语丝》第一五一期。收入《而已集》。文中提到的《鲁迅在广东》,由钟敬文辑录,收鲁迅到广州后别人所作关于鲁迅的文章12篇、鲁迅的演讲记录稿3篇、杂文

1 篇，1927 年 7 月上海北新书局出版。当时几期的《语丝》上有《鲁迅在广东》一书的出版广告。为此，鲁迅致信北新书局经理李小峰，对此书发表了自己的看法，并述说他从厦门到广州后的境遇，讽刺了原来依附北洋政府的陈西滢等在北伐战争胜利后投奔国民政府的投机行为。

# 反“漫谈”

我一向对于《语丝》没有恭维过，今天熬不住要说几句了：的确可爱。真是《语丝》之所以为《语丝》。

像我似的“世故的老人”是已经不行，有时不敢说，有时不愿说，有时不肯说，有时以为无须说。有此工夫，不如吃点心。但《语丝》上却总有人出来发迂论，如《教育漫谈》，对教育当局去谈教育，即其一也。

“不可与言而与之言”，即是“知其不可为而为之”，一定要有这种人，世界才不寂寞。这一点，我是佩服的。但也许因为“世故”作怪罢，不知怎地佩服中总带一些腹诽，还夹几分伤惨。徐先生是我的熟人，所以再三思维，终于决定贡献一点意见。这一种学识，乃是我身做十多年官僚，目睹一打以上总长，这才陆续地获得，轻易是不肯说的。

对“教育当局”谈教育的根本误点，是在将这四个字的力点看错了：以为他要来办“教育”。其实不然，大抵是来做“当局”的。

这可以用过去的事实证明。因为重在“当局”，所以——

一　学校的会计员，可以做教育总长。

二　教育总长，可以忽而化为内务总长。

三　司法，海军总长，可以兼任教育总长。

曾经有一位总长，听说，他的出来就职，是因为某公司要来立案，表决时可以多一个赞成者，所以再作冯妇的。但也有人来和他谈教育。我有时真想将这老实人一把抓出来，即刻勒令他回家陪太太喝茶去。

所以：教育当局，十之九是意在“当局”，但有些是意并不在“当局”。

这时候，也许有人要问：那么，他为什么有举动呢？

我于是勃然大怒道：这就是他在“当局”呀！说得露骨一点，就是“做官”！不然，为什么叫“做”？

我得到这一种彻底的学识，也不是容易事，所以难免有一点学者的高傲态度，请徐先生恕之。以下是略述我所以得到这学识的历史——

我所目睹的一打以上的总长之中，有两位是喜欢属员上条陈的。于是听话的属员，便纷纷大上其条陈。久而久之，全如石沉大海。我那时还没有现在这么聪明，心里疑惑：莫非这许多条陈一无可取，还是他没有工夫看呢？但回想起来，我“上去”（这是专门术语，小官进去见大官也）的时候，确是常见他正在危坐看条陈；谈话之间，也常听到“我还要看条陈去”，“我昨天晚上看条陈”等类的话。那究竟是怎么一回事呢？

有一天，我正从他的条陈桌旁走开，跨出门槛，不知怎的忽蒙圣灵启示，恍然大悟了——

哦！原来他的“做官课程表”上，有一项是“看条陈”的。因为要“看”，所以要“条陈”。为什么要“看条陈”？就是“做官”之一部分。如此而已。还有另外的奢望，是我自己的胡涂！

“于我来了一道光”，从此以后，我自己觉得颇聪明，近于老官僚了。后来终于被“孤桐先生”革掉，那是另外一回事。

“看条陈”和“办教育”，事同一例，都应该只照字面解，倘再有以上或更深的希望或要求，不是书呆子，就是不安分。

我还要附加一句警告：倘遇漂亮点的当局，恐怕连“看漫谈”也可以算作他的一种“做”——其名曰“留心教育”——但和“教育”还是没有关系的。

九月四日。

**题注：**

本篇最初发表于1927年10月8日北京《语丝》第一五二期。收入《而已集》。1927年8月间，奉系军阀张作霖以“振肃士习，恢复学风”为借口，强行把9所国立学校合并为京师大学，引起教育界不满。1927年8月13日、20日《语丝》第一四四、一四五期发表徐祖正的《教育漫谈》一文，对这件事发表议论。徐祖正（1895—1978），江苏昆山人，时任北京大学教授，与鲁迅有交往。鲁迅写作此文，以自己在北京教育部任部员达十年的经历，指出与那些当权者“漫谈”教育是天真之举。

# 忧“天乳”

《顺天时报》载北京辟才胡同女附中主任欧阳晓澜女士不许剪发之女生报考，致此等人多有望洋兴叹之概云云。是的，情形总要到如此，她不能别的了。但天足的女生尚可投考，我以为还有光明。不过也太嫌“新”一点。

男男女女，要吃这前世冤家的头发的苦，是只要看明末以来的陈迹便知道的。我在清末因为没有辫子，曾吃了许多苦，所以我不赞成女子剪发。北京的辫子，是奉了袁世凯的命令而剪的，但并非单纯的命令，后面大约还有刀。否则，恐怕现在满城还拖着。女子剪发也一样，总得有一个皇帝（或者别的名称也可以），下令大家都剪才行。自然，虽然如此，有许多还是不高兴的，但不敢不剪。一年半载，也就忘其所以了；两年以后，便可以到大家以为女人不该有长头发的世界。这时长发女生，即有“望洋兴叹”之忧。倘只一部分人说些理由，想改变一点，那是历来没有成功过。

但现在的有力者，也有主张女子剪发的，可惜据地不坚。同是一处地方，甲来乙走，丙来甲走，甲要短，丙要长，长者剪，短了杀。这几年似乎是青年遭劫时期，尤其是女性。报载有一处是鼓吹剪发的，后来别一军攻入了，遇到剪发女子，即慢慢拔去头发，还割去两乳……。这一种刑罚，可以证明男子短发，已为全国所公认。只是女人不准学。去其两乳，即所以使其更像男子而警其妄学男子也。以此例之，欧阳晓澜女士盖尚非甚严欤？

今年广州在禁女学生束胸，违者罚洋五十元。报章称之曰“天乳运动”。有人以不得樊增祥作命令为憾。公文上不见“鸡头肉”等字样，盖殊不足以餍文人学士之心。此外是报上的俏皮文章，滑稽议论。我想，如此而已，而已终古。

我曾经也有过“杞天之虑”，以为将来中国的学生出身的女性，恐怕要失去哺乳的能力，家家须雇乳娘。但仅止攻击束胸是无效的。第一，要改良社会思想，对于乳房较为大方；第二，要改良衣装，将上衣系进裙里去。旗袍和中国的短衣，都不适于乳的解放，因为其时即胸部以下掀起，不便，也不好看的。

还有一个大问题，是会不会乳大忽而算作犯罪，无处投考？我们中国在中华民国未成立以前，是只有“不齿于四民之列”者，才不准考试的。据理而言，女子断发既以失男女之别，有罪，则天乳更以加男女之别，当有功。但天下有许多事情，是全不能以口舌争的。总要上谕，或者指挥刀。

否则，已经有了“短发犯”了，此外还要增加“天乳犯”，或者也许还有“天足犯”。呜呼，女性身上的花样也特别多，而人生亦从此多苦矣。

我们如果不谈什么革新，进化之类，而专为安全着想，我以为女学生的身体最好是长发，束胸，半放脚（缠过而又放之，一名文明脚）。因为我从北而南，所经过的地方，招牌旗帜，尽管不同，而对于这样的女人，却从不闻有一处仇视她的。

九月四日。

**题注：**

本篇最初发表于1927年10月8日北京《语丝》第一五二期。收入《而已集》。1927年7月7日，国民党广东省政府委会员通过禁止女子束胸案，规定“限三个月内所有全省女子，一律禁止束胸”，“倘逾限仍有束胸，一经查确，即处以五十元以上之罚金，如犯者年在二十岁以下，则罚其家长”。7月21日明令施行，一些报纸也大肆鼓吹，称为“天乳运动”。1927年8月7日《顺天时报》以《女附中拒绝剪发女生入校》为题，报道北京辟才胡同女附中主任欧阳晓澜拒绝剪发女生报考的事。鲁迅此文即针对这两件事。

# 某笔两篇

昨天又得幸逢了两种奇特的广告，仍敢执绍介之劳。标点是我所加的，以醒眉目。该称什么笔呢，想了两天两夜，没有好结果。姑且称为“某笔”，以俟博雅君子教正。这回的“动机”比较地近于纯正，除希望“有目共赏”外，似乎并不含有其他的副作用了。但又发生了一种妄想。记得前清时，曾有一种专选各种报上较好的论说的，叫作《选报》。现在如有好事之徒，也还可以办这一类的刊物。每省须有访员数人，专收该地报上奇特的社论，记事，文艺，广告等等，汇刊成册，公之于世。则其显示各种“社会相”也，一定比游记之类要深切得多。不知CF男士以为何如？一九二七年九月二十二日午饭之前。

## 其一

熊仲卿　榜名文蔚。历任民国县长，所长，处长，局长，厅长。通儒，显宦，兼作良医，尤擅女科。住本港跑马地黄泥涌道门牌五十五号一楼中医熊寓，每日下午应诊及出诊。电话总局五二七零。

（右一则见九月二十一日香港《循环日报》。）

谨案：以吾所闻，向来或称世医，以其数代为医也；或称儒医，以其曾做八股也；或称官医，以其亦为官家所雇也；或称御医，以其曾经走进（？）太医院也。若夫“县长，所长，处长，局长，厅长，通儒，显宦”，而又“兼作良医”，则诚旷古未有者矣。而五“长”做全，尤为难得云。

## 其二

征求父母广告　余现已授中等教育有年，品行端正，纯无嗜好。因不幸父母相继逝世，余独取家资，来学广州。自思自觉单身儿子，有非常之寂寞。于是自愿甘心为人儿子。并自愿倾家产而从四方人事而无儿子者。有相当之家庭，且欲儿子者，请来函报告（家庭状况经济地位若何），并写明通讯地址。俟我回复，方接洽面商。阅报诸君而能介绍我好事成功者，应以百金敬酬。不成功者，当有谢谢。申一〇六

通讯处　广东省立第一中学校余希成具。

（右一则见同日广州《民国日报》。）

谨案：我辈生当浇漓之世，于“征求伴侣”等类广告，早经司空见惯，不以为奇。昔读茅泮林所辑《古孝子传》，见有三男皆无母，乃共迎养一不相干之老妪，当作母亲一事，颇以为奇。然那时孝廉方正，可以做官，故尚能疑为别有作用也。而此广告则挟家资以求亲，悬百金而待荐，雒诵之余，乌能不欣人心之复

返于淳古，表而出之，以为留心世道者告，而为打爹骂娘者劝哉？特未知阅报诸君，可知广州有欲儿子者否？要知道倘为介绍，即使好事不成，亦有“谢谢”者也。

**题注：**

本篇最初发表于1927年11月26日上海《语丝》第一五六期。收入《三闲集》。为了揭露当时腐朽荒唐的“社会相”，鲁迅从报纸上随手拈来两个“奇特的广告”，加上标点和按语。本文题目继“匪笔”而来。

《古孝子传》，清代茅泮林从类书中辑录刘向、萧广济、王歆、王韶之、周景式、师觉授、宋躬、虞盘佑、郑缉等已散佚的孝子传成书。

# 谈所谓“大内档案”

所谓“大内档案”这东西，在清朝的内阁里积存了三百多年，在孔庙里塞了十多年，谁也一声不响。自从历史博物馆将这残余卖给纸铺子，纸铺子转卖给罗振玉，罗振玉转卖给日本人，于是乎大有号咷之声，仿佛国宝已失，国脉随之似的。前几年，我也曾见过几个人的议论，所记得的一个是金梁，登在《东方杂志》上；还有罗振玉和王国维，随时发感慨。最近的是《北新半月刊》上的《论档案的售出》，蒋彝潜先生做的。

我觉得他们的议论都不大确。金梁，本是杭州的驻防旗人，早先主张排汉的，民国以来，便算是遗老了，凡有民国所做的事，他自然都以为很可恶。罗振玉呢，也算是遗老，曾经立誓不见国门，而后来仆仆京津间，痛责后生不好古，而偏将古董卖给外国人的，只要看他的题跋，大抵有“广告”气扑鼻，便知道“于意云何”了。独有王国维已经在水里将遗老生活结束，是老实人；但他的感喟，却往往和罗振玉一鼻孔出气，虽然所出的气，有真假之分。所以他被弄成夹广告的 Sandwich，是常有的事，因为他老实到像火腿一般。蒋先生是例外，我看并非遗老，只因为 Sentimental 一点，所以受了罗振玉辈的骗了。你想，他要将这卖给日本人，肯说这不是宝贝的么？

那么，这不是好东西么？不好，怎么你也要买，我也要买呢？我想，这是谁也要发的质问。

答曰：唯唯，否否。这正如败落大户家里的一堆废纸，说好也行，说无用也行的。因为是废纸，所以无用；因为是败落大户家里的，所以也许夹些好东西。况且这所谓好与不好，也因人的看法而不同，我的寓所近旁的一个垃圾箱，里面都是住户所弃的无用的东西，但我看见早上总有几个背着竹篮的人，从那里面一片一片，一块一块，检了什么东西去了，还有用。更何况现在的时候，皇帝也还尊贵，只要在“大内”里放几天，或者带一个“宫”字，就容易使人另眼相看的，这真是说也不信，虽然在民国。

“大内档案”也者，据深通“国朝”掌故的罗遗老说，是他的“国朝”时堆在内阁里的乱纸，大家主张焚弃，经他力争，这才保留下来的。但到他的“国朝”退位，民国元年我到北京的时候，它们已经被装为八千（？）麻袋，塞在孔庙之中的敬一亭里了，的确满满地埋满了大半亭子。其时孔庙里设了一个历史博物馆筹备处，处长是胡玉缙先生。“筹备处”云者，即里面并无“历史博物”的意思。

我却在教育部，因此也就和麻袋们发生了一点关系，眼见它们的升沉隐显。可气可笑的事是有的，但多是小玩意；后来看见外面的议论说得天花乱坠起来，也颇想做几句记事，叙出我所目睹的情节。可是胆子小，因为牵涉着的阔人很有几个，没有敢动笔。这是我的“世故”，在中国做人，骂民族，骂国家，骂社会，骂团体，……都可以的，但不可涉及个人，有名有姓。广州的一种期刊上说我只打叭儿狗，不骂军阀。殊不知我正因为骂了叭儿狗，这才有逃出北京的运命。泛骂军阀，谁来管呢？军阀是不看杂志的，就靠叭儿狗嗅，候补叭儿狗吠。阿，说下去又不好了，赶快带住。

现在是寓在南方，大约不妨说几句了，这些事情，将来恐怕也未必另外有人说。但我对于有关面子的人物，仍然都不用真姓名，将罗马字来替代。既非欧化，也不是“隐恶扬善”，只不过“远害全身”。这也是我的“世故”，不要以为自己在南方，他们在北方，或者不知所在，就小觑他们。他们是突然会在你眼前阔起来的，真是神奇得很。这时候，恐怕就会死得连自己也莫明其妙了。所以要稳当，最好是不说。但我现在来“折衷”，既非不说，而不尽说，而代以罗马字，——如果这样还不妥，那么，也只好听天由命了。上帝安我魂灵！

却说这些麻袋们躺在敬一亭里，就很令历史博物馆筹备处长胡玉缙先生担忧，日夜提防工役们放火。为什么呢？这事谈起来可有些繁复了。弄些所谓“国学”的人大概都知道，胡先生原是南菁书院的高材生，不但深研旧学，并且博识前朝掌故的。他知道清朝武英殿里藏过一副铜活字，后来太监们你也偷，我也偷，偷得“不亦乐乎”，待到王爷们似乎要来查考的时候，就放了一把火。自然，连武英殿也没有了，更何况铜活字的多少。而不幸敬一亭中的麻袋，也仿佛常常减少，工役们不是国学家，所以他将内容的宝贝倒在地上，单拿麻袋去卖钱。胡先生因此想到武英殿失火的故事，深怕麻袋缺得多了之后，敬一亭也照例烧起来；就到教育部去商议一个迁移，或整理，或销毁的办法。

专管这一类事情的是社会教育司，然而司长是夏曾佑先生。弄些什么“国学”的人大概也都知道的，我们不必看他另外的论文，只要看他所编的两本《中国历史教科书》，就知道他看中国人有怎地清楚。他是知道中国的一切事万不可“办”的；即如档案罢，任其自然，烂掉，霉掉，蛀掉，偷掉，甚而至于烧掉，倒是天下太平；倘一加人为，一“办”，那就舆论沸腾，不可开交了。结果是办事的人成为众矢之的，谣言和谗谤，百口也分不清。所以他的主张是“这个东西万万动不得”。

这两位熟于掌故的“要办”和“不办”的老先生，从此都知道各人的意思，说说笑笑，……但竟拖延下去了。于是麻袋们又安稳地躺了十来年。

这回是F先生来做教育总长了，他是藏书和“考古”的名人。我想，他一定听到了什么谣言，以为麻袋里定有好的宋版书——“海内孤本”。这一类谣言是常有的，我早先还听得人说，其中且有什么妃的绣鞋和什么王的头骨哩。有一天，他就发一个命令，教我和G主事试看麻袋。即日搬了二十个到西花厅，我们俩在尘埃中看宝贝，大抵是贺表，黄绫封，要说好是也可以说好的，但太多了，倒觉得不希奇。还有奏章，小刑名案子居多，文字是半满半汉，只有几个是也特别的，但满眼都是了，也觉得讨厌。殿试卷是一本也没有；另有几箱，原在教育部，不过都是二三甲的卷子，听说名次高一点的在清朝便已被人偷去了，何况乎状元。至于宋版书呢，有是有的，或则破烂的半本，或是撕破的几张。也有清初的黄榜，也有实录的稿本。朝鲜的贺正表，我记得也发见过一张。

我们后来又看了两天，麻袋的数目，记不清楚了，但奇怪，这时以考察欧美教育驰誉的Y次长，以讲大话出名的C参事，忽然都变为考古家了。他们和F总长，都“念兹在兹”，在尘埃中间和破纸旁边离不开。凡有我们检起在桌上的，他们总要拿进去，说是去看看。等到送还的时候，往往比原先要少一点，上帝在上，那倒是真的。

大约是几叶宋版书作怪罢，F总长要大举整理了，另派了部员几十人，我倒幸而不在内。其时历史博物馆筹备处已经迁在午门，处长早换了 YT；麻袋们便在午门上被整理。YT 是一个旗人，京腔说得极漂亮，文字从来不谈的，但是，奇怪之至，他竟也忽然变成考古家了，对于此道津津有味。后来还珍藏着一本宋版的什么《司马法》，可惜缺了角，但已经都用古色纸补了起来。

那时的整理法我不大记得了，要之，是分为“保存”和“放弃”，即“有用”和“无用”的两部分。从此几十个部员，即天天在尘埃和破纸中出没，渐渐完工——出没了多少天，我也记不清楚了。“保存”的一部分，后来给北京大学又分了一大部分去。其余的仍藏博物馆。不要的呢，当时是散放在午门的门楼上。

那么，这些不要的东西，应该可以销毁了罢，免得失火。不，据“高等做官教科书”所指示，不能如此草草的。派部员几十人办理，虽说倘有后患，即应由他们负责，和总长无干。但究竟还只一部，外面说起话来，指摘的还是某部，而非某部的某某人。既然只是“部”，就又不能和总长无干了。

于是办公事，请各部都派员会同再行检查。这宗公事是灵的，不到两星期，各部都派来了，从两个至四个，其中很多的是新从外洋回来的留学生，还穿着崭新的洋服。于是济济跄跄，又在灰土和废纸之间钻来钻去。但是，说也奇怪，好几个崭新的留学生又都忽然变了考古家了，将破烂的纸张，绢片，塞到洋裤袋里——但这是传闻之词，我没有目睹。

这一种仪式既经举行，即倘有后患，各部都该负责，不能超然物外，说风凉话了。从此午门楼上的空气，便再没有先前一般紧张，只见一大群破纸寂寞地铺在地面上，时有一二工役，手执长木棍，搅着，拾取些黄绫表签和别的他们所要的东西。

那么，这些不要的东西，应该可以销毁了罢，免得失火。不。F总长是深通“高等做官学”的，他知道万不可烧，一烧必至于变成宝贝，正如人们一死，讣文上即都是第一等好人一般。况且他的主义本来并不在避火，所以他便不管了，接着，他也就“下野”了。

这些废纸从此便又没有人再提起，直到历史博物馆自行卖掉之后，才又掀起了一阵神秘的风波。

我的话实在也未免有些煞风景，近乎说，这残余的废纸里，已没有什么宝贝似的。那么，外面惊心动魄的什么唐画呀，蜀石经呀，宋版书呀，何从而来的呢？我想，这也是别人必发的质问。

我想，那是这样的。残余的破纸里，大约总不免有所谓东西留遗，但未必会有蜀刻和宋版，因为这正是大家所注意搜索的。现在好东西的层出不穷者，一，是因为阔人先前陆续偷去的东西，本不敢示人，现在却得了可以发表的机会；二，是许多假造的古董，都挂了出于八千麻袋中的招牌而上市了。

还有，蒋先生以为国立图书馆“五六年来一直到此刻，每次战争的胜来败去总得糟蹋得很多。”那可也不然的。从元年到十五年，每次战争，图书馆从未遭过损失。只当袁世凯称帝时，曾经几乎遭一个皇室中人攘夺，然而幸免了。它的厄运，是在好书被有权者用相似的本子来掉换，年深月久，弄得面目全非，但我不想在这里多说了。

中国公共的东西，实在不容易保存。如果当局者是外行，他便将东西糟完，倘是内行，他便将东西偷完。而其实也并不单是对于书籍或古董。

一九二七，一二，二四。

**题注：**

本篇最初发表于1928年1月28日上海《语丝》第四卷第七期。收入《而已集》。大内，皇帝宫殿或宫内库房。大内档案，指清朝政府存放于内阁大库内的诏令、奏章 、则例、朱谕、历科殿试的卷子等文件。鲁迅在教育部工作期间，曾奉命整理过一部分“大内档案 ”。当时国子监内存有明末以来约8000麻袋的历史档案资料。1922年春历史博物馆将大内档案“残余”卖给北京国懋增纸店，售价4000元，后清朝遗老罗振玉以12000元买得，1927年他又转卖给日本人。此事引起国内议论，蒋彝潜在1927年11月1日《北新》半月刊第二卷第一号发表《论档案的售出》一文，为之辩解，还说国立图书馆“五六年来一直到此刻，每次战争的胜利来去总得糟蹋掉很多”。针对“大内档案”的散失情况，鲁迅写了这篇文章。

# 《某报剪注》按语

鲁迅案：我到上海后，所惊异的事情之一是新闻记事的章回小说化。无论怎样惨事，都要说得有趣——海式的有趣。只要是失势或遭殃的，便总要受奚落——赏玩的奚落。天南遯叟式的迂腐的“之乎者也”之外，又加了吴趼人李伯元式的冷眼旁观调，而又加了些新添的东西。这一段报章是从重庆寄来的，没有说明什么报，但我真吃惊于中国的精神之相同，虽然地域有吴蜀之别。至多，是一个他所谓“密司”者做了妓女——中国古已有之的妓女罢了；或者他的朋友去嫖了一回，不甚得法罢了，而偏要说到漆某，说到主义，还要连漆某的名字都调侃，还要说什么“羞恶之心”，还要引《诗经》，还要发“感慨”。然而从漆某笑到“男女学生”的投稿负责者却是无可查考的“笑男女士”，而传这消息的倒是“革新通信社”。其实是，这岂但奚落了“则其十之八九，确为共产分子无疑”的漆树芬而已呢，就是中国，也够受奚落了。

丁卯季冬X日。

**【备考】：**

某报剪注

瘦莲

漆南薰的女弟子

大讲公妻

初在瞰江馆

　犹抱琵琶半遮面

现住小较场

　则是莺花啼又笑

革新通信社消息：顷有署名笑男女士者投来一稿，标题云，“漆树芬尚有弟子传芬芳”。原文云：前《新蜀报》主笔，向师政治部主任漆树芬者，字南薰，虽死于“三三一”案；但其人究竟是否共产党徒，迄今尚其说不一，不过前次南京政府通缉共产党，曾有漆名，且其前在《新蜀报》立言，亦颇含有“共味”，则其十分之八九，确为共产分子无疑。漆当今春时，原为某师政治训练处主任，男女学生，均并蓄兼收。有陈某者，亦所谓“密司”也，在该处肄业有日，于某师离渝时，遂请假未去，乃不知以何故，竟尔沦入平康，初尚与魏某旅长，讲所谓恋爱，于瞰江楼上，过其神女生涯。近日则公然在小较场小建香巢，高张艳帜，门前一树马樱花，沉醉着浪蝶狂蜂不少也。据余（该投稿人自称）男友某谈及，彼初在瞰江楼见面时，虽已非书生面目，但尚觉“犹抱琵琶半遮面”，不无羞恶之心，近在小较场再会，则莺花啼又笑，旧来面目全非，回顾其所谓“密司”时代，直一落千丈矣。噫，重庆社会之易人，有如此者，可不畏哉！或曰：“漆南薰之公妻主义，死有传人。”虽属谑而虐兮，亦令人不能不有此感慨也。

（注）“三三一案”（手民注意：是三三一案，不是三三一惨案，因为在重庆是不准如此称谓的）是大中华十六年三月卅一日，重庆各界在打枪坝开市民大会，反对英兵舰炮击南京，正在开会，有所谓暴徒数百人入场，马刀，铁尺，手枪……一阵乱打，打得落花流水，煞是好看。结果：男女学生，小学生，市民，一共打死二百余人云。

（又注）漆某生前大讲公妻（可惜我从不曾见着听着），死后有弟子（而且是女的）传其道，则其人虽死，其道仍存，真是虽死犹生。然这位高足密司陈，我曾经问过该师的女训育，说并无其人，或者是改了姓。然而这新闻中的记者老爷，又不曾说个清楚，所以我只得又注一章云。

（再注）“共味”者，共产主义的色彩也。因漆某曾做有一篇“学生不宜入党”的文章云。

（不注）这信如能投到，那末，发表与否是你的特权云。

渝州瘦莲谨注。丁卯仲冬戊辰日。

**题注：**

本篇最初发表于 1928 年 1 月 21 日《语丝》周刊第四卷第六期，排在《某报剪注》一文之后。初未收集。

# 拟预言

——一九二九年出现的琐事

有公民某甲上书，请每县各设大学一所，添设监狱两所。被斥。

有公民某乙上书，请将共产主义者之产业作为公产，女眷作为公妻，以惩一儆百。半年不批。某乙忿而反革命，被好友告发，逃入租界。

有大批名人学者及文艺家，从外洋回国，于外洋一切政俗学术文艺，皆已比本国者更为深通，受有学位。但其尤为高超者未入学校。

科学，文艺，军事，经济的连合战线告成。

正月初一，上海有许多新的期刊出版，本子最长大者，为——

> 文艺又复兴。文艺真正老复兴。宇宙。其大无外。至高无上。太太阳。光明之极。白热以上。新新生命。新新新生命。同情。正义。义旗。刹那。飞狮。地震。阿呀。真真美善。……等等。

同日，美国富豪们联名电贺北京检煤渣老婆子等，称为“同志”，无从投递，次日退回。

正月初三，哲学与小说同时灭亡。

有提倡“一我主义”者，几被查禁。后来查得议论并不新异，着无庸议，听其自然。

有公民某丙著论，谓当“以党治国”，即被批评家们痛驳，谓“久已如此，而还要多说，实属不明大势，昏愦胡涂”。

谣传有男女青年四万一千九百二十六人失踪。

蒙古亲近赤俄，公决革出五族，以侨华白俄补缺，仍为“五族共和”，各界提灯庆祝。

《小说月报》出“列入世界文学两周年纪念”号，定购全年者，各送优待券一张，购书照定价八五折。

《古今史疑大全》出版，有名人学者往来信札函件批语颂辞共二千五百余封，编者自传二百五十余叶，广告登在《艺术界》，谓所费邮票，即已不赀，其价值可想。

美国开演《玉堂春》影片，白璧德教授评为决非卢梭所及。

有中国的法斯德挑同情一担，访郭沫若，见郭穷极，失望而去。

有在朝者数人下野；有在野者多人下坑。

绑票公司股票涨至三倍半。

女界恐乳大或有被割之险，仍旧束胸，家长多被罚洋五十元，国帑更裕。

有博士讲“经济学精义”，只用两句，云：“铜板换角子，角子换大洋。”全世界敬服。

有革命文学家将马克思学说推翻，这只用一句，云：“什么马克斯牛克斯。”全世界敬服，犹太人大惭。

新诗“雇人哭丧假哼哼体”流行。

茶店，浴堂，麻花摊，皆寄售《现代评论》。

赤贼完全消灭，安那其主义将于四百九十八年后实行。

**题注：**

本篇最初发表于1928年1月28日上海《语丝》第四卷第七期，署名楮冠。收入《而已集》。1927年“四一二政变”后，国民党当局大批捕杀共产党人和革命学生，新旧军阀、官僚和御用文人结成联合战线。鲁迅以预言的形式，酣畅淋漓地揭露黑暗社会现状及政治、思想、文化各方面出现的奇谈怪论、荒谬现象。

# 太平歌诀

四月六日的《申报》上有这样的一段记事：

“南京市近日忽发现一种无稽谣传，谓总理墓行将工竣，石匠有摄收幼童灵魂，以合龙口之举。市民以讹传讹，自相惊扰，因而家家幼童，左肩各悬红布一方，上书歌诀四句，借避危险。其歌诀约有三种：（一）人来叫我魂，自叫自当承。叫人叫不着，自己顶石坟。（二）石叫石和尚，自叫自承当。急早回家转，免去顶坟坛。（三）你造中山墓，与我何相干？一叫魂不去，再叫自承当。”（后略）

这三首中的无论那一首，虽只寥寥二十字，但将市民的见解：对于革命政府的关系，对于革命者的感情，都已经写得淋漓尽致。虽有善于暴露社会黑暗面的文学家，恐怕也难有做到这么简明深切的了。“叫人叫不着，自己顶石坟”。则竟包括了许多革命者的传记和一部中国革命的历史。

看看有些人们的文字，似乎硬要说现在是“黎明之前”。然而市民是这样的市民，黎明也好，黄昏也好，革命者们总不能不背着这一伙市民进行。鸡肋，弃之不甘，食之无味，就要这样地牵缠下去。五十一百年后能否就有出路，是毫无把握的。

近来的革命文学家往往特别畏惧黑暗，掩藏黑暗，但市民却毫不客气，自己表现了。那小巧的机灵和这厚重的麻木相撞，便使革命文学家不敢正视社会现象，变成婆婆妈妈，欢迎喜鹊，憎厌枭鸣，只检一点吉祥之兆来陶醉自己，于是就算超出了时代。

恭喜的英雄，你前去罢，被遗弃了的现实的现代，在后面恭送你的行旌。

但其实还是同在。你不过闭了眼睛。不过眼睛一闭，“顶石坟”却可以不至于了，这就是你的“最后的胜利”。

四月十日。

**题注：**

本篇最初发表于1928年4月30日上海《语丝》周刊第四卷第十八期。收入《三闲集》。1927年“四一二政变”后，中国革命转入低潮。当时左翼文艺界的一些“革命文学家”，不敢正视社会现实，硬要说现在是“黎明前夜”。为批评某些“革命文学家”掩藏黑暗、麻醉自己的错误倾向，鲁迅借当时发表在《申报》上的一段反映南京市民对革命隔阂的民谣，说明1928年不是“黎明之前”，而是最黑暗的时候。

# 铲共大观

仍是四月六日的《申报》上，又有一段《长沙通信》，叙湘省破获共产党省委会，“处死刑者三十余人，黄花节斩决八名”。其中有几处文笔做得极好，抄一点在下面：

> “……是日执行之后，因马（淑纯，十六岁；志纯，十四岁）傅（凤君，二十四岁）三犯，系属女性，全城男女往观者，终日人山人海，拥挤不通。加以共魁郭亮之首级，又悬之司门口示众，往观者更众。司门口八角亭一带，交通为之断绝。计南门一带民众，则看郭亮首级后，又赴教育会看女尸。北门一带民众，则在教育会看女尸后，又往司门口看郭首级。全城扰攘，铲共空气，为之骤张；直至晚间，观者始不似日间之拥挤。”

抄完之后，觉得颇不妥。因为我就想发一点议论，然而立刻又想到恐怕一面有人疑心我在冷嘲（有人说，我是只喜欢冷嘲的），一面又有人责罚我传播黑暗，因此咒我灭亡，自己带着一切黑暗到地底里去。但我熬不住，——别的议论就少发一点罢，单从“为艺术的艺术”

说起来，你看这不过一百五六十字的文章，就多么有力。我一读，便仿佛看见司门口挂着一颗头，教育会前列着三具不连头的女尸。而且至少是赤膊的，——但这也许我猜得不对，是我自己太黑暗之故。而许多“民众”，一批是由北往南，一批是由南往北，挤着，嚷着……。再添一点蛇足，是脸上都表现着或者正在神往，或者已经满足的神情。在我所见的“革命文学”或“写实文学”中，还没有遇到过这么强有力的文学。批评家罗喀绥夫斯奇说的罢：“安特列夫竭力要我们恐怖，我们却并不怕；契诃夫不这样，我们倒恐怖了。”这百余字实在抵得上小说一大堆，何况又是事实。

且住。再说下去，恐怕有些英雄们又要责我散布黑暗，阻碍革命了。一理是也有一理的，现在易犯嫌疑，忠实同志被误解为共党，或关或释的，报上向来常见。万一不幸，沉冤莫白，那真是……。倘使常常提起这些来，也许未免会短壮士之气。但是，革命被头挂退的事是很少有的，革命的完结，大概只由于投机者的潜入。也就是内里蛀空。这并非指赤化，任何主义的革命都如此。但不是正因为黑暗，正因为没有出路，所以要革命的么？倘必须前面贴着“光明”和“出路”的包票，这才雄赳赳地去革命，那就不但不是革命者，简直连投机家都不如了。虽是投机，成败之数也不能预卜的。

我临末还要揭出一点黑暗，是我们中国现在（现在！不是超时代的）的民众，其实还不很管什么党，只要看“头”和“女尸”。只要有，无论谁的都有人看，拳匪之乱，清末党狱，民二，去年和今年，在这短短的二十年中，我已经目睹或耳闻了好几次了。

四月十日。

**题注：**

本篇最初发表于1928年4月30日上海《语丝》周刊第四卷第十八期。收入《三闲集》。1928年4月《申报》上一则题为《湘省共产党省委会破获》的“长沙通信”，刊载当局逮捕杀害共产党员30余人，鲁迅摘抄此篇消息，指出革命是要冒风险的，“正因为黑暗，正因为没有出路，所以要革命”，请革命家们要正视现实，不能“前面贴着‘光明’和‘出路’的包票，这才雄赳赳地去革命”，做革命的投机分子。

# 《这回是第三次》按语

鲁迅按：在五六年前，我对于中国人之发“打拳热”，确曾反对过，那是因为恐怕大家忘却了枪炮，以为拳脚可以救国，而后来终于吃亏。现在的意见却有些两样了。用拳来打外国人，我想，大家是已经不想的了。所以倒不妨学学。一，因为动手不如开口之险。二，阶级战争经许多人反对，虽然将不至于实现，但同级战争大约还是不免的。即如“文艺的分野”上罢，据我推想，倘使批判，谣诼，中伤都无效，如果你不懂得几手，则会派人来打你几拳都说不定的。所以为生存起见，也得会打拳，无论你所做的事是文化还是武化。

**【备考】：**

这回是第三次

文辉

国粹可分两种，一曰文的，一曰武的。现在文的暂且不说，单说武的。

据鲁迅先生说，“打拳”的提倡，已有过二次，一在清朝末年，一在民国开始，则这回应该算第三次了。名目前二次定为“新武术”，这次改称“国技”，前二次提倡的，一是“王公大臣”，一是“教育家”，这回却是“国府要人”。

近来“首善之区”闹得有声有色的，便首推这次“国技表演”。要人说：“这是国粹，应当保留而发挥之”，否则，“便前有愧于古人，后何以语来者，负疚滋甚”了。幸喜这“弥可宝贵”的打拳（国技）的遗绪，尚未断绝，“国技大家诸君，惠然肯来”，从此风气一开，人人变为赳赳，于是军阀不足打倒，帝国主义者不足赶走，而世界大同也自然而然的出现了。“愿国人悉起学之”，以完成革命！

我们小后生，不识国粹之可贵一至于此，虽然未饱眼福，也就不胜其赞叹与欣舞了。不过某将军主张“对打”，我却期期以为不可，因为万一打塌了鼻子，或者扯破了裤子，便不妙了，甚或越打越起劲，终则认真起来，我们第三者就不免要吃亏了。那时军阀未倒，而百姓先已“家破人亡”了。但这全是过虑，因为三代礼让之风，早已深入诸君子的心。况且要人已经说过，“好勇斗狠，乱法犯禁”是要不得的，所以断不至发生后患，而我们尽可放心看热闹了。

**题注：**

本篇最初发表于1928年4月30日《语丝》周刊第四卷第十八期，排在《这回是第三次》一文之后。初未收集。

# 复晓真、康嗣群

## 一　十条罪状

晓真先生：

因为我常见攻击人的传单上所列的罪状，往往是十条，所以这么说，既非法律，也不是我拟的。十条是什么，则因传单所攻击之人而不同，更无从说起了。

鲁迅。七月二十日。

## 二　反对相爱

嗣群先生：

对不起得很，现在发出来函就算更正。但印错的那一句，从爱看神秘诗文的神秘家看来，实在是很好的。

旅沪记者。七月廿一日。

**【备考】:**

信件摘要

鲁迅先生:

读《语丝》四卷十七期复Y君的信里，有句说:“……问罪在先，而搜集罪状（普通是十条）在后也。”之Parenthesis里的“普通是十条”，究竟“十条”是些甚么?——是先生拟的吗，或是所谓法律中者?就请在《语丝》的空白处解释给我听听。（下略）

晓真上。六月廿五日。

记者先生:

第四卷廿七期刊出的我诗内中有一个过于神秘的错，请更正一下。第四二页第二行“我们还是及时相爱”，手民却排成“我们还是反对相爱”了，实在比×××的诗还要神秘!（下略）

康嗣群于上海。七,十二。

**题注:**

这两封复信最初发表于1928年7月30日《语丝》周刊第四卷第三十一期“信件摘要”栏，分别排在两封来信之后。初未收集。

# “皇汉医学”

革命成功之后，“国术”“国技”“国花”“国医”闹得乌烟瘴气之时，日本人汤本求真做的《皇汉医学》译本也将乘时出版了。广告上这样说——

“日医汤本求真氏于明治三十四年卒业金泽医学专门学校后应世多年觉中西医术各有所长短非比较同异舍短取长不可爰发愤学汉医历十八年之久汇集吾国历来诸家医书及彼邦人士研究汉医药心得之作著《皇汉医学》一书引用书目多至一百余种旁求博考洵大观也……”

我们“皇汉”人实在有些怪脾气的：外国人论及我们缺点的不欲闻，说好处就相信，讲科学者不大提，有几个说神见鬼的便绍介。这也正是同例，金泽医学专门学校卒业者何止数千人，做西洋医学的也有十几位了，然而我们偏偏刮目于可入《无双谱》的汤本先生的《皇汉医学》。

小朋友梵儿在日本东京，化了四角钱在地摊上买到一部冈千仞作的《观光纪游》，是明治十七年（一八八四）来游中国的日记。他看过之后，在书头卷尾写了几句牢骚话，寄给我了。来得正好，钞一段在下面：

> “二十三日，梦香竹孙来访。……梦香盛称多纪氏医书。余曰，‘敝邦西洋医学盛开，无复手多纪氏书者，故贩原板上海书肆，无用陈余之刍狗也。’曰，‘多纪氏书，发仲景氏微旨，他年日人必悔此事。’曰，‘敝邦医术大开，译书续出，十年之后，中人争购敝邦译书，亦不可知。’梦香默然。余因以为合信氏医书（案：盖指《全体新论》），刻于宁波，宁波距此咫尺，而梦香满口称多纪氏，无一语及合信氏者，何故也？……”（卷三《苏杭日记》下二页。）

冈氏于此等处似乎终于不明白。这是“四千余年古国古”的人民的“收买废铜烂铁”脾气，所以文人则“盛称多纪氏”，武人便大买旧炮和废枪，给外国“无用陈余之刍狗”有一条出路。

冈氏距明治维新后不久，还有改革的英气，所以他的日记里常有好意的苦言。革命底批评家或云与其看世纪末的烦琐隐晦没奈何之言，不如上观任何民族开国时文字，证以此事，是颇有一理的。

七月二十八日。

**题注：**

本篇最初发表于1929年8月5日《语丝》周刊第五卷第二十二期。收入《三闲集》。

1927年“四一二政变”后，国民政府在南京成立，自称“革命成功”，大兴复古，社会舆论提倡“国术”“国技”“国花”“国医”等“国粹”。此时日本汉医学家汤本求真著的《皇汉医学》将要出版，该书以中医理论为基础，阐述中医治疗的效用，报纸上刊登了吹捧《皇汉医学》的广告。鲁迅为此作文讽刺。

# 书籍和财色

今年在上海所见，专以小孩子为对手的糖担，十有九带了赌博性了，用一个铜元，经一种手续，可有得到一个铜元以上的糖的希望。但专以学生为对手的书店，所给的希望却更其大，更其多——因为那对手是学生的缘故。

书籍用实价，废去“码洋”的陋习，是始于北京的新潮社——北新书局的，后来上海也多仿行，盖那时改革潮流正盛，以为买卖两方面，都是志在改进的人（书店之以介绍文化者自居，至今还时见于广告上），正不必先定虚价，再打折扣，玩些互相欺骗的把戏。然而将麻雀牌送给世界，且以此自豪的人民，对于这样简捷了当，没有意外之利的办法，是终于耐不下去的。于是老病出现了，先是小试其技：送画片。继而打折扣，自九折以至对折，但自然又不是旧法，因为总有一个定期和原因，或者因为学校开学，或者因为本店开张一年半的纪念之类。花色一点的还有赠丝袜，请吃冰淇淋，附送一只锦盒，内藏十件宝贝，价值不资。更加见得切实，然而确是惊人的，是定一年报或买几本书，便有得到“劝学奖金”一百元或“留学经费”二千元的希望。洋场上的“轮盘赌”，付给赢家的钱，最多也不过每一元付了三十六元，真不如买书，那“希望”之大，远甚远甚。

我们的古人有言，“书中自有黄金屋”，现在渐在实现了。但后一句，“书中自有颜如玉”呢?

日报所附送的画报上，不知为了什么缘故而登载的什么“女校高材生”和什么“女士在树下读书”的照相之类，且作别论，则买书一元，赠送裸体画片的勾当，是应该举为带着“颜如玉”气味的一例的了。在医学上，“妇人科”虽然设有专科，但在文艺上，“女作家”分为一类却未免滥用了体质的差别，令人觉得有些特别的。但最露骨的是张竞生博士所开的“美的书店”，曾经对面呆站着两个年青脸白的女店员，给买主可以问她“《第三种水》出了没有？”等类，一举两得，有玉有书。可惜“美的书店”竟遭禁止。张博士也改弦易辙，去译《卢骚忏悔录》，此道遂有中衰之叹了。

书籍的销路如果再消沉下去，我想，最好是用女店员卖女作家的作品及照片，仍然抽彩，给买主又有得到“劝学”，“留学”的款子的希望。

**题注：**

本篇最初发表于1930年2月1日《萌芽月刊》第一卷第二期。收入《三闲集》。当时上海出版事业发达，为了竞争客源，某些不良书商打着“介绍文化”的幌子，利用打折、博彩甚至女色等欺骗手段招揽读者特别是青少年。为揭露这些利欲熏心之徒的推销手段，鲁迅撰写了本文。

# 以脚报国

今年八月三十一日《申报》的《自由谈》里，又看见了署名“寄萍”的《杨缦华女士游欧杂感》，其中的一段，我觉得很有趣，就照抄在下面：

> “……有一天我们到比利时一个乡村里去，许多女人争着来看我的脚。我伸起脚来给伊们看，才平服伊们好奇的疑窦。一位女人说：‘我们也向来不曾见过中国人，但从小就听说中国人是有尾巴的（即辫发），都要讨姨太太的，女人都是小脚，跑起路来一摇一摆的，如今才明白这话不确实，请原谅我们的错念。’还有一人自以为熟悉东亚情形的，带着讥笑的态度说：‘中国的军阀如何专横，到处闹的是兵匪，人民过着地狱的生活。’这种似是而非的话，说了一大堆。我说‘此种传说，全无根据。’同行的某君，也报以很滑稽的话。‘我看你们那里会知道立国数千年的大中华民国，等我们革命成功之后，简直要把显微镜来照你们比利时呢。’就此一笑而散。”

我们的杨女士虽然用她的尊脚征服了比利时女人，为国增光，但也有两点“错念”。其一，是我们中国人的确有过尾巴（即辫发）的，缠过小脚的，讨过姨太太的，虽现在也在讨。其二，是杨女士的脚不能代表一切中国女人的脚，正如留学的女生不能代表一切中国的女性一般。留学生大多数是家里有钱，或由政府派遣，为的是将来给家族或国家增光，贫穷和受不到教育的女人怎么能同日而语。所以，虽在现在，其实是缠着小脚，“跑起路来一摇一摆的”女人还不少。

至于困苦，那是用不着多谈，只要看同一的《申报》上，记载着多少“呼吁和平”的文电，多少募集急赈的广告，多少兵变和绑票的记事，留学外国的少爷小姐们虽然相隔太远，可以说不知道，但既然能想到用显微镜，难道就不能想到用望远镜吗？况且又何必用望远镜呢，同一的《杨缦华女士游欧杂感》里就又说：

> “……据说使领馆的穷困，不自今日始。不过近几年来，有每况愈下之势。譬如逢到我国国庆或是重大纪念日，照例须招待外宾，举行盛典。意思是庆祝国运方兴，兼之联络各友邦的感情。以前使领馆必备盛宴，款待上宾。到了去年。为馆费支绌，改行茶会。以目前的形势推测，将后恐怕连茶会都开不成呢。在国际上最讲究体面的，要算日本国。他们政府行政费的预算，宁可特别节省，惟独于驻外使领馆的经费，十分充足。单就这一点来比较，我们已相形见拙了。”

使馆和领事馆是代表本国，如杨女士所说，要“庆祝国运方兴”的，而竟有“每况愈下之势”，孟子曰，“百姓不足，君孰与足？”则人民的过着什么生活，也就可想而知了。然而小国比利时的女人们究竟是单纯的，终于请求了原谅，假使她们真“知道立国数千年的大中华民国”的国民，往往有自欺欺人的不治之症，那可真是没有面子了。

假如这样，又怎么办呢？我想，也还是“就此一笑而散”罢。

**题注：**

本篇首次发表于1931年10月20日《北斗》第一卷第二期，署名冬华。收入《二心集》。1931年8月29日至31日《申报·自由谈》连续登载寄萍（萍）的《杨缦华女士游欧杂感》一文。杨缦华系美术家许士骐之妻。1930年许士骐由国民政府卫生部派遣考察欧洲卫生行政，历时一年半，游历了英、法、德、瑞、比、奥、波、俄等十余国，1931年许士骐偕杨缦华回国。8月31日，《杨缦华女士游欧杂感（三）》中以杨缦华的天足来否认中国女人缠过足，用谎言来粉饰半殖民地半封建的中国政治腐败、民不聊生的社会现实。鲁迅痛恨这种瞒和骗的“不治之症”，遂作本文。

## 沉滓的泛起

日本占据了东三省以后的在上海一带的表示，报章上叫作“国难声中”。在这“国难声中”，恰如用棍子搅了一下停滞多年的池塘，各种古的沉滓，新的沉滓，就都翻着筋斗漂上来，在水面上转一个身，来趁势显示自己的存在了。

自信现在可以说能打仗的，是要操练久不想起的洋枪了，但也有现在也不想说去打仗的，那就照欧洲大战时候的德意志帝国的例，来“头脑动员”，以尽“国民一份子”的义务。有的去查《唐书》，说日本古名“倭奴”；有的去翻字典，说倭是矮小之意；有的记得了文天祥，岳飞，林则徐，——但自然，更积极的是新的文艺界。

先说一点另外的事罢，这叫作“和平声中”。在这样的声中，是“胡展堂先生”到了上海，据说还告诫青年，教他们要养“力”勿使“气”。灵药就有了。第二天在报上便见广告道：“胡汉民先生说，对日外交，应确定一坚强之原则，并劝勉青年须养力，毋泄气，养力就是强身，泄气就是悲观，要强身祛悲观，须先心花怒放，大笑一次。”但这样的宝贝是什么呢？是美国的一张旧影片，将探险滑稽化以博小市民一笑的《两亲家游非洲》。

至于真的“国难声中的兴奋剂”呢，那是“爱国歌舞表演”，自己说，“是民族性的活跃，是歌舞界的精髓，促进同胞的努力，达到最后的胜利”的。倘有知道这立奏奇功的大明星是谁么？曰：王人美，薛玲仙，黎莉莉。

然而终于“上海文艺界大团结”了。《草野》（六卷七号）上记着盛况道：“上海文艺界同人，平时很少联络，在严重时期，除各个参加其他团体的工作外，复由谢六逸，朱应鹏，徐蔚南三人发起，……集会讨论。在十月六日下午三点钟，已陆续到了东亚食堂，……略进茶点，即开始讨论，颇多发挥，……最后定名为上海文艺界救国会”云。

“发挥”我们还无从知道，仅据眼前的方法看起来，是先看《两亲家游非洲》以养力，又看“爱国的歌舞表演”以兴奋，更看《日本小品文选》和《艺术三家言》并且略进茶点而发挥。那么，中国就得救了。

不成。这恐怕不必文学青年，就是文学小囡囡，也未必会相信。没有法子，只得再加上两个另外的好消息，就是目前的爱国文艺家所主宰的《申报》所发表出来的——

十月五日的《自由谈》里叶华女士云：“无办法之国民，如何有有办法之政府。国联绝望矣。……际兹一发千钧，全国国民宜各立所志，各尽所能，各抒所见，余也不才，谨以战犬问题商诸国人。……各犬中，要以德国警犬最称职，余极主张吾国可选择是犬作战……”

同月二十五日也是《自由谈》里“苏民自汉口寄”云：“日者寓书沪友王子仲良，间及余之病状，而以不能投身义勇军为憾。王子……竟以灵药一裹见寄，云为培生制药公司所出益金草，功能治肺痨咳血，可一试之。……余立行试服，则咳果止，兼旬而后，体气渐复，因念……一旦国家有事，吾必身列戎行，一展平生之壮志，灭此朝食，行有日矣。……”

那是连病夫也立刻可以当兵，警犬也将帮同爱国，在爱国文艺家的指导之下，真是大可乐观，要“灭此朝食”了。只可惜不必是文学青年，就是文学小囡囡，也会觉得逐段看去，即使不称为“广告”的，也都不过是出卖旧货的新广告，要趁“国难声中”或“和平声中”将利益更多的榨到自己的手里的。

因为要这样，所以都得在这个时候，趁势在表面来泛一下，明星也有，文艺家也有，警犬也有，药也有……也因为趁势，泛起来就格外省力。但因为泛起来的是沉滓，沉滓又究竟不过是沉滓，所以因此一泛，他们的本相倒越加分明，而最后的运命，也还是仍旧沉下去。

十月二十九日。

**题注：**

本篇首次发表于1931年12月11日《十字街头》第一期，署名它音。收入《二心集》。九一八事变后，民族危 机日益深重，抗日呼声不断高涨。同时，社会各色人等纷纷对此发声，组织社团，编辑书刊，甚至有投机奸商将药品贴上“抗日”的商标，等等。鲁迅认为都不是真正的抗日，只是一种泛起的“沉滓”。

# 新的“女将”

在上海制图版，比别处便当，也似乎好些，所以日报的星期附录画报呀，书店的什么什么月刊画报呀，也出得比别处起劲。这些画报上，除了一排一排的坐着大人先生们的什么什么会开会或闭会的纪念照片而外，还一定要有“女士”。

“女士”的尊容，为什么要绍介于社会的呢？我们只要看那说明，就可以明白了。例如：

“A 女士，B 女校皇后，性喜音乐。”

“C 女士，D 女校高材生，爱养叭儿狗。”

“E 女士，F 大学肄业，为 G 先生之第五女公子。”

再看装束：春天都是时装，紧身窄袖；到夏天，将裤脚和袖子都撤掉了，坐在海边，叫作“海水浴”，天气正热，那原是应该的；入秋，天气凉了，不料日本兵恰恰侵入了东三省，于是画报上就出现了白长衫的看护服，或托枪的戎装的女士们。

这是可以使读者喜欢的，因为富于戏剧性。中国本来喜欢玩把戏，乡下的戏台上，往往挂着一副对子，一面是“戏场小天地”，一面是“天地大戏场”。做起戏来，因为是乡下，还没有《乾隆帝下江南》之类，所以往往是《双阳公主追狄》,《薛仁贵招亲》，其中的女战士，看客称之为“女将”。她头插雉尾，手执双刀（或两端都有枪尖的长枪），一出台，看客就看得更起劲。明知不过是做做戏的，然而看得更起劲了。

练了多年的军人，一声鼓响，突然都变了无抵抗主义者。于是远路的文人学士，便大谈什么“乞丐杀敌”，“屠夫成仁”，“奇女子救国”一流的传奇式古典，想一声锣响，出于意料之外的人物来“为国增光”。而同时，画报上也就出现了这些传奇的插画。但还没有提起剑仙的一道白光，总算还是切实的。

但愿不要误解。我并不是说，“女士”们都得在绣房里关起来；我不过说，雄兵解甲而密斯托枪，是富于戏剧性的而已。

还有事实可以证明。一，谁也没有看见过日本的“惩膺中国军”的看护队的照片；二，日本军里是没有女将的。然而确已动手了。这是因为日本人是做事是做事，做戏是做戏，决不混合起来的缘故。

**题注：**

本篇首次发表于1931年11月20日《北斗》第一卷第三期，署名冬华。收入《二心集》。“九一八”事变后，当时社会舆论要求抗日的呼声很高，连津、沪各地的保守报刊迫于形势也发表社论，希望国民党政府改变“剿共”政策，一致对外。于是画报上经常有身穿“白长衫的看护服”，或“托枪的戎装的女士们”的照片。鲁迅明了这是“天地大戏场”中做的戏，于是写本文对这种“雄兵解甲而密斯托枪”的现象进行嘲讽。

# 宣传与做戏

就是那刚刚说过的日本人，他们做文章论及中国的国民性的时候，内中往往有一条叫作“善于宣传”。看他的说明，这“宣传”两字却又不像是平常的“Propaganda”，而是“对外说谎”的意思。

这宗话，影子是有一点的。譬如罢，教育经费用光了，却还要开几个学堂，装装门面；全国的人们十之九不识字，然而总得请几位博士，使他对西洋人去讲中国的精神文明；至今还是随便拷问，随便杀头，一面却总支撑维持着几个洋式的“模范监狱”，给外国人看看。还有，离前敌很远的将军，他偏要大打电报，说要“为国前驱”。连体操班也不愿意上的学生少爷，他偏要穿上军装，说是“灭此朝食”。

不过，这些究竟还有一点影子；究竟还有几个学堂，几个博士，几个模范监狱，几个通电，几套军装。所以说是“说谎”，是不对的。这就是我之所谓“做戏”。

但这普遍的做戏，却比真的做戏还要坏。真的做戏，是只有一时；戏子做完戏，也就恢复为平常状态的。杨小楼做《单刀赴会》，梅兰芳做《黛玉葬花》，只有在戏台上的时候是关云长，是林黛玉，下台就成了普通人，所以并没有大弊。倘使他们扮演一回之后，就永远提着青龙偃月刀或锄头，以关老爷，林妹妹自命，怪声怪气，唱来唱去，那就实在只好算是发热昏了。

不幸因为是“天地大戏场”，可以普遍的做戏者，就很难有下台的时候，例如杨缦华女士用自己的天足，踢破小国比利时女人的“中国女人缠足说”，为面子起见，用权术来解围，这还可以说是很该原谅的。但我以为应该这样就拉倒。现在回到寓里，做成文章，这就是进了后台还不肯放下青龙偃月刀；而且又将那文章送到中国的《申报》上来发表，则简直是提着青龙偃月刀一路唱回自己的家里来了。难道作者真已忘记了中国女人曾经缠脚，至今也还有正在缠脚的么？还是以为中国人都已经自己催眠，觉得全国女人都已穿了高跟皮鞋了呢？

这不过是一个例子罢了，相像的还多得很，但恐怕不久天也就要亮了。

**题注：**

本篇首次发表于1931年11月20日《北斗》第一卷第三期，署名冬华。收入《二心集》。九一八事变后，国民党政府及一批文人经常在报上宣传“模范监狱”“为国前驱”“灭此朝食”。鲁迅将这些表现称作“做戏”。本文是在《以脚报国》《新的“女将”》后又一篇抨击这类“做戏”的文章。

# 知难行难

中国向来的老例，做皇帝做牢靠和做倒霉的时候，总要和文人学士扳一下子相好。做牢靠的时候是“偃武修文”，粉饰粉饰；做倒霉的时候是又以为他们真有“治国平天下”的大道，再问问看，要说得直白一点，就是见于《红楼梦》上的所谓“病笃乱投医”了。

当“宣统皇帝”逊位逊到坐得无聊的时候，我们的胡适之博士曾经尽过这样的任务。

见过以后，也奇怪，人们不知怎的先问他们怎样的称呼，博士曰：

“他叫我先生，我叫他皇上。”

那时似乎并不谈什么国家大计，因为这“皇上”后来不过做了几首打油白话诗，终于无聊，而且还落得一个赶出金銮殿。现在可要阔了，听说想到东三省再去做皇帝呢。而在上海，又以“蒋召见胡适丁文江”闻：

> “南京专电：丁文江，胡适，来京谒蒋，此来系奉蒋召，对大局有所垂询。……”（十月十四日《申报》。）

现在没有人问他怎样的称呼。

为什么呢？因为是知道的，这回是“我称他主席……”！

安徽大学校长刘文典教授，因为不称“主席”而关了好多天，好容易才交保出外，老同乡，旧同事，博士当然是知道的，所以，“我称他主席”！

也没有人问他“垂询”些什么。

为什么呢？因为这也是知道的，是“大局”。而且这“大局”也并无“国民党专政”和“英国式自由”的争论的麻烦，也没有“知难行易”和“知易行难”的争论的麻烦，所以，博士就出来了。

“新月派”的罗隆基博士曰：“根本改组政府，……容纳全国各项人才代表各种政见的政府，……政治的意见，是可以牺牲的，是应该牺牲的。”（《沈阳事件》。）

代表各种政见的人才，组成政府，又牺牲掉政治的意见，这种“政府”实在是神妙极了。但“知难行易”竟“垂询”于“知难，行亦不易”，倒也是一个先兆。

**题注：**

本篇首次发表于1931年12月11日《十字街头》第一期，署名佩韦。收入《二心集》。1931年10月，蒋介石召见胡适、丁文江。鲁迅的文章由此而发。鲁迅将蒋介石召见胡适，与1922年宣统召见胡适联系起来，讽刺“皇帝”与文人“扳相好”的现象。1922年7月23日《努力周报》刊登了胡适的《宣统与胡适》，说“五月三十日……从神武门进宫，在养心殿见着清帝，我对他行了鞠躬礼。他请我坐，我就坐了……他称我‘先生’，我称他‘皇上’。我们谈的大概都是文学的事……他说他很赞成白话，他做旧诗，近来也试做新诗”云云。

# “智识劳动者”万岁

“劳动者”这句话成了“罪人”的代名词，已经足足四年了。压迫罢，谁也不响；杀戮罢，谁也不响；文学上一提起这句话，就有许多“文人学士”和“正人君子”来笑骂，接着又有许多他们的徒子徒孙来笑骂。劳动者呀劳动者，真要永世不得翻身了。

不料竟又有人记得你起来。

不料帝国主义老爷们还嫌党国屠杀得不赶快，竟来亲自动手了，炸的炸，轰的轰。称“人民”为“反动分子”，是党国的拿手戏，而不料帝国主义老爷也有这妙法，竟称不抵抗的顺从的党国官军为“贼匪”，大加以“膺惩”！冤乎枉哉，这真有些“顺”“逆”不分，玉石俱焚之慨了！

于是又记得了劳动者。

于是久不听到了的“亲爱的劳动者呀！”的亲热喊声，也在文章上看见了；久不看见了的“智识劳动者”的奇妙官衔，也在报章上发见了，还因为“感于有联络的必要”，组织了“协会”，举了干事樊仲云，汪馥泉呀这许多新任“智识劳动者”先生们。

有什么“智识”？有什么“劳动”？“联络”了干什么？“必要”

在那里？这些这些，暂且不谈罢，没有“智识”的体力劳动者，也管不着的。

“亲爱的劳动者”呀！你们再替这些高贵的“智识劳动者”起来干一回罢！给他们仍旧可以坐在房里“劳动”他们那高贵的“智识”。即使失败，失败的也不过是“体力”，“智识”还在着的！

“智识”劳动者万岁！

**题注：**

本篇最初发表于1932年1月5日《十字街头》第三期，延期至3月5日出版，署名佩韦。收入《二心集》。1931年12月，上海的一些文人用“劳动者”的称号，发起成立了一个“智识劳动者协会”的组织，以获取社会舆论的同情和支持。鲁迅在文中指出他们只不过利用了“劳动者”的称号。樊仲云，当时任商务印书馆编辑。汪馥泉，当时任复旦大学教授。

# “非所计也”

新年第一回的《申报》(一月七日)用“要电”告诉我们:“闻陈(外交总长印友仁)与芳泽友谊甚深,外交界观察,芳泽回国任日外长,东省交涉可望以陈之私人感情,得一较好之解决云。”

外交界看惯了在中国什么都是“私人感情”,这样的“观察”,原也无足怪的。但从这一个“观察”中,又可以“观察”出“私人感情”在政府里之重要。

然而同日的《申报》上,又用“要电”告诉了我们:“锦州三日失守,连山绥中续告陷落,日陆战队到山海关在车站悬日旗……”

而同日的《申报》上,又用“要闻”告诉我们“陈友仁对东省问题宣言”云:“……前日已命令张学良固守锦州,积极抵抗,今后仍坚持此旨,决不稍变,即不幸而挫败,非所计也。……”

然则“友谊”和“私人感情”,好像也如“国联”以及“公理”,“正义”之类一样的无效,“暴日”似乎不像中国,专讲这些的,这真只得“不幸而挫败,非所计也”了。

也许爱国志士,又要上京请愿了罢。当然,“爱国热忱”,是“殊堪嘉许”的,但第一自然要不“越轨”,第二还是自己想一想,和内政部长卫戍司令诸大人“友谊”怎样，“私人感情”又怎样。倘不“甚深”，据内政界观察，是不但难“得一较好之解决”，而且——请恕我直言——恐怕其中仍旧要有人“自行失足落水淹死”的。

所以未去之前，最好是拟一宣言，结末道：“即不幸而‘自行失足落水淹死’，非所计也！”然而又要觉悟这说的是真话。

一月八日。

**题注：**

本文最初发表于1932年1月5日（延期出版）的上海《十字街头》第三期，署名白舌。收入《南腔北调集》。九一八事变后，各地学生纷纷到南京请愿，要求政府采取抵抗政策，但遭到军警的捕杀，有的学生被刺伤后又被扔进河里，而当记者追问时，当局又谎称学生为“失足落水”而死。另一方面，当局幻想通过国联调停和私人感情使事态得到缓解，结果是日军变本加厉进攻，不断侵占东北各地，当局只好说这不是预料中的结果(“非所计也”)，以此推卸责任。鲁迅这里用“非所计也”为篇名，意在指出学生的请愿被捕杀，当局的推托也与外交上的“非所计也”托词一样荒谬。

# 今春的两种感想

## ——十一月二十二日在北平辅仁大学演讲

我是上星期到北平的，论理应当带点礼物送给青年诸位，不过因为奔忙匆匆未顾得及，同时也没有什么可带的。

我近来是在上海，上海与北平不同，在上海所感到的，在北平未必感到。今天又没预备什么，就随便谈谈吧。

昨年东北事变详情我一点不知道，想来上海事变诸位一定也不甚了然。就是同在上海也是彼此不知，这里死命的逃死，那里则打牌的仍旧打牌，跳舞的仍旧跳舞。

打起来的时候，我是正在所谓火线里面，亲遇见捉去许多中国青年。捉去了就不见回来，是生是死也没人知道，也没人打听，这种情形是由来已久了，在中国被捉去的青年素来是不知下落的。东北事起，上海有许多抗日团体，有一种团体就有一种徽章。这种徽章，如被日军发现死是很难免的。然而中国青年的记性确是不好，如抗日十人团，一团十人，每人有一个徽章，可是并不一定抗日，不过把它放在袋里。但被捉去后这就是死的证据。还有学生军们，以前是天天练操，不久就无形中不练了，只有军装的照片存在，并且把操衣放在家中，自己也忘却了。然而一被日军查出时是又必定要送命的。像这一般青年被杀，大家大为不平，以为日人太残酷。其实这完全是因为脾气不同的缘故，日人太认真，而中国人却太不认真。中国的事情往往是招牌一挂就算成功了。日本则不然。他们不像中国这样只是作戏似的。日本人一看见有徽章，有操衣的，便以为他们一定是真在抗日的人，当然要认为是劲敌。这样不认真的同认真的碰在一起，倒霉是必然的。

中国实在是太不认真，什么全是一样。文学上所见的常有新主义，以前有所谓民族主义的文学也者，闹得很热闹，可是自从日本兵一来，马上就不见了。我想大概是变成为艺术而艺术了吧。中国的政客，也是今天谈财政，明日谈照像，后天又谈交通，最后又忽然念起佛来了。外国不然。以前欧洲有所谓未来派艺术。未来派的艺术是看不懂的东西。但看不懂也并非一定是看者知识太浅，实在是它根本上就看不懂。文章本来有两种：一种是看得懂的，一种是看不懂的。假若你看不懂就自恨浅薄，那就是上当了。不过人家是不管看懂与不懂的——看不懂如未来派的文学，虽然看不懂，作者却是拚命的，很认真的在那里讲。但是中国就找不出这样例子。

还有感到的一点是我们的眼光不可不放大，但不可放的太大。

我那时看见日本兵不打了，就搬了回去，但忽然又紧张起来了。后来打听才知道是因为中国放鞭炮引起的。那天因为是月蚀，故大家放鞭炮来救她。在日本人意中以为在这样的时光，中国人一定全忙于救中国抑救上海，万想不到中国人却救的那样远，去救月亮去了。

我们常将眼光收得极近，只在自身，或者放得极远，到北极，或到天外，而这两者之间的一圈可是绝不注意的，譬如食物吧，近来馆子里是比较干净了，这是受了外国影响之故，以前不是这样。例如某家烧卖好，包子好，好的确是好，非常好吃，但盘子是极污秽的，去吃的人看不得盘子，只要专注在吃的包子烧卖就是，倘使你要注意到食物之外的一圈，那就非常为难了。

在中国做人，真非这样不成，不然就活不下去。例如倘使你讲个人主义，或者远而至于宇宙哲学，灵魂灭否，那是不要紧的。但一讲社会问题，可就要出毛病了。北平或者还好，如在上海则一讲社会问题，那就非出毛病不可，这是有验的灵药，常常有无数青年被捉去而无下落了。

在文学上也是如此。倘写所谓身边小说，说苦痛呵，穷呵，我爱女人而女人不爱我呵，那是很妥当的，不会出什么乱子。如要一谈及中国社会，谈及压迫与被压迫，那就不成。不过你如果再远一点，说什么巴黎伦敦，再远些，月界，天边，可又没有危险了。但有一层要注意，俄国谈不得。

上海的事又要一年了，大家好似早已忘掉了，打牌的仍旧打牌，跳舞的仍旧跳舞。不过忘只好忘，全记起来恐怕脑中也放不下。倘使只记着这些，其他事也没工夫记起了。不过也可以记一个总纲。如“认真点”，“眼光不可不放大但不可放的太大”，就是。这本是两句平常话，但我的确知道了这两句话，是在死了许多性命之后。许多历史的教训，都是用极大的牺牲换来的。譬如吃东西罢，某种是毒物不能吃，我们好像全惯了，很平常了。不过，这一定是以前有多少人吃死了，才知道的。所以我想，第一次吃螃蟹的人是很可佩服的，不是勇士谁敢去吃它呢？螃蟹有人吃，蜘蛛一定也有人吃过，不过不好吃，所以后人不吃了。像这种人我们当极端感谢的。

我希望一般人不要只注意在近身的问题，或地球以外的问题，社会上实际问题是也要注意些才好。

**题注：**

本篇最初发表于1932年11月30日北京《世界日报》“教育”栏。初未收集。1932年11月22日下午，鲁迅在北平辅仁大学演讲40分钟，听众1000多人。本文即此次演讲的记录稿，由吴昌曾、邢新镛记录。此稿刊发前曾由台静农转请鲁迅改正过。原拟收入《集外集》，但被审查机关抽去。鲁迅在1933年2月12日致台静农的信中曾说：“在辅大之讲演，记曾有学生记出，乞兄嘱其抄一份给我，因此地有人逼我出版在北平之讲演，须草成一小册与之也。”

# 逃的辩护

古时候，做女人大晦气，一举一动，都是错的，这个也骂，那个也骂。现在这晦气落在学生头上了，进也挨骂，退也挨骂。

我们还记得，自前年冬天以来，学生是怎么闹的，有的要南来，有的要北上，南来北上，都不给开车。待到到得首都，顿首请愿，却不料“为反动派所利用”，许多头都恰巧“碰”在刺刀和枪柄上，有的竟“自行失足落水”而死了。

验尸之后，报告书上说道，“身上五色”。我实在不懂。

谁发一句质问，谁提一句抗议呢？有些人还笑骂他们。

还要开除，还要告诉家长，还要劝进研究室。一年以来，好了，总算安静了。但不料榆关失了守，上海还远，北平却不行了，因为连研究室也有了危险。住在上海的人们想必记得的，去年二月的暨南大学，劳动大学，同济大学……，研究室里还坐得住么？

北平的大学生是知道的，并且有记性，这回不再用头来“碰”刺刀和枪柄了，也不再想“自行失足落水”，弄得“身上五色”了，却发明了一种新方法，是：大家走散，各自回家。

这正是这几年来的教育显了成效。

然而又有人来骂了。童子军还在烈士们的挽联上，说他们“遗臭万年”。

但我们想一想罢：不是连语言历史研究所里的没有性命的古董都在搬家了么？不是学生都不能每人有一架自备的飞机么？能用本国的刺刀和枪柄“碰”得瘟头瘟脑，躲进研究室里去的，倒能并不瘟头瘟脑，不被外国的飞机大炮，炸出研究室外去么？

阿弥陀佛！

一月二十四日。

**题注：**

本篇最初发表于1933年1月30日《申报·自由谈》。原题为《“逃”的合理化》，署名何家干。收入《伪自由书》时改为现题。九一八事变后，各地学生纷纷到南京请愿。国民政府于1931年12月5日通令禁止。12月17日又出动军警在珍珠桥附近逮捕、镇压在南京请愿的各地学生。有些被害学生被扔进河里。事后国民党当局称学生“为反动分子所利用”、破坏“社会秩序”，被害学生是“失足落水”等，而江宁地方法院开具的验尸报告，说被害者“头伤六处，系生前跌伤，鼻有血，腿有青紫白黑四色，上身为黑白二色”。1932年“一·二八”事变发生，上海多所学校或毁于炮火，或被日军占领，学生只能被迫逃离。1933年榆关（即山海关）失守后，北平形势危急，有些大、中学生请求暂缓考期、提前放假或请假离校。当时有自称“血魂除奸团”组织，责骂学生“贪生怕死”“无耻而懦弱”。1月22日，国民政府在北平中山堂举行追悼阵亡将士大会。会上有童子军组织送的挽联，上写：“将士饮弹杀敌，烈于千古；学生罢考潜逃，臭及万年。”

# 观斗

我们中国人总喜欢说自己爱和平，但其实，是爱斗争的，爱看别的东西斗争，也爱看自己斗争。

最普通的是斗鸡，斗蟋蟀，南方有斗黄头鸟，斗画眉鸟，北方有斗鹌鹑，一群闲人们围着呆看，还因此赌输赢。古时候有斗鱼，现在变把戏的会使跳蚤打架。看今年的《东方杂志》，才知道金华又有斗牛，不过和西班牙却两样的，西班牙是人和牛斗，我们是使牛和牛斗。

任他们斗争着，自己不与闻，只是看。

军阀们只管自己斗争着，人民不与闻，只是看。

然而军阀们也不是自己亲身在斗争，是使兵士们相斗争，所以频年恶战，而头儿个个终于是好好的，忽而误会消释了，忽而杯酒言欢了，忽而共同御侮了，忽而立誓报国了，忽而……。不消说，忽而自然不免又打起来了。

然而人民一任他们玩把戏，只是看。

但我们的斗士，只有对于外敌却是两样的：近的，是“不抵抗”，远的，是“负弩前驱”云。

“不抵抗”在字面上已经说得明明白白。“负弩前驱”呢，弩机的制造法久已失传了，必须待考古学家研究出来，制造起来，然后能够负，然后能够前驱。

还是留着国产的兵士和现买的军火，自己斗争下去罢。中国的人口多得很，暂时总有一些孑遗在看着的。但自然，倘要这样，则对于外敌，就一定非“爱和平”不可。

一月二十四日。

**题注：**

本篇最初发表于1933年1月31日《申报·自由谈》。收入《伪自由书》。九一八事变发生，当时东北驻军曾电询南京政府，蒋介石密令“不许冲突”。9月22日，蒋介石在国民党南京市党员大会上发表演说：“我国民此刻必须上下一致，先以公理对强权，以和平对野蛮，忍痛含愤，暂取逆来顺受态度，以待国际公理之判断。”23日又在“告全国军民书”中说“对日军避免冲突”。之后，国民政府军队每遇日军进攻都奉命后退，而远离前线的军阀却多次发通电，表示要抗日。如：1933年1月3日日军进攻山海关，当地驻军4小时后即奉命撤退，而远在四川参加军阀混战的川军将领田颂尧1月20日发通电说：“准备为国效命，候中央明令，即负弩前驱。”

# 崇实

事实常没有字面这么好看。

例如这《自由谈》，其实是不很自由的，现在叫作《自由谈》，总算我们是这么自由地在这里谈着。

又例如这回北平的迁移古物和不准大学生逃难，发令的有道理，批评的也有道理，不过这都是些字面，并不是精髓。

倘说，因为古物古得很，有一无二，所以是宝贝，应该赶快搬走的罢。这诚然也说得通的。但我们也没有两个北平，而且那地方也比一切现存的古物还要古。听说禹是一条虫，那时的话我们且不谈罢，至于商周时代，这地方却确是已经有了的。为什么倒撇下不管，单搬古物呢？说一句老实话，那就是并非因为古物的“古”，倒是为了它在失掉北平之后，还可以随身带着，随时卖出铜钱来。

大学生虽然是“中坚分子”，然而没有市价，假使欧美的市场上值到五百美金一口，也一定会装了箱子，用专车和古物一同运出北平，在租界上外国银行的保险柜子里藏起来的。

但大学生却多而新，惜哉！

废话不如少说，只剥崔颢《黄鹤楼》诗以吊之，曰——

阔人已骑文化去，此地空余文化城。

文化一去不复返，古城千载冷清清。

专车队队前门站，晦气重重大学生。

日薄榆关何处抗，烟花场上没人惊。

一月三十一日。

**题注：**

本篇最初发表于1933年2月6日《申报·自由谈》，署名何家干。收入《伪自由书》。1932年10月，北平文教界江瀚、严复等30多人向国民党政府呈文，要求“将一切军事设备挪往保定，撤走驻军，明定北平为不设防的文化城”，以求北平免遭日军的炮火。1933年1月28日，教育部电谕北平各大学：“据各报载榆关告紧之际，北平各大学中颇有逃考及提前放假等情……查大学生为国民中坚分子，讵容妄自惊忧，败坏校规；学校当局迄无呈报，迹近宽纵，亦属非是。”同时报载“故宫古物即起运”。

# 赌咒

“天诛地灭，男盗女娼”——是中国人赌咒的经典，几乎像诗云子曰一样。现在的宣誓，“誓杀敌，誓死抵抗，誓……”似乎不用这种成语了。

但是，赌咒的实质还是一样，总之是信不得。他明知道天不见得来诛他，地也不见得来灭他，现在连人参都“科学化地”含起电气来了，难道“天地”还不科学化么！至于男盗和女娼，那是非但无害，而且有益：男盗——可以多刮几层地皮，女娼——可以多弄几个“裙带官儿”的位置。

我的老朋友说：你这个“盗”和“娼”的解释都不是古义。我回答说——你知道现在是什么时代！现在是盗也摩登，娼也摩登，所以赌咒也摩登，变成宣誓了。

二月九日。

**题注：**

本篇最初发表于1933年2月14日《申报·自由谈》，署名干。

收入《伪自由书》。1932年12月，上海佛慈药厂在报上大做广告，说发明了一种“长生不老新药”，名为“含电人参胶”。这种药“科学地含有电气”，能“补充电气于体内”，供给“人生命原动力之活电子”。

# 颂萧

萧伯纳未到中国之前，《大晚报》希望日本在华北的军事行动会因此而暂行停止，呼之曰“和平老翁”。

萧伯纳既到香港之后，各报由“路透电”译出他对青年们的谈话，题之曰“宣传共产”。

萧伯纳“语路透访员曰，君甚不像华人，萧并以中国报界中人全无一人访之为异，问曰，彼等其幼稚至于未识余乎？”（十一日路透电）

我们其实是老练的，我们很知道香港总督的德政，上海工部局的章程，要人的谁和谁是亲友，谁和谁是仇雠，谁的太太的生日是那一天，爱吃的是什么。但对于萧，——惜哉，就是作品的译本也只有三四种。

所以我们不能认识他在欧洲大战以前和以后的思想，也不能深识他游历苏联以后的思想。但只就十四日香港“路透电”所传，在香港大学对学生说的“如汝在二十岁时不为赤色革命家，则在五十岁时将成不可能之僵石，汝欲在二十岁时成一赤色革命家，则汝可得在四十岁时不致落伍之机会”的话，就知道他的伟大。

但我所谓伟大的，并不在他要令人成为赤色革命家，因为我们有“特别国情”，不必赤色，只要汝今天成为革命家，明天汝就失掉了性命，无从到四十岁。我所谓伟大的，是他竟替我们二十岁的青年，想到了四五十岁的时候，而且并不离开了现在。

阔人们会搬财产进外国银行，坐飞机离开中华民国地面，或者是想到明天的罢；“政如飘风，民如野鹿”，穷人们可简直连明天也不能想了，况且也不准想，不敢想。

又何况二十年，三十年之后呢？这问题极平常，然而是伟大的。

此之所以为萧伯纳！

二月十五日。

**【又招恼了大主笔】：**

萧伯纳究竟不凡

《大晚报》社论

“你们批评英国人做事，觉得没有一件事怎样的好，也没有一件事怎样的坏；可是你们总找不出那一件事给英国人做坏了。他做事多有主义的。他要打你，他提倡爱国主义来；他要抢你，他提出公事公办的主义；他要奴役你，他提出帝国主义大道理；他要欺侮你，他又有英雄主义的大道理；他拥护国王，有忠君爱国的主义，可是他要斫掉国王的头，又有共和主义的道理。他的格言是责任；可是他总不忘记一个国家的责任与利益发生了冲突就要不得了。”

这是萧伯纳老先生在《命运之人》中批评英国人的尖刻语。

我们举这一个例来介绍萧先生，要读者认识大伟人之所以伟大，也自有其秘诀在。这样子的冷箭，充满在萧氏的作品中，令受者难堪，听者痛快，于是萧先生的名言警句，家传户诵，而一代文豪也确定了他的伟大。

借主义，成大名，这是现代学者一时的风尚，萧先生有嘴说英国人，可惜没有眼估量自己。我们知道萧先生是泛平主义的先进，终身拥护这渐进社会主义，他的戏剧，小说，批评，散文中充塞着这种主义的宣传品，萧先生之于社会主义，可说是个彻头彻尾的忠实信徒。然而，我们又知道，萧先生是铢锱必较的积产专家，是反对慈善事业最力的理论家，结果，他坐拥着百万巨资面团团早成了个富家翁。萧先生唱着平均资产的高调，为被压迫的劳工鸣不平，向寄生物性质的资产家冷嘲热讽，因此而赢得全民众的同情，一书出版，大家抢着买，一剧登场，一百多场做下去，不愁没有人看，于是萧先生坐在提倡共产主义的安乐椅里，笑嘻嘻地自鸣得意，借主义以成名，挂羊头卖狗肉的戏法，究竟巧妙无穷。

现在，萧先生功成名就，到我们穷苦的中国来玩玩了。多谢他提携后进的热诚，在香港告诉我们学生道："二十岁不为赤色革命家，五十岁要成僵石；二十岁做了赤色革命家，四十岁可不致落伍。"原来做赤色革命家的原因，只为自己怕做僵石，怕落伍而已；主义本身的价值如何，本来与个人的前途没有多大关系；我们要在社会里混出头，只求不僵，只求不落伍，这是现代人立身处世的名言，萧先生坦白言之，安得不叫我们五体投地，真不愧"圣之时者也"的现代孔子了。

然而，萧先生可别小看了这老大的中国，像你老先生这样时髦的学者，我们何尝没有。坐在安乐椅里发着尖刺的冷箭来宣传什么主义的，不须先生指教，戏法已要得十分纯熟了。我想先生知道了，一定要莞尔而笑曰：“我道不孤！”

然而，据我们愚蠢的见解，伟大人格的素质，重要的是个诚字。你信仰什么主义，就该诚挚地力行，不该张大了嘴唱着好听。若说，萧先生和他的同志，真信仰共产主义的，就请他散尽了家产再说话。可是，话也得说回来，萧先生散尽了家产，真穿着无产同志的褴褛装束，坐着三等舱来到中国，又有谁去睬他呢？这样一想：萧先生究竟不凡。

二月十七日。

**【也不佩服大主笔】：**

## 前文的案语

乐雯

这种“不凡”的议论的要点是：（一）尖刻的冷箭，“令受者难堪，听者痛快”，不过是取得“伟大”的秘诀；（二）这秘诀还在于“借主义，成大名，挂羊头，卖狗肉的戏法”；（三）照《大晚报》的意见，似乎应当为着自己的“主义”——高唱“神武的大文”，“张开血盆似的大口”去吃人，虽在二十岁就落伍，就变为僵石，亦所不惜；（四）如果萧伯纳不赞成这种“主义”，就不应当坐安乐椅，不应当有家财，赞成了那种主义，当然又当别论。

可惜，这世界的崩溃，偏偏已经到了这步田地：——小资产的知识阶层分化出一些爱光明不肯落伍的人，他们向着革命的道路上开步走。他们利用自己的种种可能，诚恳的赞助革命的前进。他们在以前，也许客观上是资本主义社会关系的拥护者。但是，他们偏要变成资产阶级的“叛徒”。而叛徒常常比敌人更可恶。

卑劣的资产阶级心理，以为给了你“百万家财”，给了你世界的大名，你还要背叛，你还有什么不满意，“实属可恶之至”。这自然是“借主义，成大名”了。对于这种卑劣的市侩，每一件事情一定有一种物质上的荣华富贵的目的。这是道地的“唯物主义”——名利主义。萧伯纳不在这种卑劣心理的意料之中，所以可恶之至。

而《大晚报》还推论到一般的时代风尚，推论到中国也有“坐在安乐椅里发着尖刺的冷箭来宣传什么什么主义的，不须先生指教”。这当然中外相同的道理，不必重新解释了。可惜的是：独有那吃人的“主义”，虽然借用了好久，然而还是不能够“成大名”，呜呼！

至于可恶可怪的萧，——他的伟大，却没有因为这些人“受着难堪”，就缩小了些。所以像中国历代的离经叛道的文人似的，活该被皇帝判决“抄没家财”。

《萧伯纳在上海》。

**题注：**

本篇最初发表于1933年2月17日《申报·自由谈》，原题为《萧伯纳颂》，署名何家干。收入《伪自由书》。1933年萧伯纳乘船周游世界，2 月 12 日到香港，2 月 17 日到上海。2 月 13 日，萧伯纳在香港大学作了关于青年前途问题的演讲，上海的一些报纸说他宣传“共产”“赤化”。而鲁迅却发表本文称赞萧伯纳。6 月 17 日，《大晚报》发表社论《萧伯纳究竟不凡》，攻击萧伯纳和影射鲁迅。同年 3 月，鲁迅和瞿秋白把当时中外报刊上围绕萧伯纳来中国发表的各种文章，编译成《萧伯纳在上海》一书，并写了《前文的案语》一文。1933 年 6 月 5 日，鲁迅在给魏猛克的信中说：“这回我的为萧辩护，事情并不久远，还很明明白白的：起于他在香港大学的讲演。这学校是十足奴隶式教育的学校，然而向来没有人能去投一个爆弹，去投了的，只有他。但上海的报纸，有些却因此憎恶他了，所以我必须给以支持，因为在这时候来攻击萧，就是帮助奴隶教育。”

# 《萧伯纳在上海》序

现在的所谓“人”，身体外面总得包上一点东西，绸缎，毡布，纱葛都可以。就是穷到做乞丐，至少也得有一条破裤子；就是被称为野蛮人的，小肚前后也多有了一排草叶子。要是在大庭广众之前自己脱去了，或是被人撕去了，这就叫作不像人样子。

虽然不像样，可是还有人要看，站着看的也有，跟着看的也有，绅士淑女们一齐掩住了眼睛，然而从手指缝里偷瞥几眼的也有，总之是要看看别人的赤条条，却小心着自己的整齐的衣裤。

人们的讲话，也大抵包着绸缎以至草叶子的，假如将这撕去了，人们就也爱听，也怕听。因为爱，所以围拢来，因为怕，就特地给它起了一个对于自己们可以减少力量的名目，称说这类的话的人曰“讽刺家”。

伯纳·萧一到上海，热闹得比泰戈尔还利害，不必说毕力涅克（Boris Pilniak）和穆杭（Paul Morand）了，我以为原因就在此。

还有一层，是“专制使人们变成冷嘲”，但这是英国的事情，古来只能“道路以目”的人们是不敢的。不过时候也到底不同了，就要听洋讽刺家来“幽默”一回，大家哈哈一下子。

还有一层，我在这里不想提。

但先要提防自己的衣裤。于是各人的希望就不同起来了。蹩脚愿意他主张拿拐杖，癞子希望他赞成戴帽子，涂了脂粉的想他讽刺黄脸婆，民族主义文学家要靠他来压服了日本的军队。但结果如何呢？结果只要看唠叨的多，就知道不见得十分圆满了。

萧的伟大可又在这地方。英系报，日系报，白俄系报，虽然造了一些谣言，而终于全都攻击起来，就知道他决不为帝国主义所利用。至于有些中国报，那是无须多说的，因为原是洋大人的跟丁。这跟也跟得长久了，只在“不抵抗”或“战略关系”上，这才走在他们军队的前面。

萧在上海不到一整天，而故事竟有这么多，倘是别的文人，恐怕不见得会这样的。这不是一件小事情，所以这一本书，也确是重要的文献。在前三个部门之中，就将文人，政客，军阀，流氓，叭儿的各色各样的相貌，都在一个平面镜里映出来了。说萧是凹凸镜，我也不以为确凿。

余波流到北平，还给了大英国的记者一个教训：他不高兴中国人欢迎他。二十日路透电说北平报章多登关于萧的文章，是“足证华人传统的不感觉苦痛性”。胡适博士尤其超脱，说是不加招待，倒是最高尚的欢迎。

“打是不打，不打是打！”

这真是一面大镜子，真是令人们觉得好像一面大镜子的大镜子，从去照或不愿去照里，都装模作样的显出了藏着的原形。在上海的一部分，虽然用笔和舌的还没有北平的外国记者和中国学者的巧妙，但已经有不少的花样。旧传的脸谱本来也有限，虽有未曾收录的，或后来发表的东西，大致恐怕总在这谱里的了。

一九三三年二月二十八日灯下，鲁迅。

**题注：**

本文最初发表于1933年3月上海野草书屋出版的《萧伯纳在上海》一书。收入《南腔北调集》。鲁迅会见萧伯纳后，有感于中国各色人等在萧伯纳来华事件上的面面观，就与正在他家避难的瞿秋白合作编辑《萧伯纳在上海》一书，由瞿秋白编译、鲁迅作序并自费出版。编者在《写在前面》中说此书的编辑目的是作为“一面平面的镜子，在这里，可以看看真的萧伯纳和各种人物自己的原形”。印度诗人泰戈尔曾于1924年来华，苏联诗人毕力涅克曾于1926年来华，法国作家穆杭曾于1931年来华。2月20日英国路透社报道胡适的话说：“余以为对于特客如萧伯纳者之最高尚的欢迎，无过于任其独来独往，听渠晤其所欲晤者，见其所欲见者。”

# 伸冤

李顿报告书采用了中国人自己发明的“国际合作以开发中国的计划”，这是值得感谢的，——最近南京市各界的电报已经“谨代表京市七十万民众敬致慰念之忱”，称他“不仅为中国好友，且为世界和平及人道正义之保障者”（三月一日南京中央社电）了。

然而李顿也应当感谢中国才好：第一，假使中国没有“国际合作学说”，李顿爵士就很难找着适当的措辞来表示他的意思。岂非共管没有了学理上的根据？第二，李顿爵士自己说的：“南京本可欢迎日本之扶助以拒共产潮流”，他就更应当对于中国当局的这种苦心孤诣表示诚恳的敬意。

但是，李顿爵士最近在巴黎的演说（路透社二月二十日巴黎电），却提出了两个问题，一个是：“中国前途，似系于如何，何时及何人对于如此伟大人力予以国家意识的统一力量，日内瓦乎，莫斯科乎？”还有一个是：“中国现在倾向日内瓦，但若日本坚持其现行政策，而日内瓦失败，则中国纵非所愿，亦将变更其倾向矣。”这两个问题都有点儿侮辱中国的国家人格。国家者政府也。李顿说中国还没有“国家意识的统一力量”，甚至于还会变更其对于日内瓦之倾向！

这岂不是不相信中国国家对于国联的忠心，对于日本的苦心？

为着中国国家的尊严和民族的光荣起见，我们要想答复李顿爵士已经好多天了，只是没有相当的文件。这使人苦闷得很。今天突然在报纸上发见了一件宝贝，可以拿来答复李大人：这就是“汉口警部三月一日的布告”。这里可以找着“铁一样的事实”，来反驳李大人的怀疑。

例如这布告（原文见《申报》三月一日汉口专电）说：“在外资下劳力之劳工，如劳资间有未解决之正当问题，应禀请我主管机关代为交涉或救济，绝对不得直接交涉，违者拿办，或受人利用，故意以此种手段，构成严重事态者，处死刑。”这是说外国资本家遇见“劳资间有未解决之正当问题”，可以直接任意办理，而劳工方面如此这般者……就要处死刑。这样一来，我们中国就只剩得“用国家意识统一了的”劳工了。因为凡是违背这“意识”的，都要请他离开中国的“国家”——到阴间去。李大人难道还能够说中国当局不是“国家意识的统一力量”么？

再则统一这个“统一力量”的，当然是日内瓦，而不是莫斯科。“中国现在倾向日内瓦”，——这是李顿大人自己说的。我们这种倾向十二万分的坚定，例如那布告上也说：“如有奸民流痞受人诱买勾串，或直受驱使，或假托名义，以图破坏秩序安宁，与构成其他不利于我国家社会之重大犯行者，杀无赦。”这是保障“日内瓦倾向”的坚决手段，所谓“虽流血亦所不辞”。而且“日内瓦”是讲世界和平的，因此，中国两年以来都没有抵抗，因为抵抗就要破坏和平；直到一二八，中国也不过装出挡挡炸弹枪炮的姿势；最近的热河事变，中国方面也同样的尽在“缩短阵线”。不但如此，中国方面埋头剿匪，已经宣誓在一两个月内肃清匪共，“暂时”不管热河。这一切都是要证明“日本……见中国南方共产潮流渐起，为之焦虑”是不必的，日本很可以无须亲自出马。中国方面这样辛苦的忍耐的工作着，无非是为着要感动日本，使它悔悟，达到远东永久和平的目的，国际资本可以在这里分工合作。而李顿爵士还要怀疑中国会“变更其倾向”，这就未免太冤枉了。

总之，“处死刑，杀无赦”，是回答李顿爵士的怀疑的历史文件。请放心罢，请扶助罢。

三月七日。

**题注：**

本篇最初发表于1933年3月9日《申报·自由谈》，署名干。收入《伪自由书》。本文由瞿秋白执笔，原题名为《苦闷的答复》，经鲁迅修改，改现名。后请人抄写，以鲁迅笔名发表。1932年4月，国联派英国人李顿率领调查团来中国调查九一八事件，10月2日发表了《国联调查团报告书》，说日本在中国东北有“不容漠视”的“权利”和“利益”。竟称日本侵入东北是“正当而合法的”，并承认日本在中国东北有特殊地位。报告书还歪曲孙中山先生早年提出的关于引进外国技术和资金以帮助中国开发建设的主张，提出“以暂时的国际合作，促进中国之内部建设”，并主张东北从中国脱离，建立所谓“满洲自治政府”，阴谋以国际共管代替日本的独占。国联这种纵容侵略的论调，遭到中国各界的谴责。而国民政府行政院长汪精卫却说报告书“明白公允”。经蒋介石批准，国民政府对报告书“原则接受”。所谓“缩短阵线”不过是掩饰其不战而退的借口，所以鲁迅要为政府“伸冤”。

# “以夷制夷”

我还记得，当去年中国有许多人，一味哭诉国联的时候，日本的报纸上往往加以讥笑，说这是中国祖传的“以夷制夷”的老手段。粗粗一看，也仿佛有些像的，但是，其实不然。那时的中国的许多人，的确将国联看作“青天大老爷”，心里何尝还有一点儿“夷”字的影子。

倒相反，“青天大老爷”们却常常用着“以华制华”的方法的。

例如罢，他们所深恶的反帝国主义的“犯人”，他们自己倒是不做恶人的，只是松松爽爽的送给华人，叫你自己去杀去。他们所痛恨的腹地的“共匪”，他们自己是并不明白表示意见的，只将飞机炸弹卖给华人，叫你自己去炸去。对付下等华人的有黄帝子孙的巡捕和西崽，对付智识阶级的有“高等华人”的学者和博士。

我们自夸了许多日子的“大刀队”，好像是无法制伏的了，然而四月十五日的《大晚报》上，有一个用头号字印的《我斩敌二百》的题目。粗粗一看，是要令人觉得胜利的，但我们再来看一看本文罢——

“（本报今日北平电）昨夜喜峰口右翼，仍在滦阳城以东各地，演争夺战。敌出现大刀队千名，系新开到者，与我大刀队对抗。其刀特长，敌使用不灵活。我军挥刀砍抹，敌招架不及，连刀带臂，被我砍落者纵横满地，我军伤亡亦达二百余。……”

那么，这其实是“敌斩我军二百”了，中国的文字，真是像“国步”一样，正在一天一天的艰难起来。但我要指出来的却并不在此。

我要指出来的是“大刀队”乃中国人自夸已久的特长，日本人虽有击剑，大刀却非素习。现在可是“出现”了，这不必迟疑，就可决定是满洲的军队。满洲从明末以来，每年即大有直隶山东人迁居，数代之后，成为土著，则虽是满洲军队，而大多数实为华人，也决无疑义。现在已经各用了特长的大刀，在滦东相杀起来，一面是“连刀带臂，纵横满地”，一面是“伤亡亦达二百余”，开演了极显著的“以华制华”的一幕了。

至于中国的所谓手段，由我看来，有是也应该说有的，但决非“以夷制夷”，倒是想“以夷制华”。然而“夷”又那有这么蠢笨呢，却先来一套“以华制华”给你看。

这例子常见于中国的历史上，后来的史官为新朝作颂，称此辈的行为曰：“为王前驱”！

近来的战报是极可诧异的，如同日同报记冷口失守云：“十日以后，冷口方面之战，非常激烈，华军……顽强抵抗，故继续未曾有之大激战”，但由宫崎部队以十余兵士，作成人梯，前仆后继，“卒越过长城，因此宫崎部队牺牲二十三名之多云”。越过一个险要，而日军只死了二十三人，但已云“之多”，又称为“未曾有之大激战”，也未免有些费解。所以大刀队之战，也许并不如我所猜测。但既经写出，就姑且留下以备一说罢。

四月十七日。

**【跳踉】：**

“以华制华”

李家作

报纸不可不看。在报上不但可以看到虔修功德如念念阿弥陀佛，选拔国士如征求飞檐走壁之类的“善”文，还可以随时长许多见识。譬如说杀人，以前只知道有斫头绞颈子，现在却知道还有吃人肉，而且还有“以夷制夷”，“以华制华”等等的分别。经明眼人一说，是越想越觉得不错的。

尤其是“以华制华”，那样的手段真是越想越觉得多的。原因是人太多了，华对华并不会亲热；而且为了自身的利害要坐大交椅，当然非解决别人不可。所以那“制”是，无论如何要“制”的。假如因为制人而能得到好处，或是因为制人而能讨得上头的欢心，那自然更其起劲。这心理，夷人就很善于利用，从侵略土地到卖卖肥皂，都是用的这“华人”善于“制华”的美点。然而，华人对华人，其实也很会利用这种方法，而且非常巧妙。双方不必明言，彼此心照，各得其所；旁人看来，不露痕迹。据说那被利用的人便是哈吧狗，即走狗。但细细甄别起来，倒并不只是哈吧狗一种，另外还有一种是警犬。

做哈吧狗与做警犬，当然都是“以华制华”，但其中也不无分别。哈吧狗只能听主人吩咐，向仇人摇摇尾，狂吠几声。他知道他是什么样的身分。警犬则不然：老于世故者往往如此。他只认定自己是一个好汉，是一个权威，是一个执大义以绳天下者。在那门庭间的方寸之地上，只有他可以彷徨彷徨，呐喊呐喊。他的威风没有人敢冒犯，和哈吧狗比较起来，哈吧狗真是浅薄得可怜。但何以也是“以华制华”呢？那是因为虽然老于世故，也不免露出破绽。破绽是：他俨若嫉恶如仇，平时蹲在地上冷眼旁观，一看到有类乎“可杀”的情形时，就踪身向前，猛咬一口；可是，他决不是乱咬，他早已看得分明，凡在他寄身的地段上的（他当然不能不有一个寄身的地方），他决不伤害，有了也只当不看见，以免引起“不便”。他咬，是咬圈子外头的，尤其是，圈子外头最碍眼的仇人。这便是勇，这便是执大义，同时，既可显出自己的权威，又可博得主人底欢心：因为，他所咬的，往往会是他和他东家的共同的敌人。主人对于他所痛恨，自己是并不明白表示意见的，只给你一些供养和地位，叫你自己去咬去。因此有接二连三的奋勇，和吹毛求疵的找机会。旁观者不免有点不明白，觉得这仇太深，却不知道这正是老于世故者的做人之道，所谓向恶社会“搏战”“周旋”是也。那样的用心，真是很苦！

所可哀者，为了要挣扎在替天行道的大旗之下，竟然不惜受员外府君之类的供奉，把那旗子斜插在庄院的门楼边，暂且作个“江湖一应水碗不得骚扰”的招贴纸儿。也可见得做中国人的不容易，和“以华制华”的效劳，虽贤者亦不免焉。

——二二，四，二一。

四月二十二日，《大晚报》副刊《火炬》。

**【摇摆】：**

过而能改

傅红蓼

孔老夫子，在从前教训着那么许多门生说：“过而能改，善莫大焉！”意思是错误人人都有，只要能够回头。我觉得孔老夫子这句话尚有未尽意处，譬如说:“过而能改，善莫大焉”之后，再加上一句:“知过不改，罪孽深重”，那便觉得天衣无缝了。

譬如说现在前线打得落花流水的时候，而有人觉得这种为国牺牲是残酷，是无聊，便主张不要打，而且更主张不要讲和，只说索性藏起头来，等个五十年。俗谚常有“十年生聚，十年教训”，看起来五十年的教训，大概什么都够了。凡事有了错误，才有教训，可见中国人尚还有些救药，国事弄得乌烟瘴气到如此，居然大家都恍然大觉大悟自己内部组织的三大不健全，更而发现武器的不充足。眼前须要几十个年头，来作准备。言至此，吾人对于热河一直到滦东的失守，似乎应当有些感到失得不大冤枉。因为吾党（借用）建基以至于今日，由军事而至于宪政，尚还没有人肯认过错，则现在失掉几个国土，使一些负有自信天才的国家栋梁学贯中西的名儒，居然都肯认错，所谓“过而能改，善莫大焉”，塞翁失马，又安知非福的聊以自慰，也只得闭着眼睛喊两声了，不过假使今后“知过尚不能改，罪孽的深重”，比写在讣文上，大概也更要来得使人注目了。

譬如再说，四月二十二日本刊上李家作的“以华制华”里说的警犬。警犬咬人，是蹲在地上冷眼傍观，等到有可杀的时候，便一跃上前，猛咬一口，不过，有的时候那警犬被人们提起棍子，向着当头一棒，也会把专门咬人的警犬，打得藏起头来，伸出舌头在暗地里发急。这种发急，大概便又是所谓“过”了。因为警犬虽然野性，但有时被棍子当头一击，也会被打出自己的错误来的，于是“过而能改”的警犬，在暗地里发急时，自又便会想忏悔，假使是不大晓得改过的警犬，在暗地发急之余，还想乘机再试，这种犬，大概是“罪孽深重”的了。

中国人只晓得说过而能改，善莫大焉，可惜都忘记了底下那一句。

四月二十六日，《大晚报》副刊《火炬》。

**【只要几句】：**

案语

家干

以上两篇，是一星期之内，登在《大晚报》附刊《火炬》上的文章，为了我的那篇《“以夷制夷”》而发的，揭开了“以华制华”的黑幕，他们竟有如此的深恶痛嫉，莫非真是太伤了此辈的心么？

但是，不尽然的。大半倒因为我引以为例的《××报》其实是《大晚报》，所以使他们有这样的跳踉和摇摆。然而无论怎样的跳踉和摇摆，所引的记事具在，旧的《大晚报》也具在，终究挣不脱这一个本已扣得紧紧的笼头。

此外也无须多话了，只要转载了这两篇，就已经由他们自己十足的说明了《火炬》的光明，露出了他们真实的嘴脸。

七月十九日。

**题注：**

本篇最初发表于1933年4月21日《申报·自由谈》，署名何家干。

收入《伪自由书》。本文发表后，《大晚报》副刊《火炬》连续发表了李家作的《“以华制华”》和《大晚报》编辑傅红蓼的《过而能改》，影射鲁迅。鲁迅在编辑《伪自由书》时，将此二文收为本文的附录，并加写了按语。

# 新药

说起来就记得，诚然，自从九一八以后，再没有听到吴稚老的妙语了，相传是生了病。现在刚从南昌专电中，飞出一点声音来，却连改头换面的，也是自从九一八以后，就再没有一丝声息的民族主义文学者们，也来加以冷冷的讪笑。

为什么呢？为了九一八。

想起来就记得，吴稚老的笔和舌，是尽过很大的任务的，清末的时候，五四的时候，北伐的时候，清党的时候，清党以后的还是闹不清白的时候。然而他现在一开口，却连躲躲闪闪的人物儿也来冷笑了。九一八以来的飞机，真也炸着了这党国的元老吴先生，或者是，炸大了一些躲躲闪闪的人物儿的小胆子。

九一八以后，情形就有这么不同了。

旧书里有过这么一个寓言，某朝某帝的时候，宫女们多数生了病，总是医不好。最后来了一个名医，开出神方道：壮汉若干名。皇帝没有法，只得照他办。若干天之后，自去察看时，宫女们果然个个神采焕发了，却另有许多瘦得不像人样的男人，拜伏在地上。皇帝吃了一惊，问这是什么呢？宫女们就嗫嚅的答道：是药渣。

照前几天报上的情形看起来，吴先生仿佛就如药渣一样，也许连狗子都要加以践踏了。然而他是聪明的，又很恬淡，决不至于不顾自己，给人家熬尽了汁水。不过因为九一八以后，情形已经不同，要有一种新药出卖是真的，对于他的冷笑，其实也就是新药的作用。

这种新药的性味，是要很激烈，而和平。譬之文章，则须先讲烈士的殉国，再叙美人的殉情；一面赞希特勒的组阁，一面颂苏联的成功；军歌唱后，来了恋歌；道德谈完，就讲妓院；因国耻日而悲杨柳，逢五一节而忆蔷薇；攻击主人的敌手，也似乎不满于它自己的主人……总而言之，先前所用的是单方，此后出卖的却是复药了。

复药虽然好像万应，但也常无一效的，医不好病，即毒不死人。不过对于误服这药的病人，却能够使他不再寻求良药，拖重了病症而至于胡里胡涂的死亡。

四月二十九日。

**题注：**

本篇最初发表于1933年5月7日《申报·自由谈》，署名丁萌。收入《伪自由书》。吴稚晖（1865—1953），早年曾在日本、英国留学，1905年参加同盟会。1924年后任国民党中央监察委员等职。1927年上书国民党中央，呈请“清党”。故鲁迅讽刺他“尽过很大的任务”。1933年4月25日，吴稚晖在南昌见蒋介石后，发表演说。《申报》4月29日“南昌专电”报道：“吴稚晖谈，暴日侵华，为全国预定计划，不因我退让而软化，或抵抗而强硬，我惟不计生死，拼死抵抗。”上海

《大晚报》对吴稚晖加以嘲讽，在《吴稚晖抗日》一文中称“吴老先生的解颐快论”，不过是“‘皓首匹夫’的随便谈谈而已”。1932年12月，国民党为牵制日本，与苏联恢复了外交关系，并在报刊上发表一些介绍苏联经济建设方面的文章。1933年1月希特勒出任德国总理，当时国民党报刊曾对他大肆吹捧。

# 关于女人

国难期间，似乎女人也特别受难些。一些正人君子责备女人爱奢侈，不肯光顾国货。就是跳舞，肉感等等，凡是和女性有关的，都成了罪状。仿佛男人都做了苦行和尚，女人都进了修道院，国难就会得救似的。

其实那不是女人的罪状，正是她的可怜。这社会制度把她挤成了各种各式的奴隶，还要把种种罪名加在她头上。西汉末年，女人的“堕马髻”，“愁眉啼妆”，也说是亡国之兆。其实亡汉的何尝是女人！不过，只要看有人出来唉声叹气的不满意女人的妆束，我们就知道当时统治阶级的情形，大概有些不妙了。

奢侈和淫靡只是一种社会崩溃腐化的现象，决不是原因。私有制度的社会，本来把女人也当做私产，当做商品。一切国家，一切宗教都有许多稀奇古怪的规条，把女人看做一种不吉利的动物，威吓她，使她奴隶般的服从；同时又要她做高等阶级的玩具。正像现在的正人君子，他们骂女人奢侈，板起面孔维持风化，而同时正在偷偷地欣赏着肉感的大腿文化。

阿剌伯的一个古诗人说：“地上的天堂是在圣贤的经书上，马背上，女人的胸脯上。”这句话倒是老实的供状。

自然，各种各式的卖淫总有女人的份。然而买卖是双方的。没有买淫的嫖男，那里会有卖淫的娼女。所以问题还在买淫的社会根源。这根源存在一天，也就是主动的买者存在一天，那所谓女人的淫靡和奢侈就一天不会消灭。男人是私有主的时候，女人自身也不过是男人的所有品。也许是因此罢，她的爱惜家财的心或者比较的差些，她往往成了“败家精”。何况现在买淫的机会那么多，家庭里的女人直觉地感觉到自己地位的危险。民国初年我就听说，上海的时髦是从长三幺二传到姨太太之流，从姨太太之流再传到太太奶奶小姐。这些“人家人”，多数是不自觉地在和娼妓竞争，——自然，她们就要竭力修饰自己的身体，修饰到拉得住男子的心的一切。这修饰的代价是很贵的，而且一天天的贵起来，不但是物质上的，而且还有精神上的。

美国一个百万富翁说：“我们不怕共匪（原文无匪字，谨遵功令改译），我们的妻女就要使我们破产，等不及工人来没收。”中国也许是惟恐工人“来得及”，所以高等华人的男女这样赶紧的浪费着，享用着，畅快着，那里还管得到国货不国货，风化不风化。然而口头上是必须维持风化，提倡节俭的。

四月十一日。

**题注：**

本文最初发表于1933年6月15日上海《申报月刊》第二卷第六号，署名洛文。收入《南腔北调集》。本文系瞿秋白所作。1933年3月1日、3日，鲁迅两次前往施高塔路东照里看屋，选定弄内12号供瞿秋白住，4月11日鲁迅也迁居东照里对面的大陆新村居住。这一时期，瞿秋白在这里选编了《鲁迅杂感选集》并作长篇序言，又与鲁迅合作编辑了《萧伯纳在上海》，写作了包括本文在内的12篇杂文，有的是与鲁迅商议后写作的，鲁迅又作了个别改动后，用自己的笔名发表，之后将这些杂文收入自己的杂文集。

# 真假堂吉诃德

西洋武士道的没落产生了堂·吉诃德那样的戆大。他其实是个十分老实的书呆子。看他在黑夜里仗着宝剑和风车开仗，的确傻相可掬，觉得可笑可怜。

然而这是真正的吉诃德。中国的江湖派和流氓种子，却会愚弄吉诃德式的老实人，而自己又假装着堂·吉诃德的姿态。《儒林外史》上的几位公子，慕游侠剑仙之为人，结果是被这种假吉诃德骗去了几百两银子，换来了一颗血淋淋的猪头，——那猪算是侠客的“君父之仇”了。

真吉诃德的做傻相是由于自己愚蠢，而假吉诃德是故意做些傻相给别人看，想要剥削别人的愚蠢。

可是中国的老百姓未必都还这么蠢笨，连这点儿手法也看不出来。

中国现在的假吉诃德们，何尝不知道大刀不能救国，他们却偏要舞弄着，每天“杀敌几百几千”的乱嚷，还有人“特制钢刀九十九，去赠送前敌将士”。可是，为着要杀猪起见，又舍不得飞机捐，于是乎“武器不精良”的宣传，一面作为节节退却或者“诱敌深入”的解释，一面又借此搜括一些杀猪经费。可惜前有慈禧太后，后有袁世凯，——清末的兴复海军捐建设了颐和园，民四的“反日”爱国储金，增加了讨伐当时革命军的军需，——不然的话，还可以说现在发现了一个新发明。

他们何尝不知道“国货运动”振兴不了什么民族工业，国际的财神爷扼住了中国的喉咙，连气也透不出，甚么“国货”都跳不出这些财神的手掌心。然而“国货年”是宣布了，“国货商场”是成立了，像煞有介事的，仿佛抗日救国全靠一些戴着假面具的买办多赚几个钱。这钱还是从猪狗牛马身上剥削来的。不听见“增加生产力”，“劳资合作共赴国难”的呼声么？原本不把小百姓当人看待，然而小百姓做了猪狗牛马还是要负“救国责任”！结果，猪肉供给假吉诃德吃，而猪头还是要斫下来，挂出去，以为“捣乱后方”者戒。

他们何尝不知道什么“中国固有文化”咒不死帝国主义，无论念几千万遍“不仁不义”或者金光明咒，也不会触发日本地震，使它陆沉大海。然而他们故意高喊恢复“民族精神”，仿佛得了什么祖传秘诀。意思其实很明白，是要小百姓埋头治心，多读修身教科书。这固有文化本来毫无疑义：是岳飞式的奉旨不抵抗的忠，是听命国联爷爷的孝，是斫猪头，吃猪肉，而又远庖厨的仁爱，是遵守卖身契约的信义，是“诱敌深入”的和平。而且，“固有文化”之外，又提倡什么“学术救国”，引证西哲菲希德之言等类的居心，又何尝不是如此。

假吉诃德的这些傻相，真教人哭笑不得；你要是把假痴假呆当做真痴真呆，当真认为可笑可怜，那就未免傻到不可救药了。

四月十一日。

**题注：**

本文最初发表于上海《申报月刊》第二卷第六号（1933 年 6 月 15 日），署名洛文。收入《南腔北调集》。本文系瞿秋白所作。

# “多难之月”

前月底的报章上，多说五月是“多难之月”。这名目，以前是没有见过的。现在这“多难之月”已经临头了。从经过了的日子来想一想，不错，五一是“劳动节”，可以说很有些“多难”；五三是济南惨案纪念日，也当然属于“多难”之一的。但五四是新文化运动的发扬，五五是革命政府成立的佳日，为什么都包括在“难”字堆里的呢？这可真有点儿希奇古怪！

不过只要将这“难”字，不作国民“受难”的“难”字解，而作令人“为难”的“难”字解，则一切困难，可就涣然冰释了。

时势也真改变得飞快，古之佳节，后来自不免化为难关。先前的开会，是听大众在空地上开的，现在却要防人“乘机捣乱”了，所以只得函请代表，齐集洋楼，还要由军警维持秩序。先前的要人，虽然出来要“清道”（俗名“净街”），但还是走在地上的，现在却更要防人“谋为不轨”了，必得坐着飞机，须到出洋的时候，才能放心送给朋友。名人逛一趟古董店，先前也不算奇事情的，现在却“微服”“微服”的嚷得人耳聋，只好或登名山，或入古庙，比较的免掉大惊小怪。总而言之，可靠的国之柱石，已经多在半空中，最低限度也上了高楼峻岭了，地上就只留着些可疑的百姓，实做了“下民”，且又民匪难分，一有庆吊，总不免“假名滋扰”。向来虽靠“华洋两方当局，先事严防”，没有闹过什么大乱子，然而总比平时费力的，这就令人为难，而五月也成了“多难之月”，纪念的是好是坏，日子的为戚为喜，都不在话下。

但愿世界上大事件不要增加起来；但愿中国里惨案不要再有；但愿也不再有什么政府成立；但愿也不再有伟人的生日和忌日增添。否则，日积月累，不久就会成个“多难之年”，不但华洋当局，老是为难，连我们走在地面上的小百姓，也只好永远身带“嫌疑”，奉陪戒严，呜呼哀哉，不能喘气了。

五月五日。

**题注：**

本篇最初发表于1933年5月8日《申报·自由谈》，署名丁萌。收入《伪自由书》。1933年4月26日，《申报》在一条消息中说：“本市华、租与警务机关，以转瞬将届夙称多难之五月，为防止反动分子藉纪念节为名，扰乱地方治安起见，决自五月一日起，加紧戒备，至五月三十一日为止。”1928年5月3日，日本以保护侨民为借口，在济南打死打伤中国军民5000多人，制造了“五三惨案”。1921年5月5日，孙中山在广州宣誓就任非常大总统，宣布中华民国政府正式成立，与北洋政府对抗，称为“五五”节。1933年5月，国民党上海市党部为举行“革命政府成立十二周年纪念大会”，在“纪念办法”第五条中写明“函请警备司令部暨市公安局，严防反动分子，乘机捣乱；并酌派军警若干，维持会场秩序”。张学良曾有两架自备飞机，1933年2月将一架送给了宋子文；1933年4月，他辞职出国时，又将另一架送给了蒋介石。1933年4月4日，时任国民政府主席林森到南京夫子庙购买古玩，报纸曾大加宣扬。

# 保留

这几天的报章告诉我们：新任政务整理委员会委员长黄郛的专车一到天津，即有十七岁的青年刘庚生掷一炸弹，犯人当场捕获，据供系受日人指使，遂于次日绑赴新站外枭首示众云。

清朝的变成民国，虽然已经二十二年，但宪法草案的民族民权两篇，日前这才草成，尚未颁布。上月杭州曾将西湖抢犯当众斩决，据说奔往赏鉴者有“万人空巷”之概。可见这虽与“民权篇”第一项的“提高民族地位”稍有出入，却很合于“民族篇”第二项的“发扬民族精神”。南北统一，业已八年，天津也来挂一颗小小的头颅，以示全国一致，原也不必大惊小怪的。

其次，是中国虽说“惟女子与小人为难养也”，但一有事故，除三老通电，二老宣言，九四老人题字之外，总有许多“童子爱国”，“佳人从军”的美谈，使壮年男儿索然无色。我们的民族，好像往往是“小时了了，大未必佳”，到得老年，才又脱尽暮气，据讣文，死的就更其了不得。则十七岁的少年而来投掷炸弹，也不是出于情理之外的。

但我要保留的，是“据供系受日人指使”这一节，因为这就是所谓卖国。二十年来，国难不息，而被大众公认为卖国者，一向全是三十以上的人，虽然他们后来依然逍遥自在。至于少年和儿童，则拚命的使尽他们稚弱的心力和体力，携着竹筒或扑满，奔走于风沙泥泞中，想于中国有些微的裨益者，真不知有若干次数了。虽然因为他们无先见之明，这些用汗血求来的金钱，大抵反以供虎狼的一舐，然而爱国之心是真诚的，卖国的事是向来没有的。

不料这一次却破例了，但我希望我们将加给他的罪名暂时保留，再来看一看事实，这事实不必待至三年，也不必待至五十年，在那挂着的头颅还未烂掉之前，就要明白了：谁是卖国者。

从我们的儿童和少年的头颅上，洗去喷来的狗血罢！

五月十七日。

这一篇和以后的三篇，都没有能够登出。

七月十九日。

**题注：**

本篇写于1933年5月17日，未能刊出，后收入《伪自由书》。黄郛1928年任国民党政府外交部长，因进行亲日投降活动，遭到全国反对，不久下台。1933年3月到5月，日军相继占领热河，强渡滦河，侵占密云等冀东22县，平津危急。5月15日国民党政府派新任行政院驻北平政务整理委员会委员长黄郛北上与日军交涉停战问题。5月17日早晨，黄郛专列刚进天津站，即有人投掷炸弹。据报道，投弹者当场被捕，名叫刘魁生（“路透电”译音刘庚生），17岁，陈家沟刘三粪厂工人。当天中午，刘被控“受日人指使”，在新站外枭首示众。5月31日，黄郛遵照蒋介石的指示，派北平军分会总参议熊斌与日本关东军代表冈村宁次签订了《塘沽协定》。“三老通电”指民党元老马良、章炳麟、沈恩孚三人曾于1933年4月1日通电全国，谴责国民党政府对日本侵略“阳示抵抗，阴作妥协”。“二老宣言”指马良、章炳麟于1933年两次联合宣言，抗议日军侵占东北三省和热河。

# 再谈保留

因为讲过刘庚生的罪名，就想到开口和动笔，在现在的中国，实在也很难的，要稳当，还是不响的好。要不然，就常不免反弄到自己的头上来。

举几个例在这里——

十二年前，鲁迅作的一篇《阿Q正传》，大约是想暴露国民的弱点的，虽然没有说明自己是否也包含在里面。然而到得今年，有几个人就用"阿Q"来称他自己了，这就是现世的恶报。

八九年前，正人君子们办了一种报，说反对者是拿了卢布的，所以在学界捣乱。然而过了四五年，正人又是教授，君子化为主任，靠俄款享福，听到停付，就要力争了。这虽然是现世的善报，但也总是弄到自己的头上来。

不过用笔的人，即使小心，也总不免略欠周到的。最近的例，则如各报章上，"敌"呀，"逆"呀，"伪"呀，"傀儡国"呀，用得沸反盈天。不这样写，实在也不足以表示其爱国，且将为读者所不满。谁料得到"某机关通知：御侮要重实际，逆敌一类过度刺激字面，无裨实际，后宜屏用"，而且黄委员长抵平，发表政见，竟说是"中国和战皆处被动，办法难言，国难不止一端，亟谋最后挽救”（并见十八日《大晚报》北平电）的呢？……

幸而还好，报上果然只看见“日机威胁北平”之类的题目，没有“过度刺激字面”了，只是“汉奸”的字样却还有。日既非敌，汉何云奸，这似乎不能不说是一个大漏洞。好在汉人是不怕“过度刺激字面”的，就是砍下头来，挂在街头，给中外士女欣赏，也从来不会有人来说一句话。

这些处所，我们是知道说话之难的。

从清朝的文字狱以后，文人不敢做野史了，如果有谁能忘了三百年前的恐怖，只要撮取报章，存其精英，就是一部不朽的大作。但自然，也不必神经过敏，预先改称为“上国”或“天机”的。

五月十七日。

**题注：**

本篇写于 1933 年 5 月 17 日，未发表，后收入《伪自由书》。1926 年 5 月 8 日，《现代评论》派代表人物陈源在《现代评论》第七十四期上发表《闲话》一文，诬蔑鲁迅等是“直接或间接用苏俄金钱的人”。1917 年俄国十月革命胜利后，苏维埃政府宣布放弃帝俄在中国的一切特权，包括退还庚子赔款。1924 年 5 月中苏恢复外交关系，两国签订了《中俄协定》，其中规定退款除偿付中国政府以俄款为抵押品的各项债务外，余数全用于中国教育事业。1926 年初，《现代评论》曾连载谈论“俄款用途”的文章，为北京教育界力争俄款。九一八事变后，国民党政府以“应付国难”为由，一再停付用作教育经费的俄款，曾引起教育界有关人士的抗议。

## “有名无实”的反驳

新近的《战区见闻记》有这么一段记载：

“记者适遇一排长，甫由前线调防于此，彼云，我军前在石门寨，海阳镇，秦皇岛，牛头关，柳江等处所做阵地及掩蔽部……化洋三四十万元，木材重价尚不在内……艰难缔造，原期死守，不幸冷口失陷，一令传出，即行后退，血汗金钱所合并成立之阵地，多未重用，弃若敝屣，至堪痛心；不抵抗将军下台，上峰易人，我士兵莫不额手相庆……结果心与愿背。不幸生为中国人！尤不幸生为有名无实之抗日军人！”（五月十七日《申报》特约通信。）

这排长的天真，正好证明未经“教训”的愚劣人民，不足与言政治。第一，他以为不抵抗将军下台，“不抵抗”就一定跟着下台了。这是不懂逻辑：将军是一个人，而不抵抗是一种主义，人可以下台，主义却可以仍旧留在台上的。第二，他以为化了三四十万大洋建筑了防御工程，就一定要死守的了（总算还好，他没有想到进攻）。这是不懂策略：防御工程原是建筑给老百姓看看的，并不是教你死守的阵地，真正的策略却是“诱敌深入”。第三，他虽然奉令后退，却敢于“痛心”。这是不懂哲学：他的心非得治一治不可！第四，他“额手称庆”，实在高兴得太快了。这是不懂命理：中国人生成是苦命的。如此痴呆的排长，难怪他连叫两个“不幸”，居然自己承认是“有名无实的抗日军人”。其实究竟是谁“有名无实”，他是始终没有懂得的。

至于比排长更下等的小兵，那不用说，他们只会“打开天窗说亮话，咱们弟兄，处于今日局势，若非对外，鲜有不哗变者”（同上通信）。这还成话么？古人说，“无敌国外患者，国恒亡”。以前我总不大懂得这是什么意思：既然连敌国都没有了，我们的国还会亡给谁呢？现在照这兵士的话就明白了，国是可以亡给“哗变者”的。

结论：要不亡国，必须多找些“敌国外患”来，更必须多多“教训”那些痛心的愚劣人民，使他们变成“有名有实”。

五月十八日。

**题注：**

本篇写于1933年5月18日，初未发表，后收入《伪自由书》。九一八事变时，张学良放弃了整个东北，遭到全国人民的谴责，被称为“不抵抗将军”。1933年3月，日军侵占热河后，蒋介石为推卸责任，平抑民愤，迫令张学良引咎辞职，出国休养。张辞职后，蒋介石委派国民党中央军政部长何应钦接任北平军分会委员长职务。

# 不求甚解

文章一定要有注解，尤其是世界要人的文章。有些文学家自己做的文章还要自己来注释，觉得很麻烦。至于世界要人就不然，他们有的是秘书，或是私淑弟子，替他们来做注释的工作。然而另外有一种文章，却是注释不得的。

譬如说，世界第一要人美国总统发表了“和平”宣言，据说是要禁止各国军队越出国境。但是，注释家立刻就说：“至于美国之驻兵于中国，则为条约所许，故不在罗斯福总统所提议之禁止内”（十六日路透社华盛顿电）。再看罗氏的原文：“世界各国应参加一庄严而确切之不侵犯公约，及重行庄严声明其限制及减少军备之义务，并在签约各国能忠实履行其义务时，各自承允不派遣任何性质之武装军队越出国境。”要是认真注解起来，这其实是说：凡是不“确切”，不“庄严”，并不“自己承允”的国家，尽可以派遣任何性质的军队越出国境。至少，中国人且慢高兴，照这样解释，日本军队的越出国境，理由还是十足的；何况连美国自己驻在中国的军队，也早已声明是“不在此例”了。可是，这种认真的注释是叫人扫兴的。

再则，像“暂不签订辱国条约”一句经文，也早已有了不少传注。传曰：“对日妥协，现在无人敢言，亦无人敢行。”这里，主要的是一个“敢”字。但是：签订条约有敢与不敢的分别，这是拿笔杆的人的事，而拿枪杆的人却用不着研究敢与不敢的为难问题——缩短防线，诱敌深入之类的策略是用不着签订的。就是拿笔杆的人也不至于只会签字，假使这样，未免太低能。所以又有一说，谓之“一面交涉”。于是乎注疏就来了：“以不承认为责任者之第三者，用不合理之方法，以口头交涉……清算无益之抗日。”这是日本电通社的消息。这种泄漏天机的注解也是十分讨厌的，因此，这不会不是日本人的“造谣”。

总之，这类文章浑沌一体，最妙是不用注解，尤其是那种使人扫兴或讨厌的注解。

小时候读书讲到陶渊明的“好读书不求甚解”，先生就给我讲了，他说：“不求甚解”者，就是不去看注解，而只读本文的意思。注解虽有，确有人不愿意我们去看的。

五月十八日。

**题注：**

本篇写于1933年5月18日，初未发表，后收入《伪自由书》。1933年5月16日，美国总统罗斯福向世界44个国家首脑发出《吁请世界和平保障宣言书》。呼吁设立世界性的不侵犯公约；缩减军备并制止武装军队越过国境；开好世界“军缩会议”和“经济会议”。1933年5月17日《大晚报》报道：“东京十七日电通电：关于中国方面之停战交涉问题，日军中央部意向如下，虽有停战交涉之情报，然其诚意可疑。中国第一线军队，尚执拗继续挑战，华北军政当局，且发抵抗乃至决战之命令。停战须由军事责任者，以确实之方法堂堂交涉，若由不承认为责任者之第三者，用不合理之方法，以口头交涉，此不过谋一时和缓日军之锋锐而已。中国当局，达观东亚大势，清算无益之抗日，乃其急务，因此须先实际表示诚意。”

# 推

丰之余

两三月前，报上好像登过一条新闻，说有一个卖报的孩子，踏上电车的踏脚去取报钱，误踹住了一个下来的客人的衣角，那人大怒，用力一推，孩子跌入车下，电车又刚刚走动，一时停不住，把孩子碾死了。

推倒孩子的人，却早已不知所往。但衣角会被踹住，可见穿的是长衫，即使不是“高等华人”，总该是属于上等的。

我们在上海路上走，时常会遇见两种横冲直撞，对于对面或前面的行人，决不稍让的人物。一种是不用两手，却只将直直的长脚，如入无人之境似的踏过来，倘不让开，他就会踏在你的肚子或肩膀上。这是洋大人，都是“高等”的，没有华人那样上下的区别。一种就是弯上他两条臂膊，手掌向外，像蝎子的两个钳一样，一路推过去，不管被推的人是跌在泥塘或火坑里。这就是我们的同胞，然而“上等”的，他坐电车，要坐二等所改的三等车，他看报，要看专登黑幕的小报，他坐着看得咽唾沫，但一走动，又是推。

上车，进门，买票，寄信，他推；出门，下车，避祸，逃难，他又推。推得女人孩子都踉踉跄跄，跌倒了，他就从活人上踏过，跌死了，他就从死尸上踏过，走出外面，用舌头舔舔自己的厚嘴唇，什么也不觉得。旧历端午，在一家戏场里，因为一句失火的谣言，就又是推，把十多个力量未足的少年踏死了。死尸摆在空地上，据说去看的又有万余人，人山人海，又是推。

推了的结果，是嘻开嘴巴，说道："阿唷，好白相来希呀！"

住在上海，想不遇到推与踏，是不能的，而且这推与踏也还要廓大开去。要推倒一切下等华人中的幼弱者，要踏倒一切下等华人。这时就只剩了高等华人颂祝着——

"阿唷，真好白相来希呀。为保全文化起见，是虽然牺牲任何物质，也不应该顾惜的——这些物质有什么重要性呢！"

六月八日。

**题注：**

本篇最初发表于1933年6月11日《申报·自由谈》，署名丰之余。收入《准风月谈》。据鲁迅日记和鲁迅1933年6月7日致黎烈文信，本篇当作于6月7日。鲁迅在致黎烈文信中说："夜间做了这样两篇（指《夜颂》和本篇——编者），虽较为滑头，而无聊也因而殊甚。……此后也想保持此种油腔滑调，但能否如愿，却未详也。"一个月后鲁迅又作《"推"的余谈》，可参阅。1927年9月鲁迅在《再谈香港》中说："香港虽只一岛，却活画着中国许多地方现在和将来的小照：中央几位洋主子，手下是若干颂德的'高等华人'和一伙作伥的奴气同胞。"本篇即是"将来的小照"之一。本篇末的颂祝词疑指1933年春国民党当局搬迁北平文物，却不准北平大学生逃难的事，可参见鲁迅《学生与玉佛》和《崇实》两文。

# “蜜蜂”与“蜜”

陈思先生：

看了《涛声》上批评《蜜蜂》的文章后，发生了两个意见，要写出来，听听专家的判定。但我不再来辩论，因为《涛声》并不是打这类官司的地方。

村人火烧蜂群，另有缘故，并非阶级斗争的表现，我想，这是可能的。但蜜蜂是否会于虫媒花有害，或去害风媒花呢，我想，这也是可能的。

昆虫有助于虫媒花的受精，非徒无害，而且有益，就是极简略的生物学上也都这样说，确是不错的。但这是在常态时候的事。假使蜂多花少，情形可就不同了，蜜蜂为了采粉或者救饥，在一花上，可以有数匹甚至十余匹一涌而入，因为争，将花瓣弄伤，因为饿，将花心咬掉，听说日本的果园，就有遭了这种伤害的。它的到风媒花上去，也还是因为饥饿的缘故。这时酿蜜已成次要，它们是吃花粉去了。

所以，我以为倘花的多少，足供蜜蜂的需求，就天下太平，否则，便会“反动”。譬如蚁是养护蚜虫的，但倘将它们关在一处，又不另给食物，蚁就会将蚜虫吃掉；人是吃米或麦的，然而遇着饥馑，便吃草根树皮了。

中国向来也养蜂，何以并无此弊呢？那是极容易回答的：因为少。近来以养蜂为生财之大道，干这事的愈多。然而中国的蜜价，远逊欧美，与其卖蜜，不如卖蜂。又因报章鼓吹，思养蜂以获利者辈出，故买蜂者也多于买蜜。因这缘故，就使养蜂者的目的，不在于使酿蜜而在于使繁殖了。但种植之业，却并不与之俱进，遂成蜂多花少的现象，闹出上述的乱子来了。

总之，中国倘不设法扩张蜂蜜的用途，及同时开辟果园农场之类，而一味出卖蜂种以图目前之利，养蜂事业是不久就要到了绝路的。此信甚希发表，以冀有心者留意也。专此，顺请

著安。

罗怃。六月十一日。

**题注：**

本文最初发表于1933年6月17日上海《涛声》周刊第二卷第二十三期，署名罗怃。收入《南腔北调集》。《蜜蜂》是张天翼的短篇小说，写一个养蜂场蜂多花少，蜂群因而伤及庄稼，村民火烧蜂群并引起冲突的故事。1933年6月10日，曹聚仁（笔名陈思）在《涛声》上发表《“蜜蜂”》一文说：“张天翼先生写《蜜蜂》的原起，也许由于听到无锡乡村人火烧华绎之蜂群的故事。那是土豪劣绅地痞流氓敲诈不遂的报复举动，和无锡农民全无关系；并且那一回正当苜蓿花开，蜂群采蜜，更有利于农事，农民决不反对的。乡村间的斗争，决不是单纯的劳资斗争，若不仔细分析斗争的成分，也要陷于错误的。希望张天翼先生看了我的话，实际去研究调查一下。”本文是对于这一说的进一步评说。

# 二丑艺术

丰之余

浙东的有一处的戏班中，有一种脚色叫作“二花脸”，译得雅一点，那么，“二丑”就是。他和小丑的不同，是不扮横行无忌的花花公子，也不扮一味仗势的宰相家丁，他所扮演的是保护公子的拳师，或是趋奉公子的清客。总之：身分比小丑高，而性格却比小丑坏。

义仆是老生扮的，先以谏诤，终以殉主；恶仆是小丑扮的，只会作恶，到底灭亡。而二丑的本领却不同，他有点上等人模样，也懂些琴棋书画，也来得行令猜谜，但倚靠的是权门，凌蔑的是百姓，有谁被压迫了，他就来冷笑几声，畅快一下，有谁被陷害了，他又去吓唬一下，吆喝几声。不过他的态度又并不常常如此的，大抵一面又回过脸来，向台下的看客指出他公子的缺点，摇着头装起鬼脸道：你看这家伙，这回可要倒楣哩！

这最末的一手，是二丑的特色。因为他没有义仆的愚笨，也没有恶仆的简单，他是智识阶级。他明知道自己所靠的是冰山，一定不能长久，他将来还要到别家帮闲，所以当受着豢养，分着余炎的时候，也得装着和这贵公子并非一伙。

二丑们编出来的戏本上，当然没有这一种脚色的，他那里肯；小丑，即花花公子们编出来的戏本，也不会有，因为他们只看见一面，想不到的。这二花脸，乃是小百姓看透了这一种人，提出精华来，制定了的脚色。

世间只要有权门，一定有恶势力，有恶势力，就一定有二花脸，而且有二花脸艺术。我们只要取一种刊物，看他一个星期，就会发见他忽而怨恨春天，忽而颂扬战争，忽而译萧伯纳演说，忽而讲婚姻问题；但其间一定有时要慷慨激昂的表示对于国事的不满：这就是用出末一手来了。

这最末的一手，一面也在遮掩他并不是帮闲，然而小百姓是明白的，早已使他的类型在戏台上出现了。

六月十五日。

**题注：**

本篇最初发表于1933年6月18日《申报·自由谈》，署名丰之余。收入《准风月谈》。中国传统戏剧中有生、旦、净、末、丑等角色，二丑是丑角中的一种。1934年8月鲁迅在《“大雪纷飞”》中说：“人们遇到要支持自己的主张的时候，有时会用一枝粉笔去搪对手的脸，想把他弄成丑角模样，来衬托自己是正生。但那结果，却常常适得其反。”

# “抄靶子”

旅隼

中国究竟是文明最古的地方，也是素重人道的国度，对于人，是一向非常重视的。至于偶有凌辱诛戮，那是因为这些东西并不是人的缘故。皇帝所诛者，“逆”也，官军所剿者，“匪”也，刽子手所杀者，“犯”也。满洲人“入主中夏”，不久也就染了这样的淳风，雍正皇帝要除掉他的弟兄，就先行御赐改称为“阿其那”与“塞思黑”，我不懂满洲话，译不明白，大约是“猪”和“狗”罢。黄巢造反，以人为粮，但若说他吃人，是不对的，他所吃的物事，叫作“两脚羊”。

时候是二十世纪，地方是上海，虽然骨子里永远是“素重人道”，但表面上当然会有些不同的。对于中国的有一部分并不是“人”的生物，洋大人如何赐谥，我不得而知，我仅知道洋大人的下属们所给与的名目。

假如你常在租界的路上走，有时总会遇见几个穿制服的同胞和一位异胞（也往往没有这一位），用手枪指住你，搜查全身和所拿的物件。倘是白种，是不会指住的；黄种呢，如果被指的说是日本人，就放下手枪，请他走过去；独有文明最古的黄帝子孙，可就“则不得免焉”了。这在香港，叫作“搜身”，倒也还不算很失了体统，然而上海则竟谓之“抄靶子”。

抄者，搜也，靶子是该用枪打的东西，我从前年九月以来，才知道这名目的的确。四万万靶子，都排在文明最古的地方，私心在侥幸的只是还没有被打着。洋大人的下属，实在给他的同胞们定了绝好的名称了。

然而我们这些“靶子”们，自己互相推举起来的时候却还要客气些。我不是“老上海”，不知道上海滩上先前的相骂，彼此是怎样赐谥的了。但看看记载，还不过是“曲辫子”，“阿木林”。“寿头码子”虽然已经是“猪”的隐语，然而究竟还是隐语，含有宁“雅”而不“达”的高谊。若夫现在，则只要被他认为对于他不大恭顺，他便圆睁了绽着红筋的两眼，挤尖喉咙，和口角的白沫同时喷出两个字来道：猪猡！

六月十六日。

**题注：**

本篇最初发表于1933年6月20日《申报·自由谈》，署名旅隼。收入《准风月谈》。本篇从当时上海街头常见的“抄靶子”的恶行谈起，再次谈到中国吃人的历史。1927年鲁迅在《略谈香港》和《再谈香港》中说到他所遭遇的“搜身”事，可参阅。文中提到的“两脚羊”典故，出自庄季裕《鸡肋编》。宋朝与金长年战争，粮食严重缺乏，导致人吃人现象出现，人被当成食物在市场上买卖。当时把老瘦男子称为“饶把火”，年轻妇女称为“不羡羊”，小孩称为“和骨烂”，统称为“两脚羊”。

# “吃白相饭”

旅隼

要将上海的所谓“白相”，改作普通话，只好是“玩耍”;至于“吃白相饭”，那恐怕还是用文言译作“不务正业，游荡为生”，对于外乡人可以比较的明白些。

游荡可以为生，是很奇怪的。然而在上海问一个男人，或向一个女人问她的丈夫的职业的时候，有时会遇到极直截的回答道:“吃白相饭的。”

听的也并不觉得奇怪，如同听到了说“教书”，“做工”一样。倘说是“没有什么职业”，他倒会有些不放心了。

“吃白相饭”在上海是这么一种光明正大的职业。

我们在上海的报章上所看见的，几乎常是这些人物的功绩;没有他们，本埠新闻是决不会热闹的。但功绩虽多，归纳起来也不过是三段，只因为未必全用在一件事情上，所以看起来好像五花八门了。

第一段是欺骗。见贪人就用利诱，见孤愤的就装同情，见倒霉的则装慷慨，但见慷慨的却又会装悲苦，结果是席卷了对手的东西。

第二段是威压。如果欺骗无效，或者被人看穿了，就脸孔一翻，化为威吓，或者说人无礼，或者诬人不端，或者赖人欠钱，或者并不说什么缘故，而这也谓之“讲道理”，结果还是席卷了对手的东西。

第三段是溜走。用了上面的一段或兼用了两段而成功了，就一溜烟走掉，再也寻不出踪迹来。失败了，也是一溜烟走掉，再也寻不出踪迹来。事情闹得大一点，则离开本埠，避过了风头再出现。

有这样的职业，明明白白，然而人们是不以为奇的。

“白相”可以吃饭，劳力的自然就要饿肚，明明白白，然而人们也不以为奇。

但“吃白相饭”朋友倒自有其可敬的地方，因为他还直直落落的告诉人们说，“吃白相饭的”！

六月二十六日。

**题注：**

本篇最初发表于1933年6月29日《申报·自由谈》，署名旅隼。收入《准风月谈》。上海自成为通商口岸后，随着城市的发展，逐渐产生了一批游手好闲的“白相人”，他们如本篇所总结的那样以“欺骗”“威压”和“溜走”等手段维持他们“寄生虫”式的生活，名为“吃白相饭”。本篇即从分析当时上海所常见的“吃白相饭”的人入手，揭示有些人以抗日救国的名义来获取自己的私利。

# 华德保粹优劣论

孺牛

希特拉先生不许德国境内有别的党，连屈服了的国权党也难以幸存，这似乎颇感动了我们的有些英雄们，已在称赞其“大刀阔斧”。但其实这不过是他老先生及其之流的一面。别一面，他们是也很细针密缕的。有歌为证：

跳蚤做了大官了，
带着一伙各处走。
皇后宫嫔都害怕，
谁也不敢来动手。
即使咬得发了痒罢，
要挤烂它也怎么能够。
嗳哈哈，嗳哈哈，哈哈，嗳哈哈！

这是大家知道的世界名曲《跳蚤歌》的一节，可是在德国已被禁止了。当然，这决不是为了尊敬跳蚤，乃是因为它讽刺大官；但也不是为了讽刺是“前世纪的老人的呓语”，却是为着这歌曲是“非德意志的”。华德大小英雄们，总不免偶有隔膜之处。

中华也是诞生细针密缕人物的所在，有时真能够想得入微，例如今年北平社会局呈请市政府查禁女人养雄犬文云：

“……查雌女雄犬相处，非仅有碍健康，更易发生无耻秽闻，揆之我国礼义之邦，亦为习俗所不许，谨特通令严禁，除门犬猎犬外，凡妇女带养之雄犬，斩之无赦，以为取缔。”

两国的立脚点，是都在“国粹”的，但中华的气魄却较为宏大，因为德国不过大家不能唱那一出歌而已，而中华则不但“雌女”难以蓄犬，连“雄犬”也将砍头。这影响于叭儿狗，是很大的。由保存自己的本能，和应时势之需要，它必将变成“门犬猎犬”模样。

六月二十六日。

**题注：**

本篇最初发表于1933年7月2日《申报·自由谈》，署名孺牛。收入《准风月谈》。1933年初德国法西斯首领希特勒（本篇称“希特拉”）上台，在德国国内推行法西斯政策。不久，希特勒认为由19世纪俄国作曲家穆索尔斯基为18世纪德国诗人歌德的一首政治讽刺诗谱曲而作的名曲《跳蚤歌》有“非德意志”的思想而禁止在德国演唱。1933年6月23日上海《大晚报》发表有《希特勒的大刀阔斧》一文，盛赞希特勒的法西斯政策，说：“这种大刀阔斧，言行相符的手段，是希特勒从政的特色”，“并且做起事来，首负全责，决不退缩，这种精神确乎足以给彷徨歧路，举棋莫定者做一个榜样”。同年7月财政部长宋子文出访意大利时，对意大利法西斯头子墨索里尼说“中国最重视贵国之经验”。因此，鲁迅作本篇。

# 辩“文人无行”

看今年的文字，已将文人的喜欢舐自己的嘴唇以至造谣卖友的行为，都包括在“文人无行”这一句成语里了。但向来的习惯，函义是没有这么广泛的，搔发舐唇（但自然须是自己的唇），还不至于算在“文人无行”之中，造谣卖友，却已出于“文人无行”之外，因为这已经是卑劣阴险，近于古人之所谓“人头畜鸣”了。但这句成语，现在是不合用的，科学早经证明，人类以外的动物，倒并不这样子。

轻薄，浮躁，酗酒，嫖妓而至于闹事，偷香而至于害人，这是古来之所谓“文人无行”。然而那无行的文人，是自己要负责任的，所食的果子，是“一生潦倒”。他不会说自己的嫖妓，是因为爱国心切，借此消遣些被人所压的雄心；引诱女人之后，闹出乱子来了，也不说这是女人先来诱他的，因为她本来是婊子。他们的最了不得的辩解，不过要求对于文人，应该特别宽恕罢了。

现在的所谓文人，却没有这么没出息。时代前进，人们也聪明起来了。倘使他做过编辑，则一受别人指摘，他就会说这指摘者先前曾来投稿，不给登载，现在在报私仇；其甚者还至于明明暗暗，指示出这人是什么党派，什么帮口，要他的性命。

这种卑劣阴险的来源，其实却并不在“文人无行”，而还在于“文人无文”。近十年来，文学家的头衔，已成为名利双收的支票了，好名渔利之徒，就也有些要从这里下手。而且确也很有几个成功：开店铺者有之，造洋房者有之。不过手淫小说易于痨伤，“管他娘”词也难以发达，那就只好运用策略，施行诡计，陷害了敌人或者连并无干系的人，来提高他自己的“文学上的价值”。连年的水灾又给与了他们教训，他们以为只要决堤淹灭了五谷，草根树皮的价值就会飞涨起来了。

现在的市场上，实在也已经出现着这样的东西。

将这样的“作家”，归入“文人无行”一类里，是受了骗的。他们不过是在“文人”这一面旗子的掩护之下，建立着害人肥己的事业的一群“商人与贼”的混血儿而已。

**题注：**

本篇最初发表于1933年8月1日上海《文学》月刊第一卷第二号。初未收集。1933年3月9日《大晚报》副刊《辣椒与橄榄》上发表了张若谷的《恶癖》一文，把搔发舔唇之类的习癖，称为“文人无行”（参看《伪自由书·文人无文》之“备考”）。同年7月5日《申报·自由谈》发表谷春帆《谈“文人无行”》一文，把造谣、卖友等卑劣行径，也称为“文人无行”（参看《伪自由书·后记》）。针对这些言论，鲁迅写作了本文。

# 智识过剩

虞明

世界因为生产过剩，所以闹经济恐慌。虽然同时有三千万以上的工人挨饿，但是粮食过剩仍旧是“客观现实”，否则美国不会赊借麦粉给我们，我们也不会“丰收成灾”。

然而智识也会过剩的，智识过剩，恐慌就更大了。据说中国现行教育在乡间提倡愈甚，则农村之破产愈速。这大概是智识的丰收成灾了。美国因为棉花贱，所以在铲棉田了。中国却应当铲智识。这是西洋传来的妙法。

西洋人是能干的。五六年前，德国就嚷着大学生太多了，一些政治家和教育家，大声疾呼的劝告青年不要进大学。现在德国是不但劝告，而且实行铲除智识了：例如放火烧毁一些书籍，叫作家把自己的文稿吞进肚子去，还有，就是把一群群的大学生关在营房里做苦工，这叫做“解决失业问题”。中国不是也嚷着文法科的大学生过剩吗？其实何止文法科。就是中学生也太多了。要用“严厉的”会考制度，像铁扫帚似的——刷，刷，刷，把大多数的智识青年刷回“民间”去。

智识过剩何以会闹恐慌？中国不是百分之八九十的人还不识字吗？然而智识过剩始终是“客观现实”，而由此而来的恐慌，也是“客观现实”。智识太多了，不是心活，就是心软。心活就会胡思乱想，心软就不肯下辣手。结果，不是自己不镇静，就是妨害别人的镇静。于是灾祸就来了。所以智识非铲除不可。

然而单是铲除还是不够的。必须予以适合实用之教育，第一，是命理学——要乐天知命，命虽然苦，但还是应当乐。第二，是识相学——要“识相点”，知道点近代武器的利害。至少，这两种适合实用的学问是要赶快提倡的。提倡的方法很简单：——古代一个哲学家反驳唯心论，他说，你要是怀疑这碗麦饭的物质是否存在，那最好请你吃下去，看饱不饱。现在譬如说罢，要叫人懂得电学，最好是使他触电，看痛不痛；要叫人知道飞机等类的效用，最好是在他头上驾起飞机，掷下炸弹，看死不死……

有了这样的实用教育，智识就不过剩了。阿门！

七月十二日。

**题注：**

本篇最初发表于1933年7月16日《申报·自由谈》，署名虞明。收入《准风月谈》。1932年，长江流域各省农业丰收，但由于美国农产品的倾销和投机商的作祟，造成粮价猛跌，丰收农民因之反遭灾难。然而，当时的国民党政府却与美国签订了“棉麦借款”合同，借款以购买美国生产的棉麦。1933年5月，教育部下达关于限制各大学招收文法科学生的命令，称现行教育“侧重人文，忽视生产，形成人才过剩与缺乏之矛盾现象”。同年教育部规定，全国各中小学毕业生除参加本校毕业考试外，还须参加当地教育部门主持的会考，成绩合格方可毕业。据此，鲁迅作本篇。

# 沙

近来的读书人，常常叹中国人好像一盘散沙，无法可想，将倒楣的责任，归之于大家。其实这是冤枉了大部分中国人的。小民虽然不学，见事也许不明，但知道关于本身利害时，何尝不会团结。先前有跪香，民变，造反；现在也还有请愿之类。他们的像沙，是被统治者"治"成功的，用文言来说，就是"治绩"。

那么，中国就没有沙么？有是有的，但并非小民，而是大小统治者。

人们又常常说："升官发财"。其实这两件事是不并列的，其所以要升官，只因为要发财，升官不过是一种发财的门径。所以官僚虽然依靠朝廷，却并不忠于朝廷，吏役虽然依靠衙署，却并不爱护衙署，头领下一个清廉的命令，小喽罗是决不听的，对付的方法有"蒙蔽"。他们都是自私自利的沙，可以肥己时就肥己，而且每一粒都是皇帝，可以称尊处就称尊。有些人译俄皇为"沙皇"，移赠此辈，倒是极确切的尊号。财何从来？是从小民身上刮下来的。小民倘能团结，发财就烦难，那么，当然应该想尽方法，使他们变成散沙才好。以沙皇治小民，于是全中国就成为"一盘散沙"了。

然而沙漠以外，还有团结的人们在，他们“如入无人之境”的走进来了。

这就是沙漠上的大事变。当这时候，古人曾有两句极切贴的比喻，叫作“君子为猿鹤，小人为虫沙”。那些君子们，不是像白鹤的腾空，就如猢狲的上树，“树倒猢狲散”，另外还有树，他们决不会吃苦。剩在地下的，便是小民的蝼蚁和泥沙，要践踏杀戮都可以，他们对沙皇尚且不敌，怎能敌得过沙皇的胜者呢？

然而当这时候，偏又有人摇笔鼓舌，向着小民提出严重的质问道：“国民将何以自处”呢，“问国民将何以善其后”呢？忽然记得了“国民”，别的什么都不说，只又要他们来填亏空，不是等于向着缚了手脚的人，要求他去捕盗么？

但这正是沙皇治绩的后盾，是猿鸣鹤唳的尾声，称尊肥己之余，必然到来的末一着。

七月十二日。

**题注：**

本文最初发表于1933年8月15日上海《申报月刊》第二卷第八号，署名洛文。收入《南腔北调集》。1931年九一八之后，常有人感叹中国人像一盘散沙，无法对抗“团结”的日本军队，鲁迅反对将责任归于百姓，故写本文。“沙皇”乃借用古罗马政治家凯撒的名字转音而来，并无“沙”的意思。文中所说“团结的人们”和“沙皇的胜者”均暗指日军（日本在日俄战争中曾战胜俄军）。

# “推”的余谈

丰之余

看过了《第三种人的“推”》，使我有所感：的确，现在“推”的工作已经加紧，范围也扩大了。三十年前，我也常坐长江轮船的统舱，却还没有这样的“推”得起劲。

那时候，船票自然是要买的，但无所谓“买铺位”，买的时候也有，然而是另外一回事。假如你怕占不到铺位，一早带着行李下船去罢，统舱里全是空铺，只有三五个人们。但要将行李搁下空铺去，可就窒碍难行了，这里一条扁担，那里一束绳子，这边一卷破席，那边一件背心，人们中就跑出一个人来说，这位置是他所占有的。但其时可以开会议，崇和平，买他下来，最高的价值大抵是八角。假如你是一位战斗的英雄，可就容易对付了，只要一声不响，坐在左近，待到铜锣一响，轮船将开，这些地盘主义者便抓了扁担破席之类，一溜烟都逃到岸上去，抛下了卖剩的空铺，一任你悠悠然搁上行李，打开睡觉了。倘或人浮于铺，没法容纳，我们就睡在铺旁，船尾，“第三种人”是不来“推”你的。只有歇在房舱门外的人们，当账房查票时却须到统舱里去避一避。

至于没有买票的人物，那是要被“推”无疑的。手续是没收物品之后，吊在桅杆或什么柱子上，作要打之状，但据我的目击，真打的时候是极少的，这样的到了最近的码头，便把他“推”上去。据茶房说，也可以“推”入货舱，运回他下船的原处，但他们不想这么做，因为“推”上最近的码头，他究竟走了一个码头，一个一个的“推”过去，虽然吃些苦，后来也就到了目的地了。

古之“第三种人”，好像比现在的仁善一些似的。

生活的压迫，令人烦冤，胡涂中看不清冤家，便以为家人路人，在阻碍了他的路，于是乎“推”。这不但是保存自己，而且是憎恶别人了，这类人物一阔气，出来的时候是要“清道”的。

我并非眷恋过去，不过说，现在“推”的工作已经加紧，范围也扩大了罢了。但愿未来的阔人，不至于把我“推”上“反动”的码头去——则幸甚矣。

七月二十四日。

**题注：**

本篇最初发表于1933年7月27日《申报·自由谈》。收入《准风月谈》。本篇因刊于同年7月24日《申报·自由谈》上达伍（廖沫沙）的《第三种人的“推”》一文而作。该文从鲁迅6月11日发表的《推》一文发挥说，除“洋大人”和“上等”华人外还有一种人：他们“既非‘上等’，亦不便列作下等。然而他要帮闲‘上等’的来推‘下等’的”。如长江轮船上那些推统舱票的、单买船票没床位的和没买票的人，“这些事，都由船上的‘帮闲’者们来干，使用的是‘第三种推’法”。

# 中国的奇想

游光

外国人不知道中国，常说中国人是专重实际的。其实并不，我们中国人是最有奇想的人民。

无论古今，谁都知道，一个男人有许多女人，一味纵欲，后来是不但天天喝三鞭酒也无效，简直非“寿（？）终正寝”不可的。可是我们古人有一个大奇想，是靠了“御女”，反可以成仙，例子是彭祖有多少女人而活到几百岁。这方法和炼金术一同流行过，古代书目上还剩着各种的书名。不过实际上大约还是到底不行罢，现在似乎再没有什么人们相信了，这对于喜欢渔色的英雄，真是不幸得很。

然而还有一种小奇想。那就是哼的一声，鼻孔里放出一道白光，无论路的远近，将仇人或敌人杀掉。白光可又回来了，摸不着是谁杀的，既然杀了人，又没有麻烦，多么舒适自在。这种本领，前年还有人想上武当山去寻求，直到去年，这才用大刀队来替代了这奇想的位置。现在是连大刀队的名声也寂寞了。对于爱国的英雄，也是十分不幸的。

然而我们新近又有了一个大奇想。那是一面救国，一面又可以发财，虽然各种彩票，近似赌博，而发财也不过是“希望”。不过这两种已经关联起来了却是真的。固然，世界上也有靠聚赌抽头来维持的摩那科王国，但就常理说，则赌博大概是小则败家，大则亡国；救国呢，却总不免有一点牺牲，至少，和发财之路总是相差很远的。然而发见了一致之点的是我们现在的中国，虽然还在试验的途中。

然而又还有一种小奇想。这回不用一道白光了，要用几回启事，几封匿名的信件，几篇化名的文章，使仇头落地，而血点一些也不会溅着自己的洋房和洋服。并且映带之下，使自己成名获利。这也还在试验的途中，不知道结果怎么样，但翻翻现成的文艺史，看不见半个这样的人物，那恐怕也还是枉用心机的。

狂赌救国，纵欲成仙，袖手杀敌，造谣买田，倘有人要编续《龙文鞭影》的，我以为不妨添上这四句。

八月四日。

**题注：**

本篇最初发表于1933年8月6日《申报·自由谈》。收入《准风月谈》。自1933年4月12日《申报》刊载上海王述捐赠钢刀的消息后，广州、济南、长春等地也纷纷捐献钢刀，一时“钢刀救国”的新闻充斥报刊。这一年国民党政府发行“航空公路建设奖券”，并宣传说购买这种奖券“既爱国，又获奖”“于国于家，两获其益”。当时的资本家也纷纷趁机仿效，一时“香槟奖券”“香烟奖券”“肥皂奖券”等充斥于市。故鲁迅作本篇，讥之为“奇想”。

# 祝《涛声》

《涛声》的寿命有这么长，想起来实在有点奇怪的。

大前年和前年，所谓作家也者，还有什么什么会，标榜着什么什么文学，到去年就渺渺茫茫了，今年是大抵化名办小报，卖消息；消息那里有这么多呢，于是造谣言。先前的所谓作家还会联成黑幕小说，现在是联也不会联了，零零碎碎的塞进读者的脑里去，使消息和秘闻之类成为他们的全部大学问。这功绩的褒奖是稿费之外，还有消息奖，“挂羊头卖狗肉”也成了过去的事，现在是在“卖人肉”了。

于是不“卖人肉”的刊物及其作者们，便成为被卖的货色。这也是无足奇的，中国是农业国，而麦子却要向美国定购，独有出卖小孩，只要几百钱一斤，则古文明国中的文艺家，当然只好卖血，尼采说过:“我爱血写的书”呀。

然而《涛声》尚存，这就是我所谓“想起来实在有点奇怪”。

这是一种幸运，也是一个缺点。看现在的景况，凡有敕准或默许其存在的，倒往往会被一部分人们摇头。有人批评过我，说，只要看鲁迅至今还活着，就足见不是一个什么好人。这是真的，自民元革命以至现在，好人真不知道被害死了多少了，不过谁也没有记一篇准账。这事实又教坏了我，因为我知道即使死掉，也不过给他们大卖消息，大造谣言，说我的被杀，其实是为了金钱或女人关系。所以，名列于该杀之林则可，悬梁服毒，是不来的。

《涛声》上常有赤膊打仗，拚死拚活的文章，这脾气和我很相反，并不是幸存的原因。我想，那幸运而且也是缺点之处，是在总喜欢引古证今，带些学究气。中国人虽然自夸“四千余年古国古”，可是十分健忘的，连民族主义文学家，也会认成吉斯汗为老祖宗，则不宜与之谈古也可见。上海的市侩们更不需要这些，他们感到兴趣的只是今天开奖，邻右争风；眼光远大的也不过要知道名公如何游山，阔人和谁要好之类；高尚的就看什么学界琐闻，文坛消息。总之，是已将生命割得零零碎碎了。

这可以使《涛声》的销路不见得好，然而一面也使《涛声》长寿。文人学士是清高的，他们现在也更加聪明，不再恭维自己的主子，来着痕迹了。他们只是排好暗箭，拿定粪帚，监督着应该俯伏着的奴隶们，看有谁抬起头来的，就射过去，洒过去，结果也许会终于使这人被绑架或被暗杀，由此使民国的国民一律“平等”。《涛声》在销路上的不大出头，也正给它逃了暂时的性命，不过，也还是很难说，因为“不测之威”，也是古来就有的。

我是爱看《涛声》的，并且以为这样也就好。然而看近来，不谈政治呀，仍谈政治呀，似乎更加不大安分起来，则我的那些忠告，对于“乌鸦为记”的刊物，恐怕也不见得有效。

那么，“祝”也还是“白祝”，我也只好看一张，算一张了。昔人诗曰，“丧乱死多门”，信夫！

八月六日。

十一月二十五日的《涛声》上，果然发出《休刊辞》来，开首道："十一月二十日下午，本刊奉令缴还登记证，'民亦劳止，汔可小康'。我们准备休息一些时了。……"这真是康有为所说似的"不幸而吾言中"，岂不奇而不奇也哉。

十二月三十一夜，补记。

**题注：**

本文最初发表于1933年8月19日上海《涛声》周刊第二卷第三十一期。收入《南腔北调集》时添写了"补记"。《涛声》周刊，曹聚仁编辑，上海群众图书公司发行。1931年8月15日创刊，1933年11月25日出至第二卷第四十六期停刊。由于《涛声》周刊常发表"赤膊打仗，拚死拚活的文章"，所以鲁迅在7月11日致编者的信中说："《涛声》至今尚存，实在令人觉得古怪，我以为当是文简而旨隐，未能为大家所解，因而侦探们亦不甚解之故，八月大寿，当本此旨作一点祝辞。"

# 踢

丰之余

两月以前，曾经说过“推”，这回却又来了“踢”。

本月九日《申报》载六日晚间，有漆匠刘明山，杨阿坤，顾洪生三人在法租界黄浦滩太古码头纳凉，适另有数人在左近聚赌，由巡逻警察上前驱逐，而刘，顾两人，竟被俄捕弄到水里去，刘明山竟淹死了。由俄捕说来，自然是“自行失足落水”的。但据顾洪生供，却道：“我与刘，杨三人，同至太古码头乘凉，刘坐铁凳下地板上，……我立在旁边，……俄捕来先踢刘一脚，刘已立起要避开，又被踢一脚，以致跌入浦中，我要拉救，已经不及，乃转身拉住俄捕，亦被用手一推，我亦跌下浦中，经人救起的。”推事问：“为什么要踢他？”答曰：“不知。”

“推”还要抬一抬手，对付下等人是犯不着如此费事的，于是乎有“踢”。而上海也真有“踢”的专家，有印度巡捕，有安南巡捕，现在还添了白俄巡捕，他们将沙皇时代对犹太人的手段，到我们这里来施展了。我们也真是善于“忍辱负重”的人民，只要不“落浦”，就大抵用一句滑稽化的话道：“吃了一只外国火腿”，一笑了之。

苗民大败之后，都往山里跑，这是我们的先帝轩辕氏赶他的。南宋败残之余，就往海边跑，这据说也是我们的先帝成吉思汗赶他的，赶到临了，就是陆秀夫背着小皇帝，跳进海里去。我们中国人，原是古来就要“自行失足落水”的。

有些慷慨家说，世界上只有水和空气给与穷人。此说其实是不确的，穷人在实际上，那里能够得到和大家一样的水和空气。即使在码头上乘乘凉，也会无端被“踢”，送掉性命的：落浦。要救朋友，或拉住凶手罢，“也被用手一推”：也落浦。如果大家来相帮，那就有“反帝”的嫌疑了，“反帝”原未为中国所禁止的，然而要预防“反动分子乘机捣乱”，所以结果还是免不了“踢”和“推”，也就是终于是落浦。

时代在进步，轮船飞机，随处皆是，假使南宋末代皇帝而生在今日，是决不至于落海的了，他可以跑到外国去，而小百姓以“落浦”代之。

这理由虽简单，却也复杂，故漆匠顾洪生曰：“不知。”

八月十日。

**题注：**

本篇最初发表于1933年8月13日《申报·自由谈》。收入《准风月谈》。1933年8月6日，上海法租界白俄巡捕无故将中国公民刘明山踢入黄浦江，致使刘溺水而死。事后，白俄巡捕竟推卸责任。鲁迅因之作本篇，并由此联想到1931年12月17日，学生在南京国民政府前示威，反对政府的“不抵抗政策”，遭到国民政府的镇压，大批学生遇害，一些学生被刺伤后推入河中，在次日的通电中，当局称这些学生是“自行失足落水淹死”的。同年1月，鲁迅曾作《逃的辩护》谈及此事，可参阅。

# “揩油”

苇索

“揩油”，是说明着奴才的品行全部的。

这不是“取回扣”或“取佣钱”，因为这是一种秘密；但也不是偷窃，因为在原则上，所取的实在是微乎其微。因此也不能说是“分肥”；至多，或者可以谓之“舞弊”罢。然而这又是光明正大的“舞弊”，因为所取的是豪家，富翁，阔人，洋商的东西，而且所取又不过一点点，恰如从油水汪洋的处所，揩了一下，于人无损，于揩者却有益的，并且也不失为损富济贫的正道。设法向妇女调笑几句，或乘机摸一下，也谓之“揩油”，这虽然不及对于金钱的名正言顺，但无大损于被揩者则一也。

表现得最分明的是电车上的卖票人。纯熟之后，他一面留心着可揩的客人，一面留心着突来的查票，眼光都练得像老鼠和老鹰的混合物一样。付钱而不给票，客人本该索取的，然而很难索取，也很少见有人索取，因为他所揩的是洋商的油，同是中国人，当然有帮忙的义务，一索取，就变成帮助洋商了。这时候，不但卖票人要报你憎恶的眼光，连同车的客人也往往不免显出以为你不识时务的脸色。

然而彼一时，此一时，如果三等客中有时偶缺一个铜元，你却只好在目的地以前下车，这时他就不肯通融，变成洋商的忠仆了。

在上海，如果同巡捕，门丁，西崽之类闲谈起来，他们大抵是憎恶洋鬼子的，他们多是爱国主义者。然而他们也像洋鬼子一样，看不起中国人，棍棒和拳头和轻蔑的眼光，专注在中国人的身上。

“揩油”的生活有福了。这手段将更加展开，这品格将变成高尚，这行为将认为正当，这将算是国民的本领，和对于帝国主义的复仇。打开天窗说亮话，其实，所谓“高等华人”也者，也何尝逃得出这模子。

但是，也如“吃白相饭”朋友那样，卖票人是还有他的道德的。倘被查票人查出他收钱而不给票来了，他就默然认罚，决不说没有收过钱，将罪案推到客人身上去。

八月十四日。

**题注：**

本篇最初发表于1933年8月17日《申报·自由谈》。收入《准风月谈》。20世纪30年代上海的城市公共交通大都为外商所把持，而其雇员却多为中国人，在当时的社会环境下，外国人与华人间的地位悬殊，因之这些中国雇员逐渐生成了本篇所描述的恶习。在一个多月前鲁迅曾作《“吃白相饭”》一文，与本篇有相通之处。本篇对“揩油”者“道德”的肯定，仍是要反衬出当局的那些大小官员以及所谓道德之士的虚伪性。关于“西崽”，鲁迅在1935年所写的《“题未定”草·二》中有更为详细的解析。

# 爬和撞

荀继

从前梁实秋教授说过：穷人总是要爬，往上爬，爬到富翁的地位。不但穷人，奴隶也是要爬的，有了爬得上的机会，连奴隶也会觉得自己是神仙，天下自然太平了。

虽然爬得上的很少，然而个个以为这正是他自己。这样自然都安分的去耕田，种地，拣大粪或是坐冷板凳，克勤克俭，背着苦恼的命运，和自然奋斗着，拚命的爬，爬，爬。可是爬的人那么多，而路只有一条，十分拥挤。老实的照着章程规规矩矩的爬，大都是爬不上去的。聪明人就会推，把别人推开，推倒，踏在脚底下，踩着他们的肩膀和头顶，爬上去了。大多数人却还只是爬，认定自己的冤家并不在上面，而只在旁边——是那些一同在爬的人。他们大都忍耐着一切，两脚两手都着地，一步步的挨上去又挤下来，挤下来又挨上去，没有休止的。

然而爬的人太多，爬得上的太少，失望也会渐渐的侵蚀善良的人心，至少，也会发生跪着的革命。于是爬之外，又发明了撞。

这是明知道你太辛苦了，想从地上站起来，所以在你的背后猛然的叫一声：撞罢。一个个发麻的腿还在抖着，就撞过去。这比爬要轻松得多，手也不必用力，膝盖也不必移动，只要横着身子，晃一晃，就撞过去。撞得好就是五十万元大洋，妻，财，子，禄都有了。撞不好，至多不过跌一交，倒在地下。那又算得什么呢，——他原本是伏在地上的，他仍旧可以爬。何况有些人不过撞着玩罢了，根本就不怕跌交的。

爬是自古有之。例如从童生到状元，从小瘪三到康白度。撞却似乎是近代的发明。要考据起来，恐怕只有古时候“小姐抛彩球”有点像给人撞的办法。小姐的彩球将要抛下来的时候，——一个个想吃天鹅肉的男子汉仰着头，张着嘴，馋涎拖得几尺长……可惜，古人究竟呆笨，没有要这些男子汉拿出几个本钱来，否则，也一定可以收着几万万的。

爬得上的机会越少，愿意撞的人就越多，那些早已爬在上面的人们，就天天替你们制造撞的机会，叫你们化些小本钱，而预约着给你们名利双收的神仙生活。所以撞得好的机会，虽然比爬得上的还要少得多，而大家都愿意来试试的。这样，爬了来撞，撞不着再爬……鞠躬尽瘁，死而后已。

八月十六日。

**题注：**

本篇最初发表于1933年8月23日《申报·自由谈》。收入《准风月谈》。1929年梁实秋曾在《新月》第二卷第六、七号合刊上发表《文学是有阶级性的吗？》一文，针对当时的无产阶级革命说“一个无产者假如他是有出息的，只消辛辛苦苦诚诚实实的工作一生，多少必定可以得到相当的资产。这才是正当的生活斗争的手段。但无产阶级联合起来之后，他们是一个阶级了，他们要有组织了，他们是一个集团了，于是他们便不循常轨的一跃而夺取政权财权，一跃而成为统治阶级”等等。

# 娘儿们也不行

林语堂先生只佩服《论语》，不崇拜孟子，所以他要让娘儿们来干一下。其实，孟夫子说过的："养生者不足以当大事，唯送死可以当大事"。娘儿们只会"养生"，不会"送死"，如何可以叫她们来治天下！

"养生"得太多了，就有人满之患，于是你抢我夺，天下大乱。非得有人来实行送死政策，叫大家一批批去送死，只剩下他们自己不可。这只有男子汉干得出来。所以文官武将都由男子包办，是并非无功受禄的。自然不是男子全体，例如林语堂先生举出的罗曼·罗兰等等就不在内。

懂得这层道理，才明白军缩会议，世界经济会议，废止内战同盟等等，都只是一些男子汉骗骗娘儿们的玩意儿；他们自己心里是雪亮的：只有"送死"可以治国而平天下，——送死者，送别人去为着自己死之谓也。

就说大多数"别人"不愿意去死，因而请慈母性的娘儿们来治理罢，那也是不行的。林黛玉说："不是东风压倒西风，就是西风压倒东风"，这就是女界的"内战"也是永远不息的意思。虽说娘儿们打起仗来不用机关枪，然而动不动就抓破脸皮也就不得了。何况“东风”和“西风”之间，还有另一种女人，她们专门在挑拨，教唆，搬弄是非。总之，争吵和打架也是女治主义国家的国粹，而且还要剧烈些。所以假定娘儿们来统治了，天下固然仍旧不得太平，而且我们的耳根更是一刻儿不得安静了。

人们以为天下的乱是由于男子爱打仗，其实不然的。这原因还在于打仗打得不彻底，和打仗没有认清真正的冤家。如果认清了冤家，又不像娘儿们似的空嚷嚷，而能够扎实的打硬仗，那也许真把爱打仗的男女们的种都给灭了。而娘儿们都大半是第三种：东风吹来往西倒，西风吹来往东倒，弄得循环报复，没有个结账的日子。同时，每一次打仗一因为她们倒得快，就总不会彻底，又因为她们大都特别认不清冤家，就永久只有纠缠，没有清账。统治着的男子汉，其实要感谢她们的。

所以现在世界的糟，不在于统治者是男子，而在这男子在女人的地统治。以妾妇之道治天下，天下那得不糟！

举半个例罢：明朝的魏忠贤是太监——半个女人，他治天下的时候，弄得民不聊生，到处“养生”了许多干儿孙，把人的血肉廉耻当馒头似的吞噬，而他的狐群狗党还拥戴他配享孔庙，继承道统。半个女人的统治尚且如此可怕，何况还是整个的女人呢！

**题注：**

本篇最初发表于1933年8月21日《申报·自由谈》，署名虞明。初未收集。1933年8月18日，林语堂在《申报·自由谈》发表《让娘儿们干一下吧！》一文，说“娘儿们专会生养儿女，而我们汉子偏要开战”，并在引述美国某夫人“让女子来试一试统治世界”的话以后，说：“世事无论是中国是外国，是再不会比现在男子统治下的情形更坏了。所以姑娘们来向我们要求‘让我们娘儿们试一试吧’，我只好老实承认我们汉子的失败，把世界的政权交给娘儿们去。”鲁迅因此写本文。

# 帮闲法发隐

桃椎

吉开迦尔是丹麦的忧郁的人，他的作品，总是带着悲愤。不过其中也有很有趣味的，我看见了这样的几句——

> “戏场里失了火。丑角站在戏台前，来通知了看客。大家以为这是丑角的笑话，喝采了。丑角又通知说是火灾。但大家越加哄笑，喝采了。我想，人世是要完结在当作笑话的开心的人们的大家欢迎之中的罢。”

不过我的所以觉得有趣的，并不专在本文，是在由此想到了帮闲们的伎俩。帮闲，在忙的时候就是帮忙，倘若主子忙于行凶作恶，那自然也就是帮凶。但他的帮法，是在血案中而没有血迹，也没有血腥气的。

譬如罢，有一件事，是要紧的，大家原也觉得要紧，他就以丑角身份而出现了，将这件事变为滑稽，或者特别张扬了不关紧要之点，将人们的注意拉开去，这就是所谓“打诨”。如果是杀人，他就来讲当场的情形，侦探的努力；死的是女人呢，那就更好了，名之曰“艳尸”，或介绍她的日记。如果是暗杀，他就来讲死者的生前的故事，恋爱呀，遗闻呀……人们的热情原不是永不弛缓的，但加上些冷水，或者美其名曰清茶，自然就冷得更加迅速了，而这位打诨的脚色，却变成了文学者。

假如有一个人，认真的在告警，于凶手当然是有害的，只要大家还没有僵死。但这时他就又以丑角身份而出现了，仍用打诨，从旁装着鬼脸，使告警者在大家的眼里也化为丑角，使他的警告在大家的耳边都化为笑话。耸肩装穷，以表现对方之阔，卑躬叹气，以暗示对方之傲；使大家想：这告警者原来都是虚伪的。幸而帮闲们还多是男人，否则它简直会说告警者曾经怎样调戏它，当众罗列淫辞，然后作自杀以明耻之状也说不定。周围捣着鬼，无论如何严肃的说法也要减少力量的，而不利于凶手的事情却就在这疑心和笑声中完结了。它呢？这回它倒是道德家。

当没有这样的事件时，那就七日一报，十日一谈，收罗废料，装进读者的脑子里去，看过一年半载，就满脑子都是某阔人如何摸牌，某明星如何打嚏的典故。开心是自然也开心的。但是，人世却也要完结在这些欢迎开心的开心的人们之中的罢。

八月二十八日。

**题注：**

本篇最初发表于1933年9月5日《申报·自由谈》。收入《准风月谈》。克尔凯郭尔（本篇作吉开迦尔）是鲁迅所欣赏的西方哲学家之一。1907年鲁迅在《文化偏至论》中曾介绍克尔凯郭尔说：他“愤发疾呼，谓惟发挥个性，为至高道德”。本篇开首所引的片段出自克尔凯郭尔的《非此即彼》一书的《序幕》。鲁迅认为，把要紧的事情变成滑稽，或插科打诨张扬无关紧要之点，就是一种帮闲。鲁迅 1926 年的《“死地”》、1933 年 6 月的《二丑艺术》及《准风月谈》的《后记》等文中也谈及“帮闲”，可参阅。

# 新秋杂识（二）

旅隼

八月三十日的夜里，远远近近，都突然劈劈拍拍起来，一时来不及细想，以为"抵抗"又开头了，不久就明白了那是放爆竹，这才定了心。接着又想：大约又是什么节气了罢？……待到第二天看报纸，才知道原来昨夜是月蚀，那些劈劈拍拍，就是我们的同胞，异胞（我们虽然大家自称为黄帝子孙，但蚩尤的子孙想必也未尝死绝，所以谓之"异胞"）在示威，要将月亮从天狗嘴里救出。

再前几天，夜里也很热闹。街头巷尾，处处摆着桌子，上面有面食，西瓜；西瓜上面叮着苍蝇，青虫，蚊子之类，还有一桌和尚，口中念念有词："回猪猡普米呀吽！唵呀吽！吽！！"这是在放焰口，施饿鬼。到了盂兰盆节了，饿鬼和非饿鬼，都从阴间跑出，来看上海这大世面，善男信女们就在这时尽地主之谊，托和尚"唵呀吽"的弹出几粒白米去，请它们都饱饱的吃一通。

我是一个俗人，向来不大注意什么天上和阴间的，但每当这些时候，却也不能不感到我们的还在人间的同胞们和异胞们的思虑之高超和妥帖。别的不必说，就在这不到两整年中，大则四省，小则九岛，都已变了旗色了，不久还有八岛。不但救不胜救，即使想要救罢，一开口，说不定自己就危险（这两句，印后成了“于势也有所未能”）。所以最妥当是救月亮，那怕爆竹放得震天价响，天狗决不至于来咬，月亮里的酋长（假如有酋长的话）也不会出来禁止，目为反动的。救人也一样，兵灾，旱灾，蝗灾，水灾……灾民们不计其数，幸而暂免于灾殃的小民，又怎么能有一个救法？那自然远不如救魂灵，事省功多，和大人先生的打醮造塔同其功德。这就是所谓“人无远虑，必有近忧”；而“君子务其大者远者”，亦此之谓也。

而况“庖人虽不治庖，尸祝不越尊俎而代之”，也是古圣贤的明训，国事有治国者在，小民是用不着吵闹的。不过历来的圣帝明王，可又并不卑视小民，倒给与了更高超的自由和权利，就是听你专门去救宇宙和魂灵。这是太平的根基，从古至今，相沿不废，将来想必也不至于先便废。记得那是去年的事了，沪战初停，日兵渐渐的走上兵船和退进营房里面去，有一夜也是这么劈劈拍拍起来，时候还在“长期抵抗”中，日本人又不明白我们的国粹，以为又是第十几路军前来收复失地了，立刻放哨，出兵……乱烘烘的闹了一通，才知道我们是在救月亮，他们是在见鬼。“哦哦！成程（Naruhodo＝原来如此）！”惊叹和佩服之余，于是恢复了平和的原状。今年呢，连哨也没有放，大约是已被中国的精神文明感化了。

现在的侵略者和压制者，还有像古代的暴君一样，竟连奴才们的发昏和做梦也不准的么？……

八月三十一日。

**题注：**

本篇最初发表于1933年9月13日《申报·自由谈》，原题为《秋夜漫谈》。收入《准风月谈》。在九一八事变两周年将近的时候，要谈救国，自己先就有“危险”，人们秋天都热衷于“救月亮”，大搞念经打醮，鲁迅因而写本文。文中括号内的文字系编集时所写。

# 同意和解释

虞明

上司的行动不必征求下属的同意，这是天经地义。但是，有时候上司会对下属解释。

新进的世界闻人说："原人时代就有威权，例如人对动物，一定强迫它们服从人的意志，而使它们抛弃自由生活，不必征求动物的同意。"这话说得透彻。不然，我们那里有牛肉吃，有马骑呢？人对人也是这样。

日本耶教会主教最近宣言日本是圣经上说的天使："上帝要用日本征服向来屠杀犹太人的白人……以武力解放犹太人，实现《旧约》上的豫言。"这也显然不征求白人的同意的，正和屠杀犹太人的白人并未征求过犹太人的同意一样。日本的大人老爷在中国制造"国难"，也没有征求中国人民的同意。——至于有些地方的绅董，却去征求日本大人的同意，请他们来维持地方治安，那却又当别论。总之，要自由自在的吃牛肉，骑马等等，就必须宣布自己是上司，别人是下属；或是把人比做动物，或是把自己作为天使。

但是，这里最要紧的还是"武力"，并非理论。不论是社会学或是基督教的理论，都不能够产生什么威权。原人对于动物的威权，是产生于弓箭等类的发明的。至于理论，那不过是随后想出来的解释。这种解释的作用，在于制造自己威权的宗教上，哲学上，科学上，世界潮流上的根据，使得奴隶和牛马恍然大悟这世界的公律，而抛弃一切翻案的梦想。

当上司对于下属解释的时候，你做下属的切不可误解这是在征求你的同意，因为即使你绝对的不同意，他还是干他的。他自有他的梦想，只要金银财宝和飞机大炮的力量还在他手里，他的梦想就会实现；而你的梦想却终于只是梦想，——万一实现了，他还说你抄袭他的动物主义的老文章呢。

据说现在的世界潮流，正是庞大权力的政府的出现，这是十九世纪人士所梦想不到的。意大利和德意志不用说了；就是英国的国民政府，“它的实权也完全属于保守党一党”。“美国新总统所取得的措置经济复兴的权力，比战争和戒严时期还要大得多”。大家做动物，使上司不必征求什么同意，这正是世界的潮流。懿欤盛哉，这样的好榜样，那能不学？

不过，我这种解释还有点美中不足：中国自己的秦始皇帝焚书坑儒，中国自己的韩退之等说：“民不出米粟麻丝以事其上则诛”。这原是国货，何苦违背着民族主义，引证外国的学说和事实——长他人威风，灭自己志气呢？

九月三日。

**题注：**

本篇最初发表于1933年9月20日《申报·自由谈》。收入《准风月谈》。20世纪30年代法西斯国家在实施武装侵略的同时，还不断地为自己的行为作辩护。本篇开始所引的是希特勒 1933 年 9 月初在纽伦堡国社党大会闭幕时的演说中的话。同时日本军国主义也在为它的侵略行为制造舆论，这一年 9 月 3 日上海《大晚报》刊载了《日耶教会侈言解放犹太》的报道，其中说，日本耶稣教会主教中田称，《旧约·以赛亚书》第五十五章中“汝所不知之国”及《新约·启示录》第七章中“一天使降自东方，执上帝之玺”皆指日本而言，圣经《旧约》中的“天使立之于地之四隅”是世界最后将有大战争发生的预言，其结局便是“犹太人赖日本国人民之助，得复其国”。据此鲁迅作本篇。

# 打听印象

桃椎

五四运动以后，好像中国人就发生了一种新脾气，是：倘有外国的名人或阔人新到，就喜欢打听他对于中国的印象。

罗素到中国讲学，急进的青年们开会欢宴，打听印象。罗素道："你们待我这么好，就是要说坏话，也不好说了。"急进的青年愤愤然，以为他滑头。

萧伯纳周游过中国，上海的记者群集访问，又打听印象。萧道："我有什么意见，与你们都不相干。假如我是个武人，杀死个十万条人命，你们才会尊重我的意见。"革命家和非革命家都愤愤然，以为他刻薄。

这回是瑞典的卡尔亲王到上海了，记者先生也发表了他的印象："……足迹所经，均蒙当地官民殷勤招待，感激之余，异常愉快。今次游览观感所得，对于贵国政府及国民，有极度良好之印象，而永远不能磨灭者也。"这最稳妥，我想，是不至于招出什么是非来的。

其实是，罗萧两位，也还不算滑头和刻薄的，假如有这么一个外国人，遇见有人问他印象时，他先反问道："你先生对于自己中国的印象怎么样？"那可真是一篇难以下笔的文章。

我们是生长在中国的，倘有所感，自然不能算“印象”；但意见也好；而意见又怎么说呢？说我们像浑水里的鱼，活得胡里胡涂，莫名其妙罢，不像意见。说中国好得很罢，恐怕也难。这就是爱国者所悲痛的所谓“失掉了国民的自信”，然而实在也好像失掉了，向各人打听印象，就恰如求签问卜，自己心里先自狐疑着了的缘故。

我们里面，发表意见的固然也有的，但常见的是无拳无勇，未曾“杀死十万条人命”，倒是自称“小百姓”的人，所以那意见也无人“尊重”，也就是和大家“不相干”。至于有位有势的大人物，则在野时候，也许是很急进的罢，但现在呢，一声不响，中国“待我这么好，就是要说坏话，也不好说了”。看当时欢宴罗素，而愤愤于他那答话的由新潮社而发迹的诸公的现在，实在令人觉得罗素并非滑头，倒是一个先知的讽刺家，将十年后的心思豫先说去了。

这是我的印象，也算一篇拟答案，是从外国人的嘴上抄来的。

九月二十日。

**题注：**

本篇最初发表于1933年9月24日《申报·自由谈》。收入《准风月谈》。1933年8、9月间，瑞典王国卡尔亲王到中国游历，9月19日在上海接受《申报》记者采访。次日《申报》刊载记者的《瑞典亲王访问记》。据此鲁迅作本篇。文中所引的卡尔亲王的话即出自《瑞典亲王访问记》。罗素和萧伯纳分别于1920年和1933年游历中国。萧伯纳来中国时,《申报》在1933年2月18日曾刊载《萧伯纳谈话》。之后，《论语》在其第一卷第十二期上又发表了署名镜涵的《萧伯纳过沪谈话记》，本篇中所引萧伯纳的话出自镜涵的报道。

# 黄祸

尤刚

现在的所谓“黄祸”，我们自己是在指黄河决口了，但三十年前，并不如此。

那时是解作黄色人种将要席卷欧洲的意思的，有些英雄听到了这句话，恰如听得被白人恭维为“睡狮”一样，得意了好几年，准备着去做欧洲的主子。

不过“黄祸”这故事的来源，却又和我们所幻想的不同，是出于德皇威廉的。他还画了一幅图，是一个罗马装束的武士，在抵御着由东方西来的一个人，但那人并不是孔子，倒是佛陀，中国人实在是空欢喜。所以我们一面在做“黄祸”的梦，而有一个人在德国治下的青岛所见的现实，却是一个苦孩子弄脏了电柱，就被白色巡捕提着脚，像中国人的对付鸭子一样，倒提而去了。

现在希特拉的排斥非日耳曼民族思想，方法是和德皇一样的。

德皇的所谓“黄祸”，我们现在是不再梦想了，连“睡狮”也不再提起，“地大物博，人口众多”，文章上也不很看见。倘是狮子，自夸怎样肥大是不妨事的，但如果是一口猪或一匹羊，肥大倒不是好兆头。我不知道我们自己觉得现在好像是什么了？

我们似乎不再想，也寻不出什么“象征”来，我们正在看海京伯的猛兽戏，赏鉴狮虎吃牛肉，听说每天要吃一只牛。我们佩服国联的制裁日本，我们也看不起国联的不能制裁日本；我们赞成军缩的“保护和平”，我们也佩服希特拉的退出军缩；我们怕别国要以中国作战场，我们也憎恶非战大会。我们似乎依然是“睡狮”。

“黄祸”可以一转而为“福”，醒了的狮子也会做戏的。当欧洲大战时，我们有替人拚命的工人，青岛被占了，我们有可以倒提的孩子。

但倘说，二十世纪的舞台上没有我们的份，是不合理的。

十月十七日。

**题注：**

本篇最初发表于1933年10月20日《申报·自由谈》。收入《准风月谈》。1933年8月黄河发生了民国以来罕见的一次大洪水，决溢104处，历时8个月，河南、河北、山东、陕西、绥远、江苏等6省67县受灾，受灾面积达12000平方公里，灾民达329.6万人，死亡18300多人，毁房50万间，经济损失27350万多元，称为“黄祸”。联想到30年前欧洲人所谓“黄祸”是指亚洲人可能席卷欧洲，一些中国人因而盲目乐观，到20世纪30年代，面对德国退出军缩（即裁军）会议，中国很多人仍甘为“睡狮”，鲁迅因而作本篇。

# 冲

旅隼

“推”和“踢”只能死伤一两个，倘要多，就非“冲”不可。

十三日的新闻上载着贵阳通信说，九一八纪念，各校学生集合游行，教育厅长谭星阁临事张皇，乃派兵分据街口，另以汽车多辆，向行列冲去，于是发生惨剧，死学生二人，伤四十余，其中以正谊小学学生为最多，年仅十龄上下耳。……

我先前只知道武将大抵通文，当“枕戈待旦”的时候，就会做骈体电报，这回才明白虽是文官，也有深谙韬略的了。田单曾经用过火牛，现在代以汽车，也确是二十世纪。

“冲”是最爽利的战法，一队汽车，横冲直撞，使敌人死伤在车轮下，多么简截；“冲”也是最威武的行为，机关一扳，风驰电掣，使对手想回避也来不及，多么英雄。各国的兵警，喜欢用水龙冲，俄皇曾用哥萨克马队冲，都是快举。各地租界上我们有时会看见外国兵的坦克车在出巡，这就是倘不恭顺，便要来冲的家伙。

汽车虽然并非冲锋的利器，但幸而敌人却是小学生，一匹疲驴，真上战场是万万不行的，不过在嫩草地上飞跑，骑士坐在上面喑呜叱咤，却还很能胜任愉快，虽然有些人见了，难免觉得滑稽。

十龄上下的孩子会造反，本来也难免觉得滑稽的。但我们中国是常出神童的地方，一岁能画，两岁能诗，七龄童做戏，十龄童从军，十几龄童做委员，原是常有的事实；连七八岁的女孩也会被凌辱，从别人看来，是等于“年方花信”的了。

况且“冲”的时候，倘使对面是能够有些抵抗的人，那就汽车会弄得不爽利，冲者也就不英雄，所以敌人总须选得嫩弱。流氓欺乡下老，洋人打中国人，教育厅长冲小学生，都是善于克敌的豪杰。

“身当其冲”，先前好像不过一句空话，现在却应验了，这应验不但在成人，而且到了小孩子。“婴儿杀戮”算是一种罪恶，已经是过去的事，将乳儿抛上空中去，接以枪尖，不过看作一种玩把戏的日子，恐怕也就不远了罢。

十月十七日。

**题注：**

本篇最初发表于1933年10月22日《申报·自由谈》。收入《准风月谈》。1933年贵阳惨案发生，但因当时国民党当局封锁消息，其真相延至10月中旬才被披露。10月13日《申报》对此作了首次报道，鲁迅因此作本篇。这年6月和8月鲁迅曾作《推》和《踢》两文，它们与本篇同为揭露当时强权对平民的摧残的，可参阅。

# 外国也有

符灵

凡中国所有的，外国也都有。

外国人说中国多臭虫，但西洋也有臭虫；日本人笑中国人好弄文字，但日本人也一样的弄文字。不抵抗的有甘地；禁打外人的有希特拉；狄昆希吸鸦片；陀思妥夫斯基赌得发昏。斯惠夫德带枷，马克斯反动。林白大佐的儿子，就给绑匪绑去了。而裹脚和高跟鞋，相差也不见得有多么远。

只有外国人说我们不问公益，只知自利，爱金钱，却还是没法辩解。民国以来，有过许多总统和阔官了，下野之后，都是面团团的，或赋诗，或看戏，或念佛，吃着不尽，真也好像给批评者以证据。不料今天却被我发见了：外国也有的！

> “十七日哈伐那电——避居加拿大之古巴前总统麦查度……在古巴之产业，计值八百万美元，凡能对渠担保收回此项财产者，无论何人，渠愿与以援助。又一消息，谓古巴政府已对麦及其旧僚属三十八人下逮捕令，并扣押渠等之财产，其数达二千五百万美元。……”

以三十八人之多，而财产一共只有这区区二千五百万美元，手段虽不能谓之高，但有些近乎发财却总是确凿的，这已足为我们的“上峰”雪耻。不过我还希望他们在外国买有地皮，在外国银行里另有存款，那么，我们和外人折冲樽俎的时候，就更加振振有辞了。

假使世界上只有一家有臭虫，而遭别人指摘的时候，实在也不大舒服的，但捉起来却也真费事。况且北京有一种学说，说臭虫是捉不得的，越捉越多。即使捉尽了，又有什么价值呢，不过是一种消极的办法。最好还是希望别家也有臭虫，而竟发见了就更好。发见，这是积极的事业。哥仑布与爱迪生，也不过有了发见或发明而已。

与其劳心劳力，不如玩跳舞，喝咖啡。外国也有的，巴黎就有许多跳舞场和咖啡店。

即使连中国都不见了，也何必大惊小怪呢，君不闻迦勒底与马基顿乎？——外国也有的！

十月十九日。

**题注：**

本篇最初发表于1933年10月23日《申报·自由谈》。收入《准风月谈》。“外国也有”是当时一些人面对中国发生的种种不合理现象的一种托词。鲁迅1918年写的《随感录　三十八》中指出当时一种“自大”的人的说辞“外国的东西，中国都已有过；某种科学，即某子所说的云云”。时过境迁，当年的“中国都已有过”变为“外国也有”了。虽然表面上来看他们对外国的事物经历了从“拒绝”到“接受”的转变，但其奴性和愚昧的实质丝毫未变，鲁迅因此作本篇。

# “滑稽”例解

苇索

研究世界文学的人告诉我们：法人善于机锋，俄人善于讽刺，英美人善于幽默。这大概是真确的，就都为社会状态所制限。慨自语堂大师振兴“幽默”以来，这名词是很通行了，但一普遍，也就伏着危机，正如军人自称佛子，高官忽挂念珠，而佛法就要涅槃一样。倘若油滑，轻薄，猥亵，都蒙“幽默”之号，则恰如“新戏”之入“× 世界”，必已成为“文明戏”也无疑。

这危险，就因为中国向来不大有幽默。只是滑稽是有的，但这和幽默还隔着一大段，日本人曾译“幽默”为“有情滑稽”，所以别于单单的“滑稽”，即为此。那么，在中国，只能寻得滑稽文章了？却又不。中国之自以为滑稽文章者，也还是油滑，轻薄，猥亵之谈，和真的滑稽有别。这“狸猫换太子”的关键，是在历来的自以为正经的言论和事实，大抵滑稽者多，人们看惯，渐渐以为平常，便将油滑之类，误认为滑稽了。

在中国要寻求滑稽，不可看所谓滑稽文，倒要看所谓正经事，但必须想一想。

这些名文是俯拾即是的，譬如报章上正正经经的题目，什么“中日交涉渐入佳境”呀，“中国到那里去”呀，就都是的，咀嚼起来，真如橄榄一样，很有些回味。

见于报章上的广告的，也有的是。我们知道有一种刊物，自说是“舆论界的新权威”，“说出一般人所想说而没有说的话”，而一面又在向别一种刊物“声明误会，表示歉意”，但又说是“按双方均为社会有声誉之刊物，自无互相攻讦之理”。“新权威”而善于“误会”，“误会”了而偏“有声誉”，“一般人所想说而没有说的话”却是误会和道歉：这要不笑，是必须不会思索的。

见于报章的短评上的，也有的是。例如九月间《自由谈》所载的《登龙术拾遗》上，以做富家女婿为“登龙”之一术，不久就招来了一篇反攻，那开首道：“狐狸吃不到葡萄，说葡萄是酸的，自己娶不到富妻子，于是对于一切有富岳家的人发生了妒嫉，妒嫉的结果是攻击。”这也不能想一下。一想“的结果”，便分明是这位作者在表明他知道“富妻子”的味道是甜的了。

诸如此类的妙文，我们也尝见于冠冕堂皇的公文上：而且并非将它漫画化了的，却是它本身原来是漫画。《论语》一年中，我最爱看“古香斋”这一栏，如四川营山县长禁穿长衫令云：“须知衣服蔽体已足，何必前拖后曳，消耗布匹？且国势衰弱，……顾念时艰，后患何堪设想？”又如北平社会局禁女人养雄犬文云：“查雌女雄犬相处，非仅有碍健康，更易发生无耻秽闻，揆之我国礼义之邦，亦为习俗所不许。谨特通令严禁……凡妇女带养之雄犬，斩之无赦，以为取缔！”这那里是滑稽作家所能凭空写得出来的？

不过“古香斋”里所收的妙文，往往还倾于奇诡，滑稽却不如平淡，惟其平淡，也就更加滑稽，在这一标准上，我推选“甜葡萄”说。

十月十九日。

**题注：**

本篇最初发表于1933年10月26日《申报·自由谈》。收入《准风月谈》。20世纪30年代林语堂等创办《论语》，提倡以“幽默”“闲适”为格调的小品文，该刊从第四期起增辟“古香斋”栏，专门刊载记述各地荒谬事件的新闻和文字。本篇所引的两段文字皆出于1933年6月出版的《论语》第十八期，而这正与1933年10月18日上海《大晚报》所载《中国到那里去》一文相对照，该文说：中国要“准备自己，以便于未来战争中迈进中华民族独立的大道”。鲁迅因此作本篇，同时也顺便讽刺邵洵美，详见《准风月谈》的《后记》。同年6月所作的《偶成》中曾提及四川“剪衣令”事，也可参阅。

# 青年与老子

敬一尊

听说，“慨自欧风东渐以来”，中国的道德就变坏了，尤其是近时的青年，往往看不起老子。这恐怕真是一个大错误，因为我看了几个例子，觉得老子的对于青年，有时确也很有用处，很有益处，不仅足为“文学修养”之助的。

有一篇旧文章——我忘了出于什么书里的了——告诉我们，曾有一个道士，有长生不老之术，自说已经百余岁了，看去却“美如冠玉”，像二十左右一样。有一天，这位活神仙正在大宴阔客，突然来了一个须发都白的老头子，向他要钱用，他把他骂出去了。大家正惊疑间，那活神仙慨然的说道，“那是我的小儿，他不听我的话，不肯修道，现在你们看，不到六十，就老得那么不成样子了。”大家自然是很感动的，但到后来，终于知道了那人其实倒是道士的老子。

还有一篇新文章——杨某的自白——却告诉我们，他是一个有志之士，学说是很正确的，不但讲空话，而且去实行，但待到看见有些地方的老头儿苦得不像样，就想起自己的老子来，即使他的理想实现了，也不能使他的父亲做老太爷，仍旧要吃苦。于是得到了更正确的学说，抛去原有的理想，改做孝子了。假使父母早死，学说那有这么圆满而堂皇呢？这不也就是老子对于青年的益处么？

那么，早已死了老子的青年不是就没有法子么？我以为不然，也有法子想。这还是要查旧书。另有一篇文章——我也忘了出在什么书里的了——告诉我们，一个老女人在讨饭，忽然来了一位大阔人，说她是自己的久经失散了的母亲，她也将错就错，做了老太太。后来她的儿子要嫁女儿，和老太太同到首饰店去买金器，将老太太已经看中意的东西自己带去给太太看一看，一面请老太太还在拣，——可是，他从此就不见了。

不过，这还是学那道士似的，必须实物时候的办法，如果单是做做自白之类，那是实在有无老子，倒并没有什么大关系的。先前有人提倡过“虚君共和”，现在又何妨有“没亲孝子”？张宗昌很尊孔，恐怕他府上也未必有“四书”“五经”罢。

十一月七日。

**题注：**

本篇最初发表于1933年11月17日《申报·自由谈》。收入《准风月谈》。本篇因杨邨人在《读书杂志》第三卷第一期的《离开政党生活的战壕》一文而作。鲁迅作本篇后，同年12月24日《申报》本埠增刊《谈言》上发表了署名“邨人”的《聪明之道》。1934年鲁迅在编辑《准风月谈》时将该文收入《后记》中。鲁迅在1933年12月28日发表《答杨邨人先生公开信的公开信》，可参阅。

# 上海所感

一有所感，倘不立刻写出，就忘却，因为会习惯。幼小时候，洋纸一到手，便觉得羊臊气扑鼻，现在却什么特别的感觉也没有了。初看见血，心里是不舒服的，不过久住在杀人的名胜之区，则即使见了挂着的头颅，也不怎么诧异。这就是因为能够习惯的缘故。由此看来，人们——至少，是我一般的人们，要从自由人变成奴隶，怕也未必怎么烦难罢。无论什么，都会惯起来的。

中国是变化繁多的地方，但令人并不觉得怎么变化。变化太多，反而很快的忘却了。倘要记得这么多的变化，实在也非有超人的记忆力就办不到。

但是，关于一年中的所感，虽然淡漠，却还能够记得一些的。不知怎的，好像无论什么，都成了潜行活动，秘密活动了。

至今为止，所听到的是革命者因为受着压迫，所以用着潜行，或者秘密的活动，但到一九三三年，却觉得统治者也在这么办的了。譬如罢，阔佬甲到阔佬乙所在的地方来，一般的人们，总以为是来商量政治的，然而报纸上却道并不为此，只因为要游名胜，或是到温泉里洗澡；外国的外交官来到了，它告诉读者的是并非有什么外交问题，不过来看看某大名人的贵恙。但是，到底又总好像并不然。

用笔的人更能感到的，是所谓文坛上的事。有钱的人，给绑匪架去了，作为抵押品，上海原是常有的，但近来却连作家也往往不知所往。有些人说，那是给政府那面捉去了，然而好像政府那面的人们，却道并不是。然而又好像实在也还是在属于政府的什么机关里的样子。犯禁的书籍杂志的目录，是没有的，然而邮寄之后，也往往不知所往。假如是列宁的著作罢，那自然不足为奇，但《国木田独步集》有时也不行，还有，是亚米契斯的《爱的教育》。不过，卖着也许犯忌的东西的书店，却还是有的，虽然还有，而有时又会从不知什么地方飞来一柄铁锤，将窗上的大玻璃打破，损失是二百元以上。打破两块的书店也有，这回是合计五百元正了。有时也撒些传单，署名总不外乎什么什么团之类。

平安的刊物上，是登着莫索里尼或希特拉的传记，恭维着，还说是要救中国，必须这样的英雄，然而一到中国的莫索里尼或希特拉是谁呢这一个紧要结论，却总是客气着不明说。这是秘密，要读者自己悟出，各人自负责任的罢。对于论敌，当和苏俄绝交时，就说他得着卢布，抗日的时候，则说是在将中国的秘密向日本卖钱。但是，用了笔墨来告发这卖国事件的人物，却又用的是化名，好像万一发生效力，敌人因此被杀了，他也不很高兴负这责任似的。

革命者因为受压迫，所以钻到地里去，现在是压迫者和他的爪牙，也躲进暗地里去了。这是因为虽在军刀的保护之下，胡说八道，其实却毫无自信的缘故；而且连对于军刀的力量，也在怀着疑。一面胡说八道，一面想着将来的变化，就越加缩进暗地里去，准备着情势一变，就另换一副面孔，另拿一张旗子，从新来一回。而拿着军刀的伟人存在外国银行里的钱，也使他们的自信力更加动摇的。这是为不远的将来计。为了辽远的将来，则在愿意在历史上留下一个芳名。中国和印度不同，是看重历史的。但是，并不怎么相信，总以为只要用一种什么好手段，就可以使人写得体体面面。然而对于自己以外的读者，那自然要他们相信的。

我们从幼小以来，就受着对于意外的事情，变化非常的事情，绝不惊奇的教育。那教科书是《西游记》，全部充满着妖怪的变化。例如牛魔王呀，孙悟空呀……就是。据作者所指示，是也有邪正之分的，但总而言之，两面都是妖怪，所以在我们人类，大可以不必怎样关心。然而，假使这不是书本上的事，而自己也身历其境，这可颇有点为难了。以为是洗澡的美人罢，却是蜘蛛精；以为是寺庙的大门罢，却是猴子的嘴，这教人怎么过。早就受了《西游记》教育，吓得气绝是大约不至于的，但总之，无论对于什么，就都不免要怀疑了。

外交家是多疑的，我却觉得中国人大抵都多疑。如果跑到乡下去，向农民问路径，问他的姓名，问收成，他总不大肯说老实话。将对手当蜘蛛精看是未必的，但好像他总在以为会给他什么祸祟。这种情形，很使正人君子们愤慨，就给了他们一个徽号，叫作“愚民”。但在事实上，带给他们祸祟的时候却也并非全没有。因了一整年的经验，我也就比农民更加多疑起来，看见显着正人君子模样的人物，竟会觉得他也许正是蜘蛛精了。然而，这也就会习惯的罢。

愚民的发生，是愚民政策的结果，秦始皇已经死了二千多年，看看历史，是没有再用这种政策的了，然而，那效果的遗留，却久远得多么骇人呵！

十二月五日。

**题注：**

本篇原稿系用日文写作，最初发表于1934年1月1日日本大阪《朝日新闻》。译文发表于1934年9月25日《文学新地》创刊号，题为《一九三三年上海所感》，署名石介译。初未收集。本文是应日本大阪《朝日新闻》之约而写作的，鲁迅日记1933年12月5日记有“夜为大阪《朝日新闻》作文一篇”，即本文。

# “小童挡驾”

宓子章

近五六年来的外国电影，是先给我们看了一通洋侠客的勇敢，于是而野蛮人的陋劣，又于是而洋小姐的曲线美。但是，眼界是要大起来的，终于几条腿不够了，于是一大丛；又不够了，于是赤条条。这就是“裸体运动大写真”，虽然是正正堂堂的“人体美与健康美的表现”，然而又是“小童挡驾”的，他们不配看这些“美”。

为什么呢？宣传上有这样的文字——

“一个绝顶聪明的孩子说：她们怎不回过身子儿来呢？”

“一位十足严正的爸爸说：怪不得戏院对孩子们要挡驾了！”

这当然只是文学家虚拟的妙文，因为这影片是一开始就标榜着“小童挡驾”的，他们无从看见。但假使真给他们去看了，他们就会这样的质问吗？我想，也许会的。然而这质问的意思，恐怕和张生唱的“哈，怎不回过脸儿来”完全两样，其实倒在电影中人的态度的不自然，使他觉得奇怪。中国的儿童也许比较的早熟，也许性感比较的敏，但总不至于比成年的他的“爸爸”，心地更不干净的。倘其如此，二十年后的中国社会，那可真真可怕了。但事实上大概决不至于此，所以那答话还不如改一下：

"因为要使我过不了瘾，可恶极了！"

不过肯这样说的"爸爸"恐怕也未必有。他总要"以己之心，度人之心"，度了之后，便将这心硬塞在别人的腔子里，装作不是自己的，而说别人的心没有他的干净。裸体女人的都"不回过身子儿来"，其实是专为对付这一类人物的。她们难道是白痴，连"爸爸"的眼色，比他孩子的更不规矩都不知道吗？

但是，中国社会还是"爸爸"类的社会，所以做起戏来，是"妈妈"类献身，"儿子"类受谤。即使到了紧要关头，也还是什么"木兰从军"，"汪踦卫国"，要推出"女子与小人"去搪塞的。"吾国民其何以善其后欤？"

四月五日。

**题注：**

本篇最初发表于1934年4月7日《申报·自由谈》。收入《花边文学》。1934年3月30日上海大戏院放映纪录片《回到自然》。广告称该片"是从德、法、美三国中之最著名的裸体营实地摄制得来"，"这是最摩登的运动"，"是人类健康的表现"。对这类在上海轮番放映的外国电影，如《三剑客》《人猿泰山》《兽林怪人》《健美运动》等，鲁迅深谙其用意。他曾翻译过日本岩崎昶专论电影的《电影和资本主义》中的一部分《现代电影与有产阶级》，该文对各种电影摄制的目的分析得十分透彻。鲁迅译后将它比作镜子，认为任何电影的宣传"用这小镜子一照，就知道这些宝贝，十之九都可以归纳在文中所举的某一类，目的何在，都明明白白了"（《〈现代电影与有产阶级〉译者附言》）。鲁迅清楚电影《回到自然》的广告语"小童挡驾"的真正用意，因而写作本文。

# 偶感

公汗

还记得东三省沦亡，上海打仗的时候，在只闻炮声，不愁炮弹的马路上，处处卖着《推背图》，这可见人们早想归失败之故于前定了。三年以后，华北华南，同濒危急，而上海却出现了“碟仙”。前者所关心的还是国运，后者却只在问试题，奖券，亡魂。着眼的大小，固已迥不相同，而名目则更加冠冕，因为这“灵乩”是中国的“留德学生白同君所发明”，合于“科学”的。

“科学救国”已经叫了近十年，谁都知道这是很对的，并非“跳舞救国”“拜佛救国”之比。青年出国去学科学者有之，博士学了科学回国者有之。不料中国究竟自有其文明，与日本是两样的，科学不但并不足以补中国文化之不足，却更加证明了中国文化之高深。风水，是合于地理学的，门阀，是合于优生学的，炼丹，是合于化学的，放风筝，是合于卫生学的。“灵乩”的合于“科学”，亦不过其一而已。

五四时代，陈大齐先生曾作论揭发过扶乩的骗人，隔了十六年，白同先生却用碟子证明了扶乩的合理，这真叫人从那里说起。

而且科学不但更加证明了中国文化的高深，还帮助了中国文化的光大。马将桌边，电灯替代了蜡烛，法会坛上，镁光照出了喇嘛，无线电播音所日日传播的，不往往是《狸猫换太子》，《玉堂春》，《谢谢毛毛雨》吗?

老子曰："为之斗斛以量之，则并与斗斛而窃之。"罗兰夫人曰："自由自由，多少罪恶，假汝之名以行！"每一新制度，新学术，新名词，传入中国，便如落在黑色染缸，立刻乌黑一团，化为济私助焰之具，科学，亦不过其一而已。

此弊不去，中国是无药可救的。

五月二十日。

**题注：**

本篇最初发表于1934年5月25日《申报·自由谈》。收入《花边文学》。1934年上海流行着"香港科学游艺社"用碟子占卜吉凶的"科学灵乩图"，该图标明"留德白同经多年研究所发明，纯用科学方法构就，丝毫不带迷信作用"，给扶乩这种封建迷信活动冠以"科学"的帽子。1917年10月，俞复、陆费逵等人曾在上海组织灵学会，设坛扶乩。当时北京大学陈大齐教授在《新青年》第四卷第五号（1918年5月）上发表《辟"灵学"》一文，驳斥了他们提倡迷信、复古的谬论。据此，鲁迅作本文。鲁迅把中国比作黑色染缸的论述，可参看1934年4月22日给姚克的信和《花边文学》中《一思而行》等文。

# 论秦理斋夫人事

公汗

这几年来，报章上常见有因经济的压迫，礼教的制裁而自杀的记事，但为了这些，便来开口或动笔的人是很少的。只有新近秦理斋夫人及其子女一家四口的自杀，却起过不少的回声，后来还出了一个怀着这一段新闻记事的自杀者，更可见其影响之大了。我想，这是因为人数多。单独的自杀，盖已不足以招大家的青睐了。

一切回声中，对于这自杀的主谋者——秦夫人，虽然也加以恕辞；但归结却无非是诛伐。因为——评论家说——社会虽然黑暗，但人生的第一责任是生存，倘自杀，便是失职，第二责任是受苦，倘自杀，便是偷安。进步的评论家则说人生是战斗，自杀者就是逃兵，虽死也不足以蔽其罪。这自然也说得下去的，然而未免太笼统。

人间有犯罪学者，一派说，由于环境；一派说，由于个人。现在盛行的是后一说，因为倘信前一派，则消灭罪犯，便得改造环境，事情就麻烦，可怕了。而秦夫人自杀的批判者，则是大抵属于后一派。

诚然，既然自杀了，这就证明了她是一个弱者。但是，怎么会弱的呢？要紧的是我们须看看她的尊翁的信札，为了要她回去，既耸之以两家的名声，又动之以亡人的乩语。我们还得看看她的令弟的挽联："妻殉夫，子殉母……"不是大有视为千古美谈之意吗？以生长及陶冶在这样的家庭中的人，又怎么能不成为弱者？我们固然未始不可责以奋斗，但黑暗的吞噬之力，往往胜于孤军，况且自杀的批判者未必就是战斗的应援者，当他人奋斗时，挣扎时，败绩时，也许倒是鸦雀无声了。穷乡僻壤或都会中，孤儿寡妇，贫女劳人之顺命而死，或虽然抗命，而终于不得不死者何限，但曾经上谁的口，动谁的心呢？真是"自经于沟渎而莫之知也"！

人固然应该生存，但为的是进化；也不妨受苦，但为的是解除将来的一切苦；更应该战斗，但为的是改革。责别人的自杀者，一面责人，一面正也应该向驱人于自杀之途的环境挑战，进攻。倘使对于黑暗的主力，不置一辞，不发一矢，而但向"弱者"唠叨不已，则纵使他如何义形于色，我也不能不说——我真也忍不住了——他其实乃是杀人者的帮凶而已。

五月二十四日。

**题注：**

本篇最初发表于1934年6月1日《申报·自由谈》。收入《花边文学》。秦理斋夫人即《申报》编辑部英文翻译秦理斋的夫人龚尹霞。1934年2月25日秦理斋病逝于上海。4月11日其父秦平甫从无锡写信给龚尹霞，要她立即回家乡无锡。信中"动之以亡人的乩语"，说"汝叔翁在申扶乩，理斋降临，要金钱要棉衣；并云眷属不必居沪，当立时回锡"，又"耸之以两家的名声"，说"尊府家法之美，同里称颂……即令堂太夫人之德冠女宗，亦无非以含弘为宗旨：施诸己而不愿亦勿施于人。汝望善体此意，为贤妇为佳女；沪事及早收束，遵理斋之冥示，早日回锡”，还诱以往日夫妻之情，说“汝夫妻之间情意之敦，不必以此伤其冥感”。在封建家法的威逼之下，龚尹霞犹豫彷徨，曾反复十余次想自杀，最后留下遗书，同三个子女共服安眠药自杀。《申报》在5月7日以很大的篇幅报道了此事。5月20日，上海福华药房店员陈同福因经济拮据自杀，身边还留有一张报道秦理斋夫人自杀的剪报。鲁迅认为舆论对秦理斋夫人的责难是不公平的。

# “……”“□□□□”论补

曼雪

徐讦先生在《人间世》上，发表了这样的题目的论。对于此道，我没有那么深造，但“愚者千虑，必有一得”，所以想来补一点，自然，浅薄是浅薄得多了。

“……”是洋货，五四运动之后这才输入的。先前林琴南先生译小说时，夹注着“此语未完”的，便是这东西的翻译。在洋书上，普通用六点，吝啬的却只用三点。然而中国是“地大物博”的，同化之际，就渐渐的长起来，九点，十二点，以至几十点；有一种大作家，则简直至少点上三四行，以见其中的奥义，无穷无尽，实在不可以言语形容。读者也大抵这样想，有敢说觉不出其中的奥义的罢，那便是低能儿。

然而归根结蒂，也好像终于是安徒生童话里的“皇帝的新衣”，其实是一无所有；不过须是孩子，才会照实的大声说出来。孩子不会看文学家的“创作”，于是在中国就没有人来道破。但天气是要冷的，光着身子不能整年在路上走，到底也得躲进宫里去，连点几行的妙文，近来也不大看见了。

“□□”是国货，《穆天子传》上就有这玩意儿，先生教我说：是阙文。这阙文也闹过事，曾有人说“口生垢，口戕口”的三个口字，也是阙文，又给谁大骂了一顿。不过先前是只见于古人的著作里的，无法可补，现在却见于今人的著作上了，欲补不能。到目前，则渐有代以“××”的趋势。这是从日本输入的。这东西多，对于这著作的内容，我们便预觉其激烈。但是，其实有时也并不然。胡乱×它几行，印了出来，固可使读者佩服作家之激烈，恨检查员之峻严，但送检之际，却又可使检查员爱他的顺从，许多话都不敢说，只×得这么起劲。一举两得，比点它几行更加巧妙了。中国正在排日，这一条锦囊妙计，或者不至于模仿的罢。

现在是什么东西都要用钱买，自然也就都可以卖钱。但连“没有东西”也可以卖钱，却未免有些出乎意表。不过，知道了这事以后，便明白造谣为业，在现在也还要算是“货真价实，童叟无欺”的生活了。

五月二十四日。

**题注：**

本篇最初发表于1934年5月26日《申报·自由谈》。收入《花边文学》。1934年5月，政府当局设立了图书杂志审查委员会，钳制言论自由。1934年5月20日，《人间世》第四期上刊登了徐訏的《“……”“□□□□”论》一文，文章通过对省略号（……）和缺文符号（□□□□）在语言文字中的作用的分析，看出报上新闻或要人通电中经常出现此类符号是一种不健全、不安定、病态、不安的表现。本文对该文作补充论述。

# 玩具

宓子章

今年是儿童年。我记得的，所以时常看看造给儿童的玩具。

马路旁边的洋货店里挂着零星小物件，纸上标明，是从法国运来的，但我在日本的玩具店看见一样的货色，只是价钱更便宜。在担子上，在小摊上，都卖着渐吹渐大的橡皮泡，上面打着一个印子道："完全国货"，可见是中国自己制造的了。然而日本孩子玩着的橡皮泡上，也有同样的印子，那却应该是他们自己制造的。

大公司里则有武器的玩具：指挥刀，机关枪，坦克车……。然而，虽是有钱人家的小孩，拿着玩的也少见。公园里面，外国孩子聚沙成为圆堆，横插上两条短树干，这明明是在创造铁甲炮车了，而中国孩子是青白的，瘦瘦的脸，躲在大人的背后，羞怯的，惊异的看着，身上穿着一件斯文之极的长衫。

我们中国是大人用的玩具多：姨太太，鸦片枪，麻雀牌，《毛毛雨》，科学灵乩，金刚法会，还有别的，忙个不了，没有工夫想到孩子身上去了。虽是儿童年，虽是前年身历了战祸，也没有因此给儿童创出一种纪念的小玩意，一切都是照样抄。然则明年不是儿童年了，那情形就可想。

但是，江北人却是制造玩具的天才。他们用两个长短不同的竹筒，染成红绿，连作一排，筒内藏一个弹簧，旁边有一个把手，摇起来就格格的响。这就是机关枪！也是我所见的惟一的创作。我在租界边上买了一个，和孩子摇着在路上走，文明的西洋人和胜利的日本人看见了，大抵投给我们一个鄙夷或悲悯的苦笑。

然而我们摇着在路上走，毫不愧恧，因为这是创作。前年以来，很有些人骂着江北人，好像非此不足以自显其高洁，现在沉默了，那高洁也就渺渺然，茫茫然。而江北人却创造了粗笨的机关枪玩具，以坚强的自信和质朴的才能与文明的玩具争。他们，我以为是比从外国买了极新式的武器回来的人物，更其值得赞颂的，虽然也许又有人会因此给我一个鄙夷或悲悯的冷笑。

六月十一日。

**题注：**

本篇最初发表于1934年6月14日《申报·自由谈》。收入《花边文学》。1933年10月，中华慈幼协会根据上海儿童幸福委员会的提议，将1934年作为“儿童年”呈请当局定夺。1934年3月，国民党当局发出“训令”，将1935年定为儿童年，但上海市当局仍然将1934年当作儿童年。“儿童年”引起鲁迅对玩具的注意，并以“玩具”为题写了本文。

# 水性

公汗

天气接连的大热了近二十天，看上海报，几乎每天都有下河洗浴，淹死了人的记载。这在水村里，是很少见的。

水村多水，对于水的知识多，能浮水的也多。倘若不会浮水，是轻易不下水去的。这一种能浮水的本领，俗语谓之“识水性”。

这“识水性”，如果用了“买办”的白话文，加以较详的说明，则：一，是知道火能烧死人，水也能淹死人，但水的模样柔和，好像容易亲近，因而也容易上当；二，知道水虽能淹死人，却也能浮起人，现在就设法操纵它，专来利用它浮起人的这一面；三，便是学得操纵法，此法一熟，“识水性”的事就算完全了。

但在都会里的人们，却不但不能浮水，而且似乎连水能淹死人的事情也都忘却了。平时毫无准备，临时又不先一测水的深浅，遇到热不可耐时，便脱衣一跳，倘不幸而正值深处，那当然是要死的。而且我觉得，当这时候，肯设法救助的人，好像都会里也比乡下少。

但救都会人恐怕也较难，因为救者固然必须“识水性”，被救者也得相当的“识水性”的。他应该毫不用力，一任救者托着他的下巴，往浅处浮。倘若过于性急，拚命的向救者的身上爬，则救者倘不是好手，便只好连自己也沉下去。

所以我想，要下河，最好是预先学一点浮水工夫，不必到什么公园的游泳场，只要在河滩边就行，但必须有内行人指导。其次，倘因了种种关系，不能学浮水，那就用竹竿先探一下河水的浅深，只在浅处敷衍敷衍；或者最稳当是舀起水来，只在河边冲一冲，而最要紧的是要知道水有能淹死不会游泳的人的性质，并且还要牢牢的记住！

现在还要主张宣传这样的常识，看起来好像发疯，或是志在“花边”罢，但事实却证明着断断不如此。许多事是不能为了讨前进的批评家喜欢，一味闭了眼睛作豪语的。

七月十七日。

**题注：**

本篇最初发表于1934年7月20日《申报·自由谈》。收入《花边文学》。1934年6月25日至7月17日上海酷热23天，最高气温达39℃以上，打破上海徐家汇天文台成立60年来的同月记录。在这期间，报上时有诸如“苏州河中学徒洗浴消暑送命”“乡民河浴溺毙”的消息，但一些最起码的常识，却很少普及。因此鲁迅作本文。

# 算账

莫朕

说起清代的学术来，有几位学者总是眉飞色舞，说那发达是为前代所未有的。证据也真够十足：解经的大作，层出不穷，小学也非常的进步；史论家虽然绝迹了，考史家却不少；尤其是考据之学，给我们明白了宋明人决没有看懂的古书……

但说起来可又有些踌躇，怕英雄也许会因此指定我是犹太人，其实，并不是的。我每遇到学者谈起清代的学术时，总不免同时想："扬州十日"，"嘉定三屠"这些小事情，不提也好罢，但失去全国的土地，大家十足做了二百五十年奴隶，却换得这几页光荣的学术史，这买卖，究竟是赚了利，还是折了本呢？

可惜我又不是数学家，到底没有弄清楚。但我直觉的感到，这恐怕是折了本，比用庚子赔款来养成几位有限的学者，亏累得多了。

但恐怕这又不过是俗见。学者的见解，是超然于得失之外的。虽然超然于得失之外，利害大小之辨却又似乎并非全没有。大莫大于尊孔，要莫要于崇儒，所以只要尊孔而崇儒，便不妨向任何新朝俯首。对新朝的说法，就叫作"反过来征服中国民族的心"。

而这中国民族的有些心，真也被征服得彻底，到现在，还在用兵燹，疠疫，水旱，风蝗，换取着孔庙重修，雷峰塔再建，男女同行犯忌，四库珍本发行这些大门面。

我也并非不知道灾害不过暂时，如果没有记录，到明年就会大家不提起，然而光荣的事业却是永久的。但是，不知怎地，我虽然并非犹太人，却总有些喜欢讲损益，想大家来算一算向来没有人提起过的这一笔账。——而且，现在也正是这时候了。

七月十七日。

**题注：**

本篇最初发表于1934年7月23日《申报·自由谈》。收入《花边文学》。1934年蒋介石提倡“新生活运动”，宣扬尊孔崇儒。胡适在1933年3月19日《独立评论》第四十二号发表《日本人应该醒一醒》说：“日本只有一个法子可以征服中国，就是悬崖勒马，彻底停止侵略中国，反过来征服中国民族的心。”7月，旱荒水灾交迫，襄水溃堤，永定河泛滥成灾，50多个村庄被淹，浙、豫、赣旱况严重。长春发现鼠疫，溧阳蝗虫密布四野。与此同时，政府决定重修曲阜孔庙，时轮金刚法会发起重建杭州雷峰塔，教育部决定影印文渊阁藏四库全书未刊本，选书231种，总名《四库全书珍本初集》。这些都要花费巨资，而代价就是“兵燹、疠疫、水旱、风蝗”。鲁迅认为这是中国民族的心“被征服”的表现，要求算一算这笔账，因而写本文。

# 从孩子的照相说起

因为长久没有小孩子，曾有人说，这是我做人不好的报应，要绝种的。房东太太讨厌我的时候，就不准她的孩子们到我这里玩，叫作“给他冷清冷清，冷清得他要死！”但是，现在却有了一个孩子，虽然能不能养大也很难说，然而目下总算已经颇能说些话，发表他自己的意见了。不过不会说还好，一会说，就使我觉得他仿佛也是我的敌人。

他有时对于我很不满，有一回，当面对我说：“我做起爸爸来，还要好……”甚而至于颇近于“反动”，曾经给我一个严厉的批评道：“这种爸爸，什么爸爸！？”

我不相信他的话。做儿子时，以将来的好父亲自命，待到自己有了儿子的时候，先前的宣言早已忘得一干二净了。况且我自以为也不算怎么坏的父亲，虽然有时也要骂，甚至于打，其实是爱他的。所以他健康，活泼，顽皮，毫没有被压迫得瘟头瘟脑。如果真的是一个“什么爸爸”，他还敢当面发这样反动的宣言么？

但那健康和活泼，有时却也使他吃亏，九一八事件后，就被同胞误认为日本孩子，骂了好几回，还挨过一次打——自然是并不重的。

这里还要加一句说的听的，都不十分舒服的话：近一年多以来，这样的事情可是一次也没有了。

中国和日本的小孩子，穿的如果都是洋服，普通实在是很难分辨的。但我们这里的有些人，却有一种错误的速断法：温文尔雅，不大言笑，不大动弹的，是中国孩子；健壮活泼，不怕生人，大叫大跳的，是日本孩子。

然而奇怪，我曾在日本的照相馆里给他照过一张相，满脸顽皮，也真像日本孩子；后来又在中国的照相馆里照了一张相，相类的衣服，然而面貌很拘谨，驯良，是一个道地的中国孩子了。

为了这事，我曾经想了一想。

这不同的大原因，是在照相师的。他所指示的站或坐的姿势，两国的照相师先就不相同，站定之后，他就瞪了眼睛，觑机摄取他以为最好的一刹那的相貌。孩子被摆在照相机的镜头之下，表情是总在变化的，时而活泼，时而顽皮，时而驯良，时而拘谨，时而烦厌，时而疑惧，时而无畏，时而疲劳……。照住了驯良和拘谨的一刹那的，是中国孩子相；照住了活泼或顽皮的一刹那的，就好像日本孩子相。

驯良之类并不是恶德。但发展开去，对一切事无不驯良，却决不是美德，也许简直倒是没出息。“爸爸”和前辈的话，固然也要听的，但也须说得有道理。假使有一个孩子，自以为事事都不如人，鞠躬倒退；或者满脸笑容，实际上却总是阴谋暗箭，我实在宁可听到当面骂我“什么东西”的爽快，而且希望他自己是一个东西。

但中国一般的趋势，却只在向驯良之类——“静”的一方面发展，低眉顺眼，唯唯诺诺，才算一个好孩子，名之曰“有趣”。活泼，健康，顽强，挺胸仰面……凡是属于“动”的，那就未免有人摇头了，甚至于称之为“洋气”。又因为多年受着侵略，就和这“洋气”为仇；

更进一步，则故意和这“洋气”反一调：他们活动，我偏静坐；他们讲科学，我偏扶乩；他们穿短衣，我偏着长衫；他们重卫生，我偏吃苍蝇；他们壮健，我偏生病……这才是保存中国固有文化，这才是爱国，这才不是奴隶性。

其实，由我看来，所谓“洋气”之中，有不少是优点，也是中国人性质中所本有的，但因了历朝的压抑，已经萎缩了下去，现在就连自己也莫名其妙，统统送给洋人了。这是必须拿它回来——恢复过来的——自然还得加一番慎重的选择。

即使并非中国所固有的罢，只要是优点，我们也应该学习。即使那老师是我们的仇敌罢，我们也应该向他学习。我在这里要提出现在大家所不高兴说的日本来，他的会摹仿，少创造，是为中国的许多论者所鄙薄的，但是，只要看看他们的出版物和工业品，早非中国所及，就知道“会摹仿”决不是劣点，我们正应该学习这“会摹仿”的。“会摹仿”又加以有创造，不是更好么？否则，只不过是一个“恨恨而死”而已。

我在这里还要附加一句像是多余的声明：我相信自己的主张，决不是“受了帝国主义者的指使”，要诱中国人做奴才；而满口爱国，满身国粹，也于实际上的做奴才并无妨碍。

八月七日。

**题注：**

本篇最初发表于1934年8月20日上海《新语林》半月刊第四期，署名孺牛。收入《且介亭杂文》。据鲁迅1934年8月7日致徐懋庸信“还是没有气力，就胡诌了这一点塞责罢”，知本篇为应《新语林》主编徐懋庸的约稿而作。由“孩子相”的不同，看到儿童教育思想和盲目仇视“洋气”的守旧思想与偏见。文章发表后，鲁迅曾接到金性尧的来信，询问是否鲁迅所作。鲁迅于1935年11月24日回信说：“《新语林》上的关于照相的一篇文章，是我做的。公汗也是我的一个化名，但文章有时被检查官删去，弄得有头无尾，不成样子了。”

# 迎神和咬人

越侨

报载余姚的某乡，农民们因为旱荒，迎神求雨，看客有带帽的，便用刀棒乱打他一通。

这是迷信，但是有根据的。汉先儒董仲舒先生就有祈雨法，什么用寡妇，关城门，乌烟瘴气，其古怪与道士无异，而未尝为今儒所订正。虽在通都大邑，现在也还有天师作法，长官禁屠，闹得沸反盈天，何尝惹出一点口舌？至于打帽，那是因为恐怕神看见还很有人悠然自得，不垂哀怜；一面则也憎恶他的不与大家共患难。

迎神，农民们的本意是在救死的——但可惜是迷信，——但除此之外，他们也不知道别一样。

报又载有一个六十多岁的老党员，出而劝阻迎神，被大家一顿打，终于咬断了喉管，死掉了。

这是妄信，但是也有根据的。《精忠说岳全传》说张俊陷害忠良，终被众人咬死，人心为之大快。因此乡间就向来有一个传说，谓咬死了人，皇帝必赦，因为怨恨而至于咬，则被咬者之恶，也就可想而知了。我不知道法律，但大约民国以前的律文中，恐怕也未必有这样的规定罢。

咬人，农民们的本意是在逃死的——但可惜是妄信，——但除此之外，他们也不知道别一样。

想救死，想逃死，适所以自速其死，哀哉！

自从由帝国成为民国以来，上层的改变是不少了，无教育的农民，却还未得到一点什么新的有益的东西，依然是旧日的迷信，旧日的讹传，在拚命的救死和逃死中自速其死。

这回他们要得到“天讨”。他们要骇怕，但因为不解“天讨”的缘故，他们也要不平。待到这骇怕和不平忘记了，就只有迷信讹传剩着，待到下一次水旱灾荒的时候，依然是迎神，咬人。

这悲剧何时完结呢？

八月十九日。

附记：

旁边加上黑点的三句，是印了出来的时候，全被删去了的。是总编辑，还是检查官的斧削，虽然不得而知，但在自己记得原稿的作者，却觉得非常有趣。他们的意思，大约是以为乡下人的意思——虽然是妄信——还不如不给大家知道，要不然，怕会发生流弊，有许多喉管也要危险的。

八月二十二日。

**题注：**

本篇最初发表于1934年8月22日《申报·自由谈》。收入《花边文学》。1934年夏江南大旱，余姚农民迎神祈雨，并咬死了前来劝阻的国民党老党员。1934年8月16日《申报》报道：“余姚陡亹小学校长兼党部常委徐一清，因劝阻农民迎神祈雨，激动众怒，十二日晚五时，被千余农民殴毙，投入河中；嗣又打捞上岸，咬断喉管。”1934年8月19日《大晚报·社会一周间》报道：“余姚各乡，近因大旱，该区陡亹镇农民五百余，吾客乡农民千余，联合举办迎神赛会祈雨。路经各处，均不准乡民戴帽，否则用刀枪猛砍！”还说，徐一清是民国元年（1912）入党的老国民党员，现年63岁，此人平时“极爱金钱，时借故向乡人索诈。凡船只经过陡亹时，徐必向舟子索取现费若干。即挖河派船经过，亦必纳费若干，否则渠必多方留难，因此之故，徐之行为极为乡民所不满，此其惨死之远因云”。据报载消息，鲁迅有感而作本文，发表后，当天又写了补记。

# 中国人失掉自信力了吗

从公开的文字上看起来：两年以前，我们总自夸着“地大物博”，是事实；不久就不再自夸了，只希望着国联，也是事实；现在是既不夸自己，也不信国联，改为一味求神拜佛，怀古伤今了——却也是事实。

于是有人慨叹曰：中国人失掉自信力了。

如果单据这一点现象而论，自信其实是早就失掉了的。先前信“地”，信“物”，后来信“国联”，都没有相信过“自己”。假使这也算一种“信”，那也只能说中国人曾经有过“他信力”，自从对国联失望之后，便把这他信力都失掉了。

失掉了他信力，就会疑，一个转身，也许能够只相信了自己，倒是一条新生路，但不幸的是逐渐玄虚起来了。信“地”和“物”，还是切实的东西，国联就渺茫，不过这还可以令人不久就省悟到依赖它的不可靠。一到求神拜佛，可就玄虚之至了，有益或是有害，一时就找不出分明的结果来，它可以令人更长久的麻醉着自己。

中国人现在是在发展着“自欺力”。

“自欺”也并非现在的新东西，现在只不过日见其明显，笼罩了一切罢了。然而，在这笼罩之下，我们有并不失掉自信力的中国人在。

我们从古以来，就有埋头苦干的人，有拚命硬干的人，有为民请命的人，有舍身求法的人，……虽是等于为帝王将相作家谱的所谓“正史”，也往往掩不住他们的光耀，这就是中国的脊梁。

这一类的人们，就是现在也何尝少呢？他们有确信，不自欺；他们在前仆后继的战斗，不过一面总在被摧残，被抹杀，消灭于黑暗中，不能为大家所知道罢了。说中国人失掉了自信力，用以指一部分人则可，倘若加于全体，那简直是诬蔑。

要论中国人，必须不被搽在表面的自欺欺人的脂粉所诓骗，却看看他的筋骨和脊梁。自信力的有无，状元宰相的文章是不足为据的，要自己去看地底下。

九月二十五日。

**题注：**

本篇最初发表于1934年10月20日上海《太白》半月刊第一卷第三期，署名公汗。收入《且介亭杂文》。由于民国政府在日本帝国主义侵略面前，一面坚持“不抵抗主义”，一面把希望寄托于国联，后来竟大搞“求神拜佛”之类自欺欺人的活动，因此有些人发出“中国人失掉了自信力”的叹息。鲁迅因而写作了本文。后来鲁迅在《且介亭杂文》的“附记”中写道：“《中国人失掉自信力了吗》也是写给《太白》的。凡是对于求神拜佛，略有不敬之处，都被删除……”

# 说“面子”

“面子”，是我们在谈话里常常听到的，因为好像一听就懂，所以细想的人大约不很多。

但近来从外国人的嘴里，有时也听到这两个音，他们似乎在研究。他们以为这一件事情，很不容易懂，然而是中国精神的纲领，只要抓住这个，就像二十四年前的拔住了辫子一样，全身都跟着走动了。相传前清时候，洋人到总理衙门去要求利益，一通威吓，吓得大官们满口答应，但临走时，却被从边门送出去。不给他走正门，就是他没有面子；他既然没有了面子，自然就是中国有了面子，也就是占了上风了。这是不是事实，我断不定，但这故事，“中外人士”中是颇有些人知道的。

因此，我颇疑心他们想专将“面子”给我们。

但“面子”究竟是怎么一回事呢？不想还好，一想可就觉得胡涂。它像是很有好几种的，每一种身份，就有一种“面子”，也就是所谓“脸”。这“脸”有一条界线，如果落到这线的下面去了，即失了面子，也叫作“丢脸”。不怕“丢脸”，便是“不要脸”。但倘使做了超出这线以上的事，就“有面子”，或曰“露脸”。而“丢脸”之道，则因人而不同，例如车夫坐在路边赤膊捉虱子，并不算什么，富家姑爷坐在路边赤膊捉虱子，才成为“丢脸”。但车夫也并非没有“脸”，不过这时不算“丢”，要给老婆踢了一脚，就躺倒哭起来，这才成为他的“丢脸”。这一条“丢脸”律，是也适用于上等人的。这样看来，“丢脸”的机会，似乎上等人比较的多，但也不一定，例如车夫偷一个钱袋，被人发见，是失了面子的，而上等人大捞一批金珠珍玩，却仿佛也不见得怎样“丢脸”，况且还有“出洋考察”，是改头换面的良方。

谁都要“面子”，当然也可以说是好事情，但“面子”这东西，却实在有些怪。九月三十日的《申报》就告诉我们一条新闻：沪西有业木匠大包作头之罗立鸿，为其母出殡，邀开“贳器店之王树宝夫妇帮忙，因来宾众多，所备白衣，不敷分配，其时适有名王道才，绰号三喜子，亦到来送殡，争穿白衣不遂，以为有失体面，心中怀恨，……邀集徒党数十人，各执铁棍，据说尚有持手枪者多人，将王树宝家人乱打，一时双方有剧烈之战争，头破血流，多人受有重伤。……”白衣是亲族有服者所穿的，现在必须“争穿”而又“不遂”，足见并非亲族，但竟以为“有失体面”，演成这样的大战了。这时候，好像只要和普通有些不同便是“有面子”，而自己成了什么，却可以完全不管。这类脾气，是“绅商”也不免发露的：袁世凯将要称帝的时候，有人以列名于劝进表中为“有面子”；有一国从青岛撤兵的时候，有人以列名于万民伞上为“有面子”。

所以，要“面子”也可以说并不一定是好事情——但我并非说，人应该“不要脸”。现在说话难，如果主张“非孝”，就有人会说你在煽动打父母，主张男女平等，就有人会说你在提倡乱交——这声明是万不可少的。

况且，“要面子”和“不要脸”实在也可以有很难分辨的时候。不是有一个笑话么？一个绅士有钱有势，我假定他叫四大人罢，人们都以能够和他扳谈为荣。有一个专爱夸耀的小瘪三，一天高兴的告诉别人道："四大人和我讲过话了！"人问他"说什么呢？"答道："我站在他门口，四大人出来了，对我说：滚开去！"当然，这是笑话，是形容这人的"不要脸"，但在他本人，是以为"有面子"的，如此的人一多，也就真成为"有面子"了。别的许多人，不是四大人连"滚开去"也不对他说么？

在上海，"吃外国火腿"虽然还不是"有面子"，却也不算怎么"丢脸"了，然而比起被一个本国的下等人所踢来，又仿佛近于"有面子"。

中国人要"面子"，是好的，可惜的是这"面子"是"圆机活法"，善于变化，于是就和"不要脸"混起来了。长谷川如是闲说"盗泉"云："古之君子，恶其名而不饮，今之君子，改其名而饮之。"也说穿了"今之君子"的"面子"的秘密。

十月四日。

**题注：**

本篇最初发表于1934年10月上海《漫画生活》月刊第二期。收入《且介亭杂文》。《漫画生活》是刊载漫画和杂文的月刊，吴朗西、黄士英等编辑，1934年9月创刊，上海美术生活杂志社发行。鲁迅曾在《华盖集续编·不是信》一文中说："我有时泛论一般现状，而无意中触着了别人的伤疤，实在是非常抱歉的事……其实我不过是泛论……"本文即为这样的"泛论"。作者又称之为"文明批评"和"社会批评"。文中"吃外国火腿"是上海话的俚语，被外国人踢的意思。长谷川如是闲是日本评论家。"不饮盗泉"，事见《尸子》："孔子……过于盗泉，渴矣而不饮，恶其名也。"盗泉在卞城（今山东泗水县东）东北卞山之阴。

# 运命

有一天，我坐在内山书店里闲谈——我是常到内山书店去闲谈的，我的可怜的敌对的“文学家”，还曾经借此竭力给我一个“汉奸”的称号，可惜现在他们又不坚持了——才知道日本的丙午年生，今年二十九岁的女性，是一群十分不幸的人。大家相信丙午年生的女人要克夫，即使再嫁，也还要克，而且可以多至五六个，所以想结婚是很困难的。这自然是一种迷信，但日本社会上的迷信也还是真不少。

我问：可有方法解除这夙命呢？回答是：没有。

接着我就想到了中国。

许多外国的中国研究家，都说中国人是定命论者，命中注定，无可奈何；就是中国的论者，现在也有些人这样说。但据我所知道，中国女性就没有这样无法解除的命运。“命凶”或“命硬”，是有的，但总有法子想，就是所谓“禳解”；或者和不怕相克的命的男子结婚，制住她的“凶”或“硬”。假如有一种命，说是要连克五六个丈夫的罢，那就早有道士之类出场，自称知道妙法，用桃木刻成五六个男人，画上符咒，和这命的女人一同行“结俪之礼”后，烧掉或埋掉，于是真来订婚的丈夫，就算是第七个，毫无危险了。

中国人的确相信运命，但这运命是有方法转移的。所谓“没有法子”，有时也就是一种另想道路——转移运命的方法。等到确信这是“运命”，真真“没有法子”的时候，那是在事实上已经十足碰壁，或者恰要灭亡之际了。运命并不是中国人的事前的指导，乃是事后的一种不费心思的解释。

中国人自然有迷信，也有“信”，但好像很少“坚信”。我们先前最尊皇帝，但一面想玩弄他，也尊后妃，但一面又有些想吊她的膀子；畏神明，而又烧纸钱作贿赂，佩服豪杰，却不肯为他作牺牲。崇孔的名儒，一面拜佛，信甲的战士，明天信丁。宗教战争是向来没有的，从北魏到唐末的佛道二教的此仆彼起，是只靠几个人在皇帝耳朵边的甘言蜜语。风水，符咒，拜祷……偌大的“运命”，只要化一批钱或磕几个头，就改换得和注定的一笔大不相同了——就是并不注定。

我们的先哲，也有知道“定命”有这么的不定，是不足以定人心的，于是他说，这用种种方法之后所得的结果，就是真的“定命”，而且连必须用种种方法，也是命中注定的。但看起一般的人们来，却似乎并不这样想。

人而没有“坚信”，狐狐疑疑，也许并不是好事情，因为这也就是所谓“无特操”。但我以为信运命的中国人而又相信运命可以转移，却是值得乐观的。不过现在为止，是在用迷信来转移别的迷信，所以归根结蒂，并无不同，以后倘能用正当的道理和实行——科学来替换了这迷信，那么，定命论的思想，也就和中国人离开了。

假如真有这一日，则和尚，道士，巫师，星相家，风水先生……的宝座，就都让给了科学家，我们也不必整年的见神见鬼了。

十月二十三日。

**题注：**

本篇最初发表于1934年11月20日上海《太白》半月刊第一卷第五期，署名公汗。收入《且介亭杂文》。中国人一向迷信，但却无稳固的宗教信仰，儒道释以及鬼神迷信混杂，没有“坚信”，尤缺科学思想和信念。本文即为剖析这种现象而作。“可怜的敌对的‘文学家’”“竭力给我一个‘汉奸’的称号”，是指1933年7月曾今可主办的《文艺座谈》第一卷第一期刊登的署名白羽遐的《内山书店小坐记》一文，文中影射鲁迅为日本间谍，以及1934年5月《社会新闻》第七卷第十二期刊载的署名思的《鲁迅愿作汉奸》一文，文中说鲁迅“与日本书局订定密约……乐于作汉奸矣”。

# “骗月亮”

杜衡先生在二月十四的《火炬》上教给我们，中国人的遇“月蚀放鞭炮决非出于迷信”，乃是“出于欺骗；一方面骗自己，但更主要的是骗月亮”，“借此敷衍敷衍面子，免得将来再碰到月亮的时候大家过不去”。

这也可见民众之不可信，正如莎士比亚的《凯撒传》所揭破了，他们不但骗自己，还要骗月亮，——但不知道是否也骗别人？

况且还有未经杜衡先生指出的一点：是愚。他们只想到将来会碰到月亮，放鞭炮去声援，却没有想到也会碰到天狗。并且不知道即使现在并不声援，将来万一碰到月亮时，也可以随机说出一番道理来敷衍过去的。

我想：如果他们知道这两点，那态度就一定可以“超然”，很难看见骗的痕迹了。

**题注：**

本篇最初发表于1935年3月5日上海《太白》半月刊第一卷第

十二期“掂斤簸两”栏，署名何干。初未收集。1935年2月，自称“第三种人”的杜衡在《大晚报·火炬》上发表《月蚀引起的话》，说群众在月蚀时放鞭炮不是出于迷信，而是“出于欺骗”，以便将来见到月亮时可以“敷衍面子”。鲁迅因此作本文。

# 论“人言可畏”

“人言可畏”是电影明星阮玲玉自杀之后，发见于她的遗书中的话。这哄动一时的事件，经过了一通空论，已经渐渐冷落了，只要《玲玉香消记》一停演，就如去年的艾霞自杀事件一样，完全烟消火灭。她们的死，不过像在无边的人海里添了几粒盐，虽然使扯淡的嘴巴们觉得有些味道，但不久也还是淡，淡，淡。

这句话，开初是也曾惹起一点小风波的。有评论者，说是使她自杀之咎，可见也在日报记事对于她的诉讼事件的张扬；不久就有一位记者公开的反驳，以为现在的报纸的地位，舆论的威信，可怜极了，那里还有丝毫主宰谁的运命的力量，况且那些记载，大抵采自经官的事实，绝非捏造的谣言，旧报具在，可以复按。所以阮玲玉的死，和新闻记者是毫无关系的。

这都可以算是真实话。然而——也不尽然。

现在的报章之不能像个报章，是真的；评论的不能逞心而谈，失了威力，也是真的，明眼人决不会过分的责备新闻记者。但是，新闻的威力其实是并未全盘坠地的，它对甲无损，对乙却会有伤；对强者它是弱者，但对更弱者它却还是强者，所以有时虽然吞声忍气，有时仍可以耀武扬威。于是阮玲玉之流，就成了发扬余威的好材料了，因为她颇有名，却无力。小市民总爱听人们的丑闻，尤其是有些熟识的人的丑闻。上海的街头巷尾的老虔婆，一知道近邻的阿二嫂家有野男人出入，津津乐道，但如果对她讲甘肃的谁在偷汉，新疆的谁在再嫁，她就不要听了。阮玲玉正在现身银幕，是一个大家认识的人，因此她更是给报章凑热闹的好材料，至少也可以增加一点销场。读者看了这些，有的想："我虽然没有阮玲玉那么漂亮，却比她正经"；有的想："我虽然不及阮玲玉的有本领，却比她出身高"；连自杀了之后，也还可以给人想："我虽然没有阮玲玉的技艺，却比她有勇气，因为我没有自杀"。化几个铜元就发见了自己的优胜，那当然是很上算的。但靠演艺为生的人，一遇到公众发生了上述的前两种的感想，她就够走到末路了。所以我们且不要高谈什么连自己也并不了然的社会组织或意志强弱的滥调，先来设身处地的想一想罢，那么，大概就会知道阮玲玉的以为"人言可畏"，是真的，或人的以为她的自杀，和新闻记事有关，也是真的。

但新闻记者的辩解，以为记载大抵采自经官的事实，却也是真的。上海的有些介乎大报和小报之间的报章，那社会新闻，几乎大半是官司已经吃到公安局或工部局去了的案件。但有一点坏习气，是偏要加上些描写，对于女性，尤喜欢加上些描写；这种案件，是不会有名公巨卿在内的，因此也更不妨加上些描写。案中的男人的年纪和相貌，是大抵写得老实的，一遇到女人，可就要发挥才藻了，不是"徐娘半老，风韵犹存"，就是"豆蔻年华，玲珑可爱"。一个女孩儿跑掉了，自奔或被诱还不可知，才子就断定道，"小姑独宿，不惯无郎"，你怎么知道？一个村妇再醮了两回，原是穷乡僻壤的常事，一到才子的笔下，就又赐以大字的题目道，"奇淫不减武则天"，这程度你又怎么知道？这些轻薄句子，加之村姑，大约是并无什么影响的，她不识字，她的关系人也未必看报。但对于一个智识者，尤其是对于一个出到社会上了的女性，却足够使她受伤，更不必说故意张扬，特别渲染的文字了。然而中国的习惯，这些句子是摇笔即来，不假思索的，这时不但不会想到这也是玩弄着女性，并且也不会想到自己乃是人民的喉舌。但是，无论你怎么描写，在强者是毫不要紧的，只消一封信，就会有正误或道歉接着登出来，不过无拳无勇如阮玲玉，可就正做了吃苦的材料了，她被额外的画上一脸花，没法洗刷。叫她奋斗吗？她没有机关报，怎么奋斗；有冤无头，有怨无主，和谁奋斗呢？我们又可以设身处地的想一想，那么，大概就又知她的以为“人言可畏”，是真的，或人的以为她的自杀，和新闻记事有关，也是真的。

然而，先前已经说过，现在的报章的失了力量，却也是真的，不过我以为还没有到达如记者先生所自谦，竟至一钱不值，毫无责任的时候。因为它对于更弱者如阮玲玉一流人，也还有左右她命运的若干力量的，这也就是说，它还能为恶，自然也还能为善。“有闻必录”或“并无能力”的话，都不是向上的负责的记者所该采用的口头禅，因为在实际上，并不如此，——它是有选择的，有作用的。

至于阮玲玉的自杀，我并不想为她辩护。我是不赞成自杀，自己也不预备自杀的。但我的不预备自杀，不是不屑，却因为不能。凡有谁自杀了，现在是总要受一通强毅的评论家的呵斥，阮玲玉当然也不在例外。然而我想，自杀其实是不很容易，决没有我们不预备自杀的人们所渺视的那么轻而易举的。倘有谁以为容易么，那么，你倒试试看！

自然，能试的勇者恐怕也多得很，不过他不屑，因为他有对于社会的伟大的任务。那不消说，更加是好极了，但我希望大家都有一本笔记簿，写下所尽的伟大的任务来，到得有了曾孙的时候，拿出来算一算，看看怎么样。

五月五日。

**题注：**

本文最初发表于1935年5月20日上海《太白》半月刊第二卷第五期，署名赵令仪。收入《且介亭杂文二集》。阮玲玉，广东中山人，电影演员，因婚姻问题受到一些报纸的毁谤，于1935年3月间自杀。她的遗书中有“人言可畏”一语。阮玲玉自杀后，报刊上发表种种评论，曾有人指出阮的自杀与无聊记者对她的诉讼案件的张扬有关。但一些记者极力辩解，开脱责任。为此鲁迅撰写了本文。

# “靠天吃饭”

“靠天吃饭说”是我们中国的国宝。清朝中叶就有《靠天吃饭图》的碑，民国初年，状元陆润庠先生也画过一张：一个大“天”字，末一笔的尖端有一位老头子靠着，捧了碗在吃饭。这图曾经石印，信天派或嗜奇派，也许还有收藏的。

而大家也确是实行着这学说，和图不同者，只是没有碗捧而已。这学说总算存在着一半。

前一月，我们曾经听到过嚷着“旱象已成”，现在是梅雨天，连雨了十几日，是每年必有的常事，又并无飓风暴雨，却又到处发现水灾了。植树节所种的几株树，也不足以挽回天意。“五日一风，十日一雨”的唐虞之世，去今已远，靠天而竟至于不能吃饭，大约为信天派所不及料的罢。到底还是做给俗人读的《幼学琼林》聪明，曰：“轻清者上浮而为天”，“轻清”而又“上浮”，怎么一个“靠”法。

古时候的真话，到现在就有些变成谎话。大约是西洋人说的罢，世界上穷人有份的，只有日光空气和水。这在现在的上海就不适用，卖心卖力的被一天关到夜，他就晒不着日光，吸不到好空气；装不起自来水的，也喝不到干净水。报上往往说：“近来天时不正，疾病盛行”，这岂只是“天时不正”之故，“天何言哉”，它默默地被冤枉了。

但是，“天”下去就要做不了“人”，沙漠中的居民为了一塘水，争夺起来比我们这里的才子争夺爱人还激烈，他们要拚命，决不肯做一首“阿呀诗”就了事。洋大人斯坦因博士，不是从甘肃敦煌的沙里掘去了许多古董么？那地方原是繁盛之区，靠天的结果，却被天风吹了沙埋没了。为制造将来的古董起见，靠天确也是一种好方法，但为活人计，却是不大值得的。

一到这里，就不免要说征服自然了，但现在谈不到，“带住”可也。

七月一日。

**题注：**

本文最初发表于1935年7月20日上海《太白》半月刊第二卷第九期，署名姜珂。收入《且介亭杂文二集》。当时连年水旱风灾，而国民党的腐败统治又加重了自然灾害的后果，造成人民不堪其苦，流离失所，疾病流行。对此，统治者和一些舆论，简单地归结为“天时不正”。鲁迅认为问题不在天，而在人，有更重要的社会原因，不变革社会，就谈不到征服自然的问题，因而作本文。“《靠天吃饭图》的碑”，位于济南大明湖铁公祠，上有清嘉庆癸酉（1813）魏祥的一篇文章，说他在五台山得一石拓，乃重刻一石，并作《靠天论》。

# 内山完造作《活中国的姿态》序

这也并非自己的发见，是在内山书店里听着漫谈的时候拾来的，据说：像日本人那样的喜欢“结论”的民族，就是无论是听议论，是读书，如果得不到结论，心里总不舒服的民族，在现在的世上，好像是颇为少有的，云。

接收了这一个结论之后，就时时令人觉得很不错。例如关于中国人，也就是这样的。明治时代的支那研究的结论，似乎大抵受着英国的什么人做的《支那人气质》的影响，但到近来，却也有了面目一新的结论了。一个旅行者走进了下野的有钱的大官的书斋，看见有许多很贵的砚石，便说中国是“文雅的国度”；一个观察者到上海来一下，买几种猥亵的书和图画，再去寻寻奇怪的观览物事，便说中国是“色情的国度”。连江苏和浙江一带，大吃竹笋的事，也算作色情心理的表现的一个证据。然而广东和北京等处，因为竹少，所以并不怎么吃竹笋。倘到穷文人的家里或者寓里去，不但无所谓书斋，连砚石也不过用着两角钱一块的家伙。一看见这样的事，先前的结论就通不过去了，所以观察者也就有些窘，不得不另外摘出什么适当的结论来。于是这一回，是说支那很难懂得，支那是“谜的国度”了。

据我自己想：只要是地位，尤其是利害一不相同，则两国之间不消说，就是同国的人们之间，也不容易互相了解的。

例如罢，中国向西洋派遣过许多留学生，其中有一位先生，好像也并不怎样喜欢研究西洋，于是提出了关于中国文学的什么论文，使那边的学者大吃一惊，得了博士的学位，回来了。然而因为在外国研究得太长久，忘记了中国的事情，回国之后，就只好来教授西洋文学。他一看见本国乞丐之多，非常诧异，慨叹道：他们为什么不去研究学问，却自甘堕落的呢？所以下等人实在是无可救药的。

不过这是极端的例子。倘使长久的生活于一地方，接触着这地方的人民，尤其是接触，感得了那精神，认真的想一想，那么，对于那国度，恐怕也未必不能了解罢。

著者是二十年以上，生活于中国，到各处去旅行，接触了各阶级的人们的，所以来写这样的漫文，我以为实在是适当的人物。事实胜于雄辩，这些漫文，不是的确放着一种异彩吗？自己也常常去听漫谈，其实是负有捧场的权利和义务的，但因为已是很久的“老朋友”了，所以也想添几句坏话在这里。其一，是有多说中国的优点的倾向，这是和我的意见相反的，不过著者那一面，也自有他的意见，所以没有法子想。还有一点，是并非坏话也说不定的，就是读起那漫文来，往往颇有令人觉得“原来如此”的处所，而这令人觉得“原来如此”的处所，归根结蒂，也还是结论。幸而卷末没有明记着“第几章：结论”，所以仍不失为漫谈，总算还好的。

然而即使说是漫谈，著者的用心，还是在将中国的一部分的真相，绍介给日本读者的。但是，在现在，总依然是因了各种的读者，那结果也不一样罢。这是没有法子的事。据我看来，日本和中国的人们之间，是一定会有互相了解的时候的。新近的报章上，虽然又在竭力的说着“亲善”呀，“提携”呀，到得明年，也不知道又将说些什么话，但总而言之，现在却不是这时候。

倒不如看看漫文，还要有意思一点罢。

一九三五年三月五日鲁迅记于上海。

**题注：**

本篇最初编入1935年11月上海学艺书院出版的《活中国的姿态》一书，系鲁迅用日文为该书所作的序文，后由鲁迅自译为中文，编入《且介亭杂文二集》。内山完造，上海内山书店老板，是与鲁迅关系最为密切的日本友人。他根据在中国生活20多年的种种感受，写成了《活中国的姿态》一书，请鲁迅为之作序。在《且介亭杂文二集·后记》中，鲁迅又说：“《活中国的姿态》的序文里，我在对于‘支那通’加以讥刺，且说明日本人的喜欢结论，语意之间好象笑着他们的粗疏。然而这脾气是也有长处的，他们的急于寻求结论，是因为急于实行的缘故，我们不应该笑一笑就完。”

# 难答的问题

何干

大约是因为经过了“儿童年”的缘故罢，这几年来，向儿童们说话的刊物多得很，教训呀，指导呀，鼓励呀，劝谕呀，七嘴八舌，如果精力的旺盛不及儿童的人，是看了要头昏的。

最近，二月九日《申报》的《儿童专刊》上，有一篇文章在对儿童讲《武训先生》。它说他是一个乞丐，自己吃臭饭，喝脏水，给人家做苦工，“做得了钱，却把它储起来。只要有人给他钱，甚至他可以跪下来的”。

这并不算什么特别。特别的是他得了钱，却一文也不化，终至于开办了一个学校。

于是这篇《武训先生》的作者提出一个问题来道：

“小朋友！你念了上面的故事，有什么感想？”

我真也极愿意知道小朋友将有怎样的感想。假如念了上面的故事的人，是一个乞丐，或者比乞丐景况还要好，那么，他大约要自愧弗如，或者愤慨于中国少有这样的乞丐。然而小朋友会怎样感想呢，他们恐怕只好圆睁了眼睛，回问作者道：

“大朋友！你讲了上面的故事，是什么意思？”

**题注：**

本篇最初发表于1936年2月20日上海《海燕》月刊第二期，署名何干。初未收集。该年2月9日《申报》的《儿童专刊》发表署名“雨人”的文章《武训先生》，说武训是一个乞丐，自己吃臭饭，喝脏水，给人家做苦工，“做得了钱，却把它储起来。只要有人给他钱，甚至他可以跪下来的”。鲁迅认为这是向儿童灌输奴才意识，因而在本文中用对话的方式，巧妙地给予了批评。武训，山东堂邑（今聊城）人，曾行乞筹资兴办义学。他的事迹被封建统治者和某些文人用封建的思想加以渲染，起到不好的效果。

# 登错的文章

何干

印给少年们看的刊物上，现在往往见有描写岳飞呀，文天祥呀的故事文章。自然，这两位，是给中国人挣面子的，但来做现在的少年们的模范，却似乎迂远一点。

他们俩，一位是文官，一位是武将，倘使少年们受了感动，要来模仿他，他就先得在普通学校卒业之后，或进大学，再应文官考试，或进陆军学校，做到将官，于是武的呢，准备被十二金牌召还，死在牢狱里；文的呢，起兵失败，死在蒙古人的手中。

宋朝怎么样呢？有历史在，恕不多谈。

不过这两位，却确可以励现任的文官武将，愧前任的降将逃官，我疑心那些故事，原是为办给大人老爷们看的刊物而作的文字，不知怎么一来，却错登在少年读物上面了，要不然，作者是决不至于如此低能的。

**题注：**

本篇最初发表于1936年2月20日上海《海燕》月刊第二期。初未收集。当时的民国政府奉行“攘外必先安内”的政策，对于日本军国主义不断扩大的对华侵略，在军事上奉行“不抵抗主义”，在外交上一味妥协退让，使中华民族面临亡国灭种的紧要关头。这时某些少儿刊物却对少年儿童宣传岳飞、文天祥两位英雄。作者认为这类故事，首先应该用来教育当时的文官武将、降将逃官，首先应刊登在“给大人老爷们看的刊物”上的，“却错登在少年读物上面了”。因此写作了本文。

# 我要骗人

疲劳到没有法子的时候，也偶然佩服了超出现世的作家，要模仿一下来试试。然而不成功。超然的心，是得像贝类一样，外面非有壳不可的。而且还得有清水。浅间山边，倘是客店，那一定是有的罢，但我想，却未必有去造“象牙之塔”的人的。

为了希求心的暂时的平安，作为穷余的一策，我近来发明了别样的方法了，这就是骗人。

去年的秋天或是冬天，日本的一个水兵，在闸北被暗杀了。忽然有了许多搬家的人，汽车租钱之类，都贵了好几倍。搬家的自然是中国人，外国人是很有趣似的站在马路旁边看。我也常常去看的。一到夜里，非常之冷静，再没有卖食物的小商人了，只听得有时从远处传来着犬吠。然而过了两三天，搬家好像被禁止了。警察拚死命的在殴打那些拉着行李的大车夫和洋车夫，日本的报章，中国的报章，都异口同声的对于搬了家的人们给了一个“愚民”的徽号。这意思就是说，其实是天下太平的，只因为有这样的“愚民”，所以把颇好的天下，弄得乱七八糟了。

我自始至终没有动，并未加入“愚民”这一伙里。但这并非为了聪明，却只因为懒惰。也曾陷在五年前的正月的上海战争——日本那一面，好像是喜欢称为“事变”似的——的火线下，而且自由早被剥夺，夺了我的自由的权力者，又拿着这飞上空中了，所以无论跑到那里去，都是一个样。中国的人民是多疑的。无论那一国人，都指这为可笑的缺点。然而怀疑并不是缺点。总是疑，而并不下断语，这才是缺点。我是中国人，所以深知道这秘密。其实，是在下着断语的，而这断语，乃是：到底还是不可信。但后来的事实，却大抵证明了这断语的的确。中国人不疑自己的多疑。所以我的没有搬家，也并不是因为怀着天下太平的确信，说到底，仍不过为了无论那里都一样的危险的缘故。五年以前翻阅报章，看见过所记的孩子的死尸的数目之多，和从不见有记着交换俘虏的事，至今想起来，也还是非常悲痛的。

虐待搬家人，殴打车夫，还是极小的事情。中国的人民，是常用自己的血，去洗权力者的手，使他又变成洁净的人物的，现在单是这模样就完事，总算好得很。

但当大家正在搬家的时候，我也没有整天站在路旁看热闹，或者坐在家里读世界文学史之类的心思。走远一点，到电影院里散闷去。一到那里，可真是天下太平了。这就是大家搬家去住的处所。我刚要跨进大门，被一个十二三岁的女孩子捉住了。是小学生，在募集水灾的捐款，因为冷，连鼻子尖也冻得通红。我说没有零钱，她就用眼睛表示了非常的失望。我觉得对不起人，就带她进了电影院，买过门票之后，付给她一块钱。她这回是非常高兴了，称赞我道，“你是好人”，还写给我一张收条。只要拿着这收条，就无论到那里，都没有再出捐款的必要。于是我，就是所谓“好人”，也轻松的走进里面了。

看了什么电影呢？现在已经丝毫也记不起。总之，大约不外乎一个英国人，为着祖国，征服了印度的残酷的酋长，或者一个美国人，到亚非利加去，发了大财，和绝世的美人结婚之类罢。这样的消遣了一些时光，傍晚回家，又走进了静悄悄的环境。听到远地里的犬吠声。女孩子的满足的表情的相貌，又在眼前出现，自己觉得做了好事情了，但心情又立刻不舒服起来，好像嚼了肥皂或者什么一样。

诚然，两三年前，是有过非常的水灾的，这大水和日本的不同，几个月或半年都不退。但我又知道，中国有着叫作“水利局”的机关，每年从人民收着税钱，在办事。但反而出了这样的大水了。我又知道，有一个团体演了戏来筹钱，因为后来只有二十几元，衙门就发怒不肯要。连被水灾所害的难民成群的跑到安全之处来，说是有害治安，就用机关枪去扫射的话也都听到过。恐怕早已统统死掉了罢。然而孩子们不知道，还在拚命的替死人募集生活费，募不到，就失望，募到手，就喜欢。而其实，一块来钱，是连给水利局的老爷买一天的烟卷也不够的。我明明知道着，却好像也相信款子真会到灾民的手里似的，付了一块钱。实则不过买了这天真烂漫的孩子的欢喜罢了。我不爱看人们的失望的样子。

倘使我那八十岁的母亲，问我天国是否真有，我大约是会毫不踌蹰，答道真有的罢。

然而这一天的后来的心情却不舒服。好像是又以为孩子和老人不同，骗她是不应该似的，想写一封公开信，说明自己的本心，去消释误解，但又想到横竖没有发表之处，于是中止了，时候已是夜里十二点钟。到门外去看了一下。

已经连人影子也看不见。只在一家的檐下，有一个卖馄饨的，在和两个警察谈闲天。这是一个平时不大看见的特别穷苦的肩贩，存着的材料多得很，可见他并无生意。用两角钱买了两碗，和我的女人两个人分吃了。算是给他赚一点钱。

庄子曾经说过："干下去的（曾经积水的）车辙里的鲋鱼，彼此用唾沫相湿，用湿气相嘘，"——然而他又说，"倒不如在江湖里，大家互相忘却的好。"

可悲的是我们不能互相忘却。而我，却愈加恣意的骗起人来了。如果这骗人的学问不毕业，或不中止，恐怕是写不出圆满的文章来的。

但不幸而在既未卒业，又未中止之际，遇到山本社长了。因为要我写一点什么，就在礼仪上，答道"可以的"。因为说过"可以"，就应该写出来，不要使他失望，然而到底也还是写了骗人的文章。

写着这样的文章，也不是怎么舒服的心地。要说的话多得很，但得等候"中日亲善"更加增进的时光。不久之后，恐怕那"亲善"的程度，竟会到在我们中国，认为排日即国贼——因为说是共产党利用了排日的口号，使中国灭亡的缘故——而到处的断头台上，都闪烁着太阳的圆圈的罢，但即使到了这样子，也还不是披沥真实的心的时光。

单是自己一个人的过虑也说不定：要彼此看见和了解真实的心，倘能用了笔，舌，或者如宗教家之所谓眼泪洗明了眼睛那样的便当的方法，那固然是非常之好的，然而这样便宜事，恐怕世界上也很少有。这是可以悲哀的。一面写着漫无条理的文章，一面又觉得对不起热心的读者了。

临末，用血写添几句个人的预感，算是一个答礼罢。

二月二十三日。

**题注：**

本篇原稿系日文，最初发表于1936年日本东京《改造》月刊四月号，后由鲁迅自译为中文，发表于同年6月上海《文学丛报》月刊第三期。初未收集。在《改造》上发表时，文中“上海”“死尸”“俘虏”和“太阳的圆圈”等词都被删去。《文学丛报》发表时由鲁迅补入。1935年是灾害频仍的一年。6月长江流域大水致1000多万人受灾，死亡逾14万人；7月，黄河在山东决口，200多万人受灾，无数灾民流离街头。与此同时，日军加紧了侵犯中国华北等地的图谋，民国政府与日本签订了丧权辱国的《何梅协定》。国家内忧外患，人人痛苦不堪，但在统治者的高压政策下，鲁迅不能说真心话。面对善良的人们，鲁迅发出了“我要骗人”的充满反讽与郁愤的感叹。

# “立此存照”（三）

晓角

饱暖了的白人要搔痒的娱乐，但菲洲食人蛮俗和野兽影片已经看厌，我们黄脸低鼻的中国人就被搬上银幕来了。于是有所谓“辱华影片”事件，我们的爱国者，往往勃发了义愤。

五六年前罢，因为《月宫盗宝》这片子，和范朋克大闹了一通，弄得不欢而散。但好像彼此到底都没有想到那片子上其实是蒙古王子，和我们不相干；而故事是出于《天方夜谈》的，也怪不得只是演员非导演的范朋克。

不过我在这里，也并无替范朋克叫屈的意思。

今年所提起的《上海快车》事件，却比《盗宝》案切实得多了。我情愿做一回“文剪公”，因为事情和文章都有意思，太删节了怕会索然无味。首先，是九月二十日上海《大公报》内《大公俱乐部》上所载的，萧运先生的《冯史丹堡过沪再志》：

> “这几天，上海的电影界，忙于招待一位从美国来的贵宾，那便是派拉蒙公司的名导演约瑟夫·冯史丹堡（Josef von Sternberg），当一些人在热烈地欢迎他的时候，同时有许多人在向

他攻击，因为他是辱华片《上海快车》(Shanghai Express)的导演人，他对于我国曾有过重大的侮蔑。这是令人难忘的一回事！

“说起《上海快车》，那是五年前的事了，上海正当一二八战事之后，一般人的敌忾心理还很敏锐，所以当这部歪曲了事实的好莱坞出品在上海出现时，大家不由都一致发出愤慨的呼声，像昙花一现地，这部影片只映了两天，便永远在我国人眼前消灭了。到了五年后的今日，这部片子的导演人还不能避免舆论的谴责。说不定经过了这回教训之后，冯史丹堡会明白，无理侮蔑他人是不值得的。

“拍《上海快车》的时候，冯史丹堡对于中国，可以说一点印象没有，中国是怎样的，他从来不晓得，所以他可以替自己辩护，这回侮辱中国，并非有意如此。但是现在，他到过中国了，他看过中国了，如果回好莱坞之后，他再会制出《上海快车》那样作品，那才不可恕呢。他在上海时对人说他对中国的印象很好，希望他这是真话。”(下略。)

但是，究竟如何？不幸的是也是这天的《大公报》，而在《戏剧与电影》上，登有弃扬先生的《艺人访问记》，云：

“以《上海快车》一片引起了中国人注意的导演人约瑟夫·冯史登堡氏，无疑，从这次的旅华后，一定会获得他的第二部所谓辱华的题材的。

“‘中国人没有自知，《上海快车》所描写的，从此次的来华，益给了我不少证实……’不像一般来华的访问者，一到中国就改变了他原有的论调；冯史登堡氏确有着这样一种隽然的艺术家风度，这是很值得我们的敬佩的。”

（中略。）

“没有极正面去抗议《上海快车》这作品，只把他在美时和已来华后，对中日的感想来问了。

“不立刻置答，继而莞然地说：

“‘在美时和已来华后，并没有什么不同，东方风味确然两样，日本的风景很好，中国的北平亦好，上海似乎太繁华了，苏州太旧，神秘的情调，确实是有的。许多访问者都以《上海快车》事来质问我，实际上，不必掩饰是确有其事的。现在是更留得了一个真切的印象。……我不带摄影机，但我的眼睛，是不会叫我忘记这一些的。’使我想起了数年前南京中山路，为了招待外宾而把茅棚拆除的故事。……”

原来他不但并不改悔，倒更加坚决了，怎样想着，便怎么说出，真有日耳曼人的好的一面的蛮风，我同意记者之所说：“值得我们的敬佩”。

我们应该有“自知”之明，也该有知人之明：我们要知道他并不把中国的“舆论的谴责”放在心里，我们要知道中国的舆论究有多大的权威。

“但是现在，他到过中国了，看过中国了”，“他在上海时对人说他对中国的印象很好”，据《访问记》，也确是“真话”。不过他说“好”的是北平，是地方，不是中国人，中国的地方，从他们看来，和人们已经几乎并无关系了。

况且我们其实也并无什么好的人事给他看。我看过关于冯史丹堡的文章，就去翻阅前一天的，十九日的报纸，也没有什么体面事，现在就剪两条电报在这里：

“（北平十八日中央社电）平九一八纪念日，警宪戒备极严，晨六时起，保安侦缉两队全体出动，在各学校公共场所冲要街巷等处配置一切，严加监视，所有军警，并停止休息一日。全市空气颇呈紧张，但在平安中渡过。”

“（天津十八日下午十一时专电）本日傍晚，丰台日军突将二十九军驻防该处之冯治安部包围，勒令缴械，入夜尚在相持中。日军已自北平增兵赴丰台，详况不明。查月来日方迭请宋哲元部将冯部撤退，宋迄未允。”

跳下一天，二十日的报上的电报：

“（丰台十九日同盟社电）十八日之丰台事件，于十九日上午九时半圆满解决，同时日本军解除包围形势，集合于车站前大坪，中国军亦同样整列该处，互释误会。”

再下一天，二十一日报上的电报：

“（北平二十日中央社电）丰台中日军误会解决后，双方当局为避免今后再发生同样事件，经详细研商，决将两军调至较远之地方，故我军原驻丰台之二营五连，已调驻丰台迤南之赵家村，驻丰日军附近，已无我军踪迹矣。”

我不知道现在冯史丹堡在那里，倘还在中国，也许要错认今年为“误会年”，十八日为“学生造反日”的罢。

其实，中国人是并非“没有自知”之明的，缺点只在有些人安于

“自欺”，由此并想“欺人”。譬如病人，患着浮肿，而讳疾忌医，但愿别人胡涂，误认他为肥胖。妄想既久，时而自己也觉得好像肥胖，并非浮肿；即使还是浮肿，也是一种特别的好浮肿，与众不同。如果有人，当面指明：这非肥胖，而是浮肿，且并不“好”，病而已矣。那么，他就失望，含羞，于是成怒，骂指明者，以为昏妄。然而还想吓他，骗他，又希望他畏惧主人的愤怒和骂詈，惴惴的再看一遍，细寻佳处，改口说这的确是肥胖。于是他得到安慰，高高兴兴，放心的浮肿着了。

不看“辱华影片”，于自己是并无益处的，不过自己不看见，闭了眼睛浮肿着而已。但看了而不反省，却也并无益处。我至今还在希望有人翻出斯密斯的《支那人气质》来。看了这些，而自省，分析，明白那几点说的对，变革，挣扎，自做工夫，却不求别人的原谅和称赞，来证明究竟怎样的是中国人。

**题注：**

本篇最初发表于1936年10月5日上海《中流》半月刊第一卷第三期。初未收集。1936年9月，曾制作辱华影片《上海快车》的美国电影导演冯史丹堡访问上海。9月20日《大公报》刊载署名“萧运”的《冯史丹堡过沪再志》及署名“奔扬”的《艺人访问记》两文，指出这位美国导演，不但没有改变其轻侮中国的态度，倒更加坚决了。而在此前的1929年，美国电影演员范朋克（D. Fairbanks）到上海游历，当时的报纸曾指摘他在影片《月宫盗宝》中侮辱中国人。鲁迅一贯关注并致力于中国的国民性改造问题。在日本留学时，他就阅读了美国人亚当·史密斯的《中国人的气质》一书，对改造中国国民性问题，进行了深入的思考。1936年病重时，他对这个问题仍旧很关注，看到报上的新闻报道后，写作了本文。

# “立此存照”（四）

晓角

近年的期刊有《越风》，撰人既非全是越人，所谈也非尽属越事，殊不知其命名之所以然。自然，今年是必须痛骂贰臣和汉奸的，十七期中，有高越天先生作的《贰臣汉奸的丑史和恶果》，第一节之末云：

> “明朝颇崇气节，所以亡国之际，忠臣义烈，殉节不屈的多不胜计，实为我汉族生色。但是同时汉奸贰臣，却也不少，最大汉奸吴三桂，贰臣洪承畴，这两个没廉耻的东西，我们今日闻名，还须掩鼻。其实他们在当时昧了良心努力讨好清廷，结果还是‘鸟尽弓藏，兔死狗烹’，真是愚不可及，大汉奸的下场尚且如此，许多次等汉奸，结果自更属可惨。……”

后又据《雪庵絮墨》，述清朝对于开创功臣，皆配享太庙，然无汉人之耿精忠，尚可喜，吴三桂，洪承畴四名，洪且由乾隆列之《贰臣传》之首，于是诫曰：

> “似这样丢脸的事情，我想不独含怨泉下的洪经略要大吃一

惊，凡一班吃里爬外，枪口向内的狼鼠之辈，读此亦当憬然而悟矣。”

这种训诫，是反问不得的。倘有不识时务者问：“如果那时并不‘鸟尽弓藏，兔死狗烹’，而且汉人也配享太庙，洪承畴不入《贰臣传》，则将如何？”我觉得颇费唇舌。

因为卫国和经商不同，值得与否，并不是第一着也。

**题注：**

本篇最初发于1936年10月5日上海《中流》半月刊第一卷第三期。初未收集。在当时日军全面侵华步步紧逼、民族矛盾空前严重的情况下，历史上一些抵御外侮的忠臣的事迹被宣传，但这种宣传的立意和出发点，大多从个人的荣辱进退出发，而非从民族的大义出发。本篇录存的是1936年7月30日《越风》半月刊第十七期所载高越天的《贰臣汉奸的丑史和恶果》中的两段文字。《越风》是黄萍荪主编的小品文半月刊，1935年10月创刊于杭州。

# 半夏小集

一

A：你们大家来品评一下罢，B竟蛮不讲理的把我的大衫剥去了！

B：因为A还是不穿大衫好看。我剥它掉，是提拔他；要不然，我还不屑剥呢。

A：不过我自己却以为还是穿着好……

C：现在东北四省失掉了，你漫不管，只嚷你自己的大衫，你这利己主义者，你这猪猡！

C太太：他竟毫不知道B先生是合作的好伴侣，这昏蛋！

二

用笔和舌，将沦为异族的奴隶之苦告诉大家，自然是不错的，但要十分小心，不可使大家得着这样的结论："那么，到底还不如我们似的做自己人的奴隶好。"

## 三

“联合战线”之说一出，先前投敌的一批“革命作家”，就以“联合”的先觉者自居，渐渐出现了。纳款，通敌的鬼蜮行为，一到现在，就好像都是“前进”的光明事业。

## 四

这是明亡后的事情。

凡活着的，有些出于心服，多数是被压服的。但活得最舒服横恣的是汉奸；而活得最清高，被人尊敬的，是痛骂汉奸的逸民。后来自己寿终林下，儿子已不妨应试去了，而且各有一个好父亲。至于默默抗战的烈士，却很少能有一个遗孤。

我希望目前的文艺家，并没有古之逸民气。

## 五

A：B，我们当你是一个可靠的好人，所以几种关于革命的事情，都没有瞒了你。你怎么竟向敌人告密去了？

B：岂有此理！怎么是告密！我说出来，是因为他们问了我呀。

A：你不能推说不知道吗？

B：什么话！我一生没有说过谎，我不是这种靠不住的人！

## 六

A：阿呀，B 先生，三年不见了！你对我一定失望了罢？……

B：没有的事……为什么？

A：我那时对你说过，要到西湖上去做二万行的长诗，直到现在，一个字也没有，哈哈哈！

B：哦，……我可并没有失望。

A：您的“世故”可是进步了，谁都知道您记性好，“责人严”，不会这么随随便便的，您现在也学会了说谎。

B：我可并没有说谎。

A：那么，您真的对我没有失望吗？

B：唔，无所谓失不失望，因为我根本没有相信过你。

## 七

庄生以为“在上为乌鸢食，在下为蝼蚁食”，死后的身体，大可随便处置，因为横竖结果都一样。

我却没有这么旷达。假使我的血肉该喂动物，我情愿喂狮虎鹰隼，却一点也不给癞皮狗们吃。

养肥了狮虎鹰隼，它们在天空，岩角，大漠，丛莽里是伟美的壮观，捕来放在动物园里，打死制成标本，也令人看了神旺，消去鄙吝的心。

但养胖一群癞皮狗，只会乱钻，乱叫，可多么讨厌！

## 八

琪罗编辑圣·蒲孚的遗稿，名其一部为《我的毒》(Mes Poisons)；我从日译本上，看见了这样的一条：

> "明言轻蔑着什么人，并不是十足的轻蔑。惟沉默是最高的轻蔑。——我在这里说，也是多余的。"

诚然，"无毒不丈夫"，形诸笔墨，却还不过是小毒。最高的轻蔑是无言，而且连眼珠也不转过去。

## 九

作为缺点较多的人物的模特儿，被写入一部小说里，这人总以为是晦气的。

殊不知这并非大晦气，因为世间实在还有写不进小说里去的人。倘写进去，而又逼真，这小说便被毁坏。

譬如画家，他画蛇，画鳄鱼，画龟，画果子壳，画字纸篓，画垃圾堆，但没有谁画毛毛虫，画癞头疮，画鼻涕，画大便，就是一样的道理。

有人一知道我是写小说的，便回避我，我常想这样的劝止他，但可惜我的毒还不到这程度。

**题注：**

本篇最初发表于1936年10月15日上海《作家》月刊第一卷第二期。初未收集。1936年5月，鲁迅病重，卧床不起。当时在宣传抗日民族统一战线过程中，文艺界出现了一些错误的思想倾向，而鲁迅一生无情鞭笞的一些丑恶的社会现象仍不时“沉滓泛起”。这些都引发了病中的鲁迅对人生、社会进行更深入的思考，并用随笔这种比较自由的形式将他的所思所感写下来，即本文。